Das Buch

In dem kleinen Ort Belleville am Fuße der Cevennen herrscht seit Wochen brütende Hitze. Mitten in der Nacht wird die ehemalige Anwältin Tori Godon aus dem Schlaf gerissen. Der Himmel leuchtet in schmutzigem Rot. Dort, wo einst zur goldenen Zeit der Seidenraupenzucht unzählige Maulbeerbäume standen, jagt der Wind die Flammen über Berge und Ebenen. Seit Jahrtausenden prägt Feuer die wilde Landschaft und die Menschen des Vivarais. »Die Cevennen müssen brennen«, so lautete der Schlachtruf des königlichen Heeres im Kampf gegen die rebellischen Protestanten.
Als Tori am nächsten Morgen auf einer nahe gelegenen Hochebene wandern geht, findet sie neben den verkohlten Überresten eines Wohnwagens die Leiche eines Hundes. Sein Besitzer, der Schweizer Franco Jeger, ist spurlos verschwunden. Tori ist sicher: Nie hätte er seinen Hund freiwillig zurückgelassen. Sie begibt sich auf die Suche nach ihm. An ihrer Seite: der ehemalige Drogenfahnder Nico und ihr Hund July. Als sie einen anonymen Drohbrief erhält, auf sie geschossen wird und ein weiteres Feuer Todesopfer fordert, ahnt Tori: Das Paradies ist eingestürzt.

Die Autorin

Anne Chaplet ist das Pseudonym von Cora Stephan, unter dem sie ihre mehrfach preisgekrönten Kriminalromane veröffentlicht hat. Cora Stephan ist Publizistin und Schriftstellerin, ihr Roman »Ab heute heiße ich Margo« erschien 2016 bei Kiepenheuer & Witsch. »Brennende Cevennen« ist nach »In tiefen Schluchten« (2017) der zweite Band der Krimireihe um die ehemalige Anwältin Tori Godon.

Anne Chaplet

Brennende Cevennen

Ein Kriminalroman
aus dem Süden Frankreichs

Kiepenheuer
& Witsch

MIX
Papier aus verantwortungsvollen Quellen
FSC® C083411
www.fsc.org

Verlag Kiepenheuer & Witsch, FSC® N001512

1. Auflage 2018

Umschlaggestaltung: Barbara Thoben, Köln
Umschlagmotiv: © Rudolf Westenberger
Karte: Markus Weber/Guter Punkt, München
Quellen: S. 7: *Ne me quitte pas:* Musik und Text:
Jacques Brel © Warner Chappell Music France and
Editions Jacques Brel – 1959
© für Deutschland und Österreich:
1959 by Editions Musicales Tutti, Paris assigned to
Warner Chappell Music France, Paris & Pouchenel Editions Musicales
Edition Trumpf GmbH, Rimsting am Chiemsee &
Edition Marbot GmbH, Hamburg
© für die Schweiz:
Editions Musicales Tutti,
Nero Musikverlag GmbH & Co. oHG, Berlin
Zitat S. 64: Jacques Brel: *Quand on n'a que l'amour, 1956*
Gesetzt aus der Stempel Garamond
Satz: Buch-Werkstatt GmbH, Bad Aibling
Druck und Bindung: CPI books GmbH, Leck
ISBN 978-3-462-05075-2

Anne Chaplet

Brennende Cevennen

Ein Kriminalroman
aus dem Süden Frankreichs

Kiepenheuer
& Witsch

MIX
Papier aus verantwortungsvollen Quellen
FSC® C083411

Verlag Kiepenheuer & Witsch, FSC® N001512

1. Auflage 2018

Umschlaggestaltung: Barbara Thoben, Köln
Umschlagmotiv: © Rudolf Westenberger
Karte: Markus Weber/Guter Punkt, München
Quellen: S. 7: *Ne me quitte pas:* Musik und Text:
Jacques Brel © Warner Chappell Music France and
Editions Jacques Brel – 1959
© für Deutschland und Österreich:
1959 by Editions Musicales Tutti, Paris assigned to
Warner Chappell Music France, Paris & Pouchenel Editions Musicales
Edition Trumpf GmbH, Rimsting am Chiemsee &
Edition Marbot GmbH, Hamburg
© für die Schweiz:
Editions Musicales Tutti,
Nero Musikverlag GmbH & Co. oHG, Berlin
Zitat S. 64: Jacques Brel: *Quand on n'a que l'amour, 1956*
Gesetzt aus der Stempel Garamond
Satz: Buch-Werkstatt GmbH, Bad Aibling
Druck und Bindung: CPI books GmbH, Leck
ISBN 978-3-462-05075-2

Für Pascal und Aline, Malte,
Florian und Marco.

In memoriam Holger Stephan

On a vu souvent
Rejaillir le feu
De l'ancien volcan
Qu'on croyait trop vieux
Il est paraît-il
Des terres brûlées
Donnant plus de blé
Qu'un meilleur avril
Et quand vient le soir
Pour qu'un ciel flamboie
Le rouge et le noir
Ne s'épousent-ils pas.
Ne me quitte pas.

Jacques Brel

Kapitel I
Belleville, im Sommer

I

In dieser Nacht blieb der Hund still. Nur Tori wurde wach. Hellwach.

Es war seit Tagen brütend heiß, die Nächte brachten keine Abkühlung, selbst der Deckenventilator, der über ihrem Bett kreiste, vermochte die Hitze nicht zu vertreiben. Doch das war es nicht, was Tori hochschrecken ließ. Auch das Glockengeläut vom Kirchturm war sie gewohnt, das Eselsgeschrei, den krähenden Hahn vom Stall gegenüber. Nichts davon konnte sie um ihren Schlaf bringen. Es war der Geruch, der bekannte, beängstigende Geruch nach alles verzehrendem Feuer, der ihren Puls beschleunigte, während sie sich aufsetzte und zu orientieren versuchte.

Feuer. Der Feind war wieder da, brach ein in ihr Leben, mitsamt den Schrecken der Vergangenheit und der Erinnerung. Oder bildete sie sich den Geruch bloß ein, wie so oft, wenn sie etwas roch, was nicht da war?

Nein. Es brannte. Aber wo? Im Haus? Ihre Zehen suchten nach den Sandalen. Jetzt wurde auch July wach. Tori streckte die Hand nach der Hündin aus, die ihren Kopf hineinschmiegte. Im Haus brannte es nicht, dann hätte July längst Alarm geschlagen. Sie ging zum Fenster und blickte über die Dächer der Häuserreihe unterhalb ihres Hauses auf die Straße. Die Straßenlampen brannten noch, obwohl es bereits zu dämmern schien. Doch weshalb war im Dorf noch niemand auf den Beinen?

Ein Windstoß wehte ihr ins Gesicht, heißer Wüstenatem, der ihren Blick auf den Berghang lenkte, der sich hinter dem Dorf erstreckte und den nördlichen Horizont markierte. Der Himmel über dem Bergrücken war wie mit Blut getränkt, ein dunstiges Rot, das Form und Farbe wechselte, sich aufblähte und wieder abschwoll. Dort, auf einem Kalksteinplateau, lag eine bei Wanderern beliebte Hochebene, genannt *Les Gras,* auf der die typischen Pflanzen der Garrigue wuchsen: Wacholder und Buchs, Zistrosen und Wermut, Rosmarin und Thymian, dazwischen die eine oder andere grüne Eiche.

Offenbar brannte es auf den *Gras.*

Wie gebannt starrte Tori in das infernalische Leuchten. Inzwischen war das Licht in einigen Häusern von Belleville angegangen. July sprang neben ihr auf das Fensterbrett. Sie legte den Arm um die Hündin. Wie schlimm war es? Waren Menschen in Gefahr? Mit jeder Bö wurde der Wind stärker. Tori spürte seine versengende Hitze auf ihrer Haut. Was, wenn der Wind das Feuer weiter in ihre Richtung lenkte? In Gedanken spielte sie ihren fluchtartigen Aufbruch durch und drückte den Hund noch etwas fester an sich. Doch der Pitbull war die Ruhe selbst. Also gab es nichts, wovor man sich fürchten musste, jedenfalls noch nicht.

Doch an Schlaf war nicht mehr zu denken.

2
Auf den Gras, ein paar Stunden früher

Pierre Chalard liebte es, die Nacht bei den Schafen zu verbringen. Er hatte sie mit den beiden Hunden auf seine Lieblingsweide getrieben, oben auf die *Gras,* unweit von Chapias. Beim Schafehüten ließ es sich ausgezeichnet philosophieren, fand er, schon die alten Griechen empfahlen das, auch deshalb ging er gern mit der Herde seiner Familie hinaus, wenn er in den Semesterferien zu Hause war.

Sein Vater Charles war stolz auf die kleine Schar, die aus zwei Böcken, einundzwanzig Mutterschafen und zwölf Lämmern bestand. Es waren kompakte Tiere, lebendig und mit gutem Fleisch, aus einer alten französischen Rasse namens »Raïole«, ein Name, der aus dem Okzitanischen stammte und so viel hieß wie ›royal‹. Nun, königlich fand Pierre die Tiere nicht, trotz der fein gebogenen Hörner, aber sie waren perfekt an die Garrigue angepasst, bevorzugten Kräuter und Kastanien und die Eicheln der Grüneiche. Außerdem gab es Geld von der EU dafür, dass die Familie Chalard eine alte Haustierrasse züchtete und vor dem Aussterben bewahrte.

Die Herde hatte den ganzen Tag gegrast, auf dem schönsten Platz, den er auf der Hochebene kannte: sattes samtiges Grün zwischen weißen Steinmauern, an der Schmalseite eine Gruppe schattenspendender Bäume. Nichts stimmte seliger als das Malmen und Rülpsen grasender Schafe, begleitet vom Summen der Bienen und dem zufriedenen Seufzen der dösenden Hunde. Bruno, der grauhaarige Herdenschutzhund, lag wie immer bei seinen Schafen. Mystère, Pierres junger Berger Picard, ein weißblonder Zottel, dessen rechtes Ohr stets müde herabhing, egal, wie aufgeweckt der Hund sich gab, ruhte neben seinem Herrchen. Das holte, nach ausgiebiger Lektüre im Epikur und nach einem Nachtmahl aus Rotwein, Wurst, Brot und Tomaten, ein Päckchen Tabak aus seinem Rucksack und einen in Alufolie gewickelten Brocken. Es war ein Stück vom Haschisch, das er heute Morgen in seinem Zimmer unter der Matratze gefunden hatte, wo er es vor Jahren versteckt hatte. Ob der Stoff noch wirkte? Er drehte sich einen Joint und rauchte bedächtig, jedem Zug nachspürend. Dann ließ er, auf der Decke liegend, die Gedanken fliegen. Was war Glück? Wenn der Körper frei von Schmerzen war und die Seele gleichmütig und friedlich? Epikur zufolge war er also glücklich.

Der würzige Duft der Garrigue mischte sich mit dem Geruch der wiederkäuenden Schafe und dem süßen Haschischrauch. Die Vögel verstummten, die Zikaden sägten lauter, die Sterne rückten näher. Wind kam auf, heißer Wind, der keine Abkühlung schenkte, er wehte schon seit Tagen aus dem Süden und brachte roten Wüstensand mit. In der Ferne grummelte Donner. Ein Gewitter? Das wäre an der Zeit, alles lechzte nach Regen. Er würde nass werden, sicher, dachte Pierre. Aber das störte ihn nicht.

Die Unendlichkeit des Universums stimmte ihn demütig. Pierre stellte sich vor, wie er eines Tages mit Mystère von den Cevennen bis in die Pyrenäen wandern würde, die alten Schaftriften entlang, die zugleich Pilgerwege waren. Obwohl er nicht religiös war, faszinierte ihn die Verbindung des Schafs mit dem Heiligen, wie es sich im Wort vom ›Lamm Gottes‹ manifestierte. Mit solchen Gedanken und einer sanften Haschischdröhnung schlief er ein.

Ein tiefes Knurren weckte ihn. Pierre schrak hoch. Bruno. Irgendetwas beunruhigte den Hund.

Bruno war ein Veteran, ein mittlerweile ziemlich struppiger Berger Pyrenée, Vaters Hund, der als Herdenschutzhund bei den Schafen lebte, seit er ein Welpe war. Ganz so wie alle Hunde, die ihre Herde verteidigen sollten, wenn jemand sie angriff – Wolf oder Mensch. Dass Bruno einem Wolf standhalten konnte, bezweifelte Pierre allerdings. Dafür brauchte es einen echten Kampfhund, einen Kangal oder einen Molosser. Bruno aber war viel zu verzogen, um Tier oder Mensch ernsthaft gefährlich zu werden.

Bruno stand am Eingang zur Weide, einem Durchgang zwischen den hüfthohen Mauern, der von einem einfachen Gatter aus Holz verschlossen war. Pierre, der unter den Bäumen am gegenüberliegenden Ende der Weide geschlafen hatte, lief an der unruhigen Herde vorbei zu ihm, gefolgt von Mystère. »Was ist los, Bruno?«, flüsterte er. Im Licht der Sterne sah er, dass sich Brunos Nackenhaare sträubten. Doch der Hund knurrte nicht mehr. Er begann sogar, ganz sachte mit dem Schwanz zu wedeln. Pierre starrte ins Halbdunkel. Er hörte nichts. Er sah nichts. Und doch: da war etwas.

»Hallo?«, rief er in die Dunkelheit.

Schritte auf dem Schotter des Feldwegs. Etwas lief über den Feldweg Richtung Chapias. Das war kein Tier. Ein Mensch? Niemand, den er kannte, würde morgens um drei Uhr über die *Gras* wandern. Selbst Touristen schliefen nachts.

Pierre tätschelte Bruno, der dem Schemen hinterherblickte, aber sich beruhigt hatte. Auch die Herde wurde langsam wieder still. Bruno und Mystère legten sich zu den Schafen und Pierre kehrte zu seiner Decke unter den Bäumen zurück.

Er konnte noch nicht lange geschlafen haben, als er vom Blöken der Mutterschafe aufwachte. Sie riefen nach den kläglich bähenden Lämmern. Die Hunde standen mit gespitzten Ohren und bebender Rute bei der Herde und nahmen Witterung auf.

Pierre roch es jetzt ebenfalls. Brandgeruch. Das war kein Kaminfeuer. Und auch kein Lagerfeuer. Er blickte auf. Das hier war größer: Der Himmel leuchtete rot, dort, wo die Felsnase aufragte, die man hier Crag du Diable nannte.

»Bruno! Mystère! Nach Hause!« Die Hunde reagierten sofort und zogen einen Halbkreis um ihre Schützlinge. Die Schafe schmiegten sich eng aneinander, das furchtsame Blöken wurde immer lauter. Pierre ging voraus und öffnete das Gatter zwischen den Steinmauern. Schon strömte die Herde durch den engen Durchlass und begann panisch den Weg hinunter zur Straße zu galoppieren. »Aufpassen«, zischte Pierre. Die Hunde schnellten vor, setzten sich an die Spitze der Stampede, bis die Tiere ruhiger liefen, und lenkten sie dann beim steinernen Wegkreuz von der Straße ab auf einen schmalen Pfad, der von den *Gras* hinunter Richtung Labeaume führte. Als ein Schaf ausbrechen und über das Geröll am Wegesrand klettern wollte, war Mystère sofort zur Stelle und brachte das Tier mit einem Kniff ins Hinterbein zurück in die Herde. Pierre atmete tief ein. Seinem Vater dürfte er mit einem verletzten Schaf nicht kommen, das gäbe Ärger. Aber Mystère hatte sich bewährt, obwohl er noch so wenig Erfahrung hatte, und das machte ihn stolz.

Sein Rucksack. Er blieb stehen. Er musste ihn auf der Weide vergessen haben. Glücklicherweise steckte sein Mobiltelefon in der Hosentasche. Pierre rief die 18 an und meldete den Brand, im Laufschritt hinter den Schafen her, die den steilen Pfad hinunter zum Hof der Familie Chalard liefen, ruhiger jetzt, die Gefahr war weit genug weg.

Pierre drehte sich um. Am Himmel stand der schmutzigrote Widerschein des Feuers. Der aufkommende Wind würde die Flammen über das Plateau jagen. Zwischen dem Hof und der Feuersbrunst lag nur die Straße nach Chapias als Feuerschneise.

Von Rosières her hörte man die Alarmsirene der Feuerwache. Wird schon gut gehen, dachte Pierre.

3

Belleville rühmte sich einer Grande Rue, obwohl es nur ein Dorf mit weniger als tausend Einwohnern war, mit verwinkelten Steinhäusern und krummen Gässchen. Auf dieser Hauptstraße gab es einen Bäcker, einen Metzger, eine Apotheke, das Maison de la Presse und das Café von Francine. Sie zerschnitt das Dorf in eine Hälfte oberhalb und eine Hälfte unterhalb der Kirche. Tori wohnte unterhalb, im »Externat«, mit Blick auf einen bewaldeten, zum Teil parkähnlichen Hang. Hinter ihrem Haus führte eine steile Treppe auf einen schmalen Gang, der vor dem Haus des Metzgers mündete. Dort und beim Bäcker gleich nebenan fand der Dorfklatsch statt, wenn es denn etwas zu beklatschen gab.

Tori hatte ihren Einkaufskorb vom Haken genommen und die protestierende July zu Hause gelassen, eigentlich wollte sie nur Brot kaufen und ein paar Fleischreste für den Hund. Doch vor Metzger und Bäcker hatten sich alle versammelt, die ein dringendes Bedürfnis verspürten, sich über vergangene und künftige Schrecken auszutauschen, heute ging es – worum sonst? – um das Feuer auf den *Gras.*

In der Schlange vor dem Metzger stand Karim, mit rollenden Augen und zerrauften dunklen Locken, ein bulliger Kerl, der dem mutmaßlichen Brandstifter Fürchterliches anzutun drohte, weshalb sie schnell weiterging zum Bäcker. Sie mochte Karim nicht sonderlich, und das hatte mehrere Gründe. Zum einen störte es sie, dass er auf der Straße unterhalb ihres Maison Sarrasine unter deftigen Flüchen an den maroden Autos seiner Kumpels herumschraubte und dabei seine Umgebung mit einer Art arabischem Hip-Hop zudröhnte. Vor allem aber verzieh sie ihm nicht, dass er July misshandelt hatte. Er hatte das Tier von einem verunglückten Kumpel übernommen und geglaubt, sich einen menschenbissigen Kampfhund ins Haus geholt zu haben. Doch July war alles andere als das, und dafür war sie bestraft worden. Tori hatte das halbverhungerte Tier gerettet, das ihr seither täglich seine Dankbarkeit bewies. Sicher, Karim hatte sich später für seine Brutalität entschuldigt. Dennoch.

Am Ende der Schlange vor dem Bäcker stand Hugo, Toris Nachbar, ein Rentner, der jeden Morgen um Punkt sieben Uhr das Brennholz für den Küchenherd seiner Frau hackte, bevor er mit seinem betagten Moped auf einen kleinen Schwarzen mit Schuss ins Café de la Beaume nach Rosières knatterte. »Das war kein Gewitter. Das war Brandstiftung«, sagte er zu jemandem vor ihm. »Irgendein wilder Camper hat sich ein Feuerchen gegönnt. Touristen eben. Landplage.«

Tori hörte dem Gemurmel um sie herum nur mit halbem Ohr zu, während sie sich langsam mit den anderen vorschob. Egal, ob es ein Gewitter gewesen war oder Zündelei: Feuer prägte die Landschaft des Vivarais.

»Die Cevennen müssen brennen.« Für einen Moment spürte sie einen eisig kalten Luftzug, der die morgendliche Hitze durchschnitt. Das war der Schlachtruf im königlichen Heer gewesen, das ausgezogen war, um die rebellischen Protestanten des Vivarais zur Raison zu bringen. Jahrelang hatten sich die Hugenotten gegen ihre Verfolgung zur Wehr gesetzt. Erst 1710 war der letzte Aufstand niedergeschlagen worden. Man fürchtete hier das Feuer nicht nur aus naheliegenden Gründen: Die Erinnerung an das Schicksal der Vorfahren saß den Menschen im Dorf in den Knochen und im Gemüt.

»Madame?« Melanie Crespin, die Bäckersfrau, deren schwarzgefärbtes Haar einen grauen Scheitel hatte, klang ungeduldig. Tori war entgangen, dass sie längst an der Spitze der Schlange angelangt war. Sie kaufte ein Baguette und ein Croissant, zahlte, grüßte nach rechts und nach links, während sie sich an den Wartenden vorbeiquetschte, und lief wieder hinunter ins Externat und zu July, die bereits ungeduldig auf sie wartete.

Es gab ein festes Frühstücksritual im Maison Sarrasine, das je nach Jahreszeit draußen oder drinnen stattfand. Bei vorsommerlichen Temperaturen saß man auf der großen Terrasse, über der die Sonne aufging, im Hochsommer auf der überdachten und schattigen Veranda vor dem Eingang, und im Winter stand man entweder in der kleinen Küche oder saß im großen Esszimmer. Über die Reihenfolge war nicht zu diskutieren. Erst bekam July ihre

Mahlzeit, schon, damit das Tier Ruhe gab und nicht dauernd neben Tori stand, mit herzzerreißend bittendem Hundeblick. Dann erst kamen die Menschen.

Während July schmatzend über ihrem Napf hockte, ließ Tori Kaffee aus der Maschine erst in einen Becher für sich selbst und dann in einen zweiten laufen. Sie stellte Butter, Brot und Käse auf ein Tablett neben die zwei Becher und trug es auf die Veranda, wo es eine Bank, einen großen Tisch und ein paar Korbsessel gab. Hier saß sie besonders gern, man blickte auf die Dächer der Nachbarhäuser, auf die Treppe und das Eingangstor und auf die alte Kletterrose, die unten im Hof wuchs und deren Triebe sich die Treppe entlang bis hoch zur Veranda gerankt hatten. Die Rose blühte nur einmal, im Mai, mit gefüllten Blüten, porzellanrosa und duftend. Carl hatte sie geliebt.

Sie stellte den zweiten Becher Kaffee dorthin, wo früher Carl gesessen hatte. »Ich denke an dich«, sagte sie leise.

Sie vermisste ihn noch immer, obwohl der Schmerz langsam nachließ. Ihre Liebe hatte gerade einmal drei Jahre Zeit gehabt, bevor Carl in ihren Armen gestorben war. Oben, in einem der Schlafzimmer, das sie die Kapelle nannte, im ältesten Teil ihres Hauses, über dem der Cheminée Sarrasine stand, der Sarazenerschornstein, der dem Haus seinen Namen gab. Das Haus hatten sie und Carl noch gemeinsam gekauft. Erst seit Kurzem wusste sie, wie alt es wirklich war und welche Geheimnisse sich hinter seinen Mauern verbargen.

Natürlich war das albern, so ein Ritual, aber sie brauchte das. Manchmal stellte sie sogar noch einen dritten Becher auf den Tisch – für Jan. Jan Fessmann, der die Wandgemälde der Kirche von Belleville restaurierte, wenn er nicht, wie schon seit Wochen, in Spanien war, um irgendeinen anderen komplizierten Fall zu begutachten. Jan, der einzige Mann, der ihr seit Carl wenigstens ein bisschen nahegekommen war.

Sie trank erst ihren und dann Carls Becher aus, stand auf und nahm die Hundeleine vom Haken, was July in einen Kreisel der Begeisterung versetzte. Eigentlich brauchte die Hündin keine Leine, aber es war besser, sie dabeizuhaben, manche Leute hatten Angst vor Hunden.

Sie nahmen den Weg den Hang hinauf, an dem sich das Unterdorf von Belleville erstreckte. Hier wuchsen Grüneichen, Kastanien, Lorbeerbäume. Tori mochte sich nicht ausdenken, was geschehen würde, bräche hier ein Feuer aus. Aber Feuer brachen nicht einfach so aus. Die meisten, das wusste sie mittlerweile, wurden von Menschen verursacht – durch weggeworfene Zigarettenkippen, nachlässig gelöschte Campingfeuer, heißgelaufene Autos oder auch Brandstiftung. Man konnte im Grunde nur hoffen, dass es ein verirrter Blitz war, der gestern die *Gras* in Brand gesetzt hatte. Ein Feuerteufel, der im heißen Hochsommer durch die Kiefernwälder streifte, konnte unfassbares Unheil anrichten.

July tobte durch das trockene Gras, sprang auf halbverfallene Mauern, jagte einem Vogel hinterher und tat so, als ob sie ein verspieltes Hündchen wäre. Dabei war sie ein perfekt ausgebildeter Therapiehund und normalerweise sehr erwachsen.

Nach einer Runde über steile Pfade und überwucherte Feldwege rief Tori nach dem Hund, der folgsam angerast kam und sich an ihr Bein schmiegte. »Wir müssen zur Arbeit gehen, meine Kleine«, murmelte Tori. Als ob sie verstanden hätte, trottete July brav neben ihr her auf dem Weg zurück ins Dorf.

Es war angenehm kühl in der Bibliothek von Belleville, das war das Gute an alten Steinhäusern mit meterdicken Wänden. Doch so alt das riesige Haus auch war, so wenig sah man davon, wenn man hineingegangen war. Hinter der schweren Eichentür öffnete sich eine weitere Tür, aus Glas, die in einen unromantisch funktionellen Raum führte. Ein offener Kubus mit geraden weißen Wänden, der wie eine Puppe in der Puppe in seiner steinernen Hülle saß. An den Wänden standen Bücherregale, zwei Regale dienten als Raumteiler, um die Lesetische ein wenig vom Rest des Saals abzugrenzen.

An einem Tisch am Fenster saß Monique Bonnet, die Bibliotheksleiterin, kaum wahrzunehmen hinter ihrem Computerbildschirm. Sie war seit gestern damit beschäftigt, die neu angeschafften Bücher für den Katalog zu erfassen. Monique winkte ihr zu, als Tori durch den Saal nach hinten ging, an ihren Tisch, auf dem die drei Bände der »Geschichte der Kamisardenkriege« lagen, die sie mit ihrem noch immer schwächelnden Französisch zu lesen versuchte.

Monique war eine kleine, zarte Person mit jenem Stilgefühl, das man französischen Frauen ganz allgemein nachsagte, doch gemeint waren wahrscheinlich die Pariserinnen. In Belleville jedenfalls war Monique ein bunter Vogel, hier trugen die Frauen normalerweise Jeans und T-Shirts und weder Seidenstrümpfe noch Pumps oder Etuikleider wie das, was Monique heute trug: ein ärmelloses Kleid aus lichtblauem Stoff, das passte nur zu Frauen mit einer untadeligen Figur.

Während Tori seit dem Frühjahr ein paar Kilo zugenommen hatte, was sie beruhigte – sie fühlte sich bei ihrer Größe von eins einundachtzig sonst wie ein Kleiderständer –, hatte Monique abgenommen, unter ihrem schmalen Kleid zeichneten sich die Hüftknochen ab. Auch ihre Heiterkeit hatte sie seit dem Drama eingebüßt.

Natürlich waren alle erschüttert gewesen, als man im vergangenen Jahr Paulette Theissier in der Kirche von Belleville gefunden hatte, wo sich die Dorfapothekerin erhängt hatte. Monique aber war völlig zusammengebrochen und musste ins Krankenhaus gebracht werden, zwischen den beiden Frauen hatte es wohl ein starkes Band gegeben.

Doch waren wirklich alle im Dorf gleichermaßen erschüttert gewesen? Manch einer, so kam es ihr vor, hatte Paulettes Selbstmord als angemessenes Selbstopfer empfunden, als Sühne für das, was ihre Familie in der Vergangenheit anderen angetan hatte. Und womöglich auch als Schuldanerkenntnis. War Selbstmord nicht gleichbedeutend damit? Nach ihrem Tod jedenfalls wurden alle Ermittlungen im Fall des Todes eines alten Dorfbewohners eingestellt. Man hatte ja jetzt seinen Sündenbock – und das Dorf behielt, von jeglichem Verdacht befreit, seine Ruhe.

Nur Tori fürchtete manchmal, in einem Dorf von Mördern zu leben. Freundliche, zugängliche Mörder, gewiss. Aber das war eher noch beunruhigender.

Monique erholte sich von ihrem Zusammenbruch nur langsam, deshalb hatte Tori angeboten, ihr in der Bibliothek auszuhelfen. Es gab nicht viel zu tun dort, sie konnte das bestens mit Recherchen zur Geschichte ihres Hauses verbinden. Nach allem, was sie bislang wusste, war das Maison Sarrasine eines der ältesten Häuser im Dorf, womöglich stammten Teile des Hauses aus dem zwölften oder dreizehnten Jahrhundert. Einer seiner früheren

Besitzer war Henri Balazuc gewesen, ein noch heute als Held verehrter Anführer der Kamisarden. Das war einer der Gründe, warum sie sich in die Geschichte des alten Vivarais vertiefte, das Land der Abtrünnigen und Rebellen. Der andere Grund hieß Carl Godon, dessen hugenottische Vorfahren aus dem Vivarais stammten. Sie hatten gemeinsam nach der Geschichte seiner Ahnen forschen wollen – aber dazu war es nicht mehr gekommen. Sein Tod hatte so viele Pläne zunichtegemacht.

Doch es gab noch einen weiteren Grund, sich in die Geschichte zu vertiefen. Die Bibliothek sammelte Fundstücke für eine Ausstellung zu »Tausend Jahre Belleville«, viele machten dabei mit: Es kamen die Alten, die sich von irgendeinem Familienerbstück trennten, oder junge Leute, die ein altes Haus ausgeräumt hatten. Den spektakulärsten Fund bislang hatte Tori selbst beigesteuert: eine Bibel, die Henri Balazuc gehört haben dürfte, und ein Psalmbüchlein, das man im Kopftuch oder im Haarknoten verstecken konnte, wenn Soldaten anklopften, um die Reformierten bei der Ausübung ihrer verbotenen Religion zu erwischen.

Seit der Mittagspause hatte sie noch niemand gestört. Die Stammkunden kamen morgens. Simone, ein dürres altes Weib mit krummem Rücken und scharfer Zunge, las täglich Zeitung und lieh sich ab und an die neueste Literatur aus. Sie war Lehrerin gewesen. »Was man weiß, kann einem niemand nehmen«, pflegte sie zu sagen. Sie bewegte die Lippen beim Lesen, manchmal las sie laut mit oder schimpfte, wenn ihr etwas missfiel, eine Meinung oder ein Politiker. Oft gab es Streit, wenn Louis vor ihr da war und bereits über *Le Monde* saß. Tori war sich nicht sicher, ob der kurzsichtige alte Mann die Zeitung wirklich las, oder ob er nur ein tägliches Ritual genoss, wie es sich für einen kultivierten Herrn gehörte.

Nachmittags kam das eine oder andere Kind, das sich ein Buch auslieh, und, seit den Semesterferien, ein junger Schlaks mit dunklen Locken, Pierre Chalard, ein Philosophiestudent aus Montpellier, für den Monique extra *Les Temps Moderne* abonniert hatte. Er fragte nach Büchern, für die sich sonst niemand interessierte. Im 21. Jahrhundert war es exotisch geworden, die alten Griechen zu studieren.

Die Zeit verging in tiefer Ruhe, anders als im Buch, das sie las. Die Kamisarden, wie die radikalen Protestanten der Cevennen genannt wurden, und die Soldaten des Königs schenkten einander nichts, das Buch war voll exquisiter Grausamkeiten. Tori hatte das Gefühl, dass sich sein Autor geradezu berauschte am Meucheln von katholischen Priestern und Staatsbeamten auf der einen und am Rädern, Verbrennen, Erhängen, Vergewaltigen auf der anderen Seite. Zwei Jahre lang hatten die Kamisarden standgehalten, einer der besten europäischen Armeen war es nicht gelungen, sie zu bezwingen. Der Preis war hoch; 446 Dörfer, schätzte man, waren von den Soldaten des Königs niedergebrannt worden. Tausenden der »Kinder Gottes«, wie die Kamisarden selbst sich nannten, gelang die Flucht in die Schweiz oder nach Deutschland, die Bevölkerungszahl des Vivarais sank, die Dörfer verödeten. Verwilderte Gärten, geschwärzte Steinwände, abgedeckte Dächer, leere Fensterhöhlen, durch die sich Gestrüpp zwängte: Tori sah das alles vor sich und spürte den kalten Wind, der aus der Vergangenheit ins Heute blies.

Dass Feierabend war, merkte sie erst, als Monique

»es ist gleich achtzehn Uhr« rief, ihren Computer ausschaltete und aufstand. »Lass uns Schluss machen, heute kommt niemand mehr.«

Tori klappte das Buch zu, packte ihre Notizen ein und erhob sich ebenfalls. July, die stundenlang geduldig unter dem Tisch gelegen hatte, streckte sich, gähnte ausgiebig und ging mit wehendem Schwanz voraus zur Tür.

Ihr Abendbrot nahm Tori auf der Veranda ein, gemeinsam mit July, beide aßen den Rest vom Baguette, Tori mit Käse, der Hund mit Wurst. Nach der schlichten Mahlzeit lehnte sie sich zurück, zählte die am Himmel kreisenden Mauersegler und versuchte, die Bilder von brennenden Dörfern und brennenden Menschen anzuhalten, die vor ihrem inneren Auge vorbeizogen. »Die Cevennen müssen brennen.« Das prägt nicht nur eine Landschaft, das prägt auch die Menschen, noch nach Jahrhunderten.

Ich muss hier raus, dachte sie. Sie streichelte July, die sich auf ihrem Platz zusammengerollt hatte. »Ich lass dich für ein paar Stunden allein, Kleine, ja?« Sie tat das ungern. Doch es gab nur einen Ort, der sich für eine kleine Flucht eignete, und der war selbst für Hunde, die Schlimmeres gewohnt waren, nicht geeignet.

Sie nahm das Fahrrad. Es war nicht weit von Belleville nach Joyeuse, man fuhr die Landstraße hinunter über Blajoux, durch Rosières hindurch und dann über die Brücke, die über die Beaume führte. Im Dorf roch es nach Kanalisation. Tori trat kräftig in die Pedale, solange es aufwärtsging, und ließ sich dann die Landstraße hinabrollen. Sobald sie Belleville hinter sich gelassen hatte, empfing sie der Duft von dürrem Gras und heißer Erde. Im Juli und im August herrschte hier am Rande der Cevennen Gluthitze, in diesen Wochen hielt man sich am liebsten drinnen im kühlen Haus auf. In diesem Sommer war überdies jede vorübergehende Abkühlung durch ein paar kräftige Gewitterregen ausgeblieben.

Die Beaume führte kaum noch Wasser. Als Tori über die Brücke fuhr, stieg ihr fauliger Gestank in die Nase. Wahrscheinlich musste man sich langsam um die Fische Sorgen machen. In Joyeuse, einem mittelalterlichen Städtchen, das sich auf einer Anhöhe über der Beaume erhob, bog sie ab ans Flussufer und fuhr vor bis zur Place de la Grand Font.

Die Bar »Chez Marie-Theres« war Wohnzimmerersatz und Klatschbasar vorwiegend für die Männer aus den Nachbardörfern, ein einzigartiges Kuriosum, ein Platz wie aus einer anderen Welt und einer anderen Zeit. Nirgendwo in Deutschland hätte eine Kaschemme wie diese einen Besuch von der Gewerbeaufsicht oder dem Gesundheitsamt überlebt. Die Fliegen, die in den Schankraum gelangten, nachdem sie sich auf dem stinkenden Abtritt im Hof gelabt hatten, erfreuten sich zwar nicht lange ihres Lebens – über der Theke hing eine Apparatur, die bläulich leuchtete und bösartig blitzte, wenn sie eines der Viecher erwischt hatte –, die elektrokutierten Leichen aber fielen, wenn man nicht aufpasste, in die Biergläser oder Erdnussschälchen, die auf der Theke standen.

Auch bei diesem Wetter galt die althergebrachte Aufteilung: die Touristen ließ man draußen sitzen, sie wollten es ja nicht anders. Die Einheimischen aber versammelten sich im Gastraum, in dem sich die Gerüche mischten – Achselschweiß und Zigarrenrauch, Fusel und aufdringliche Deos. Tori blieb in der Tür stehen und ließ sich von der Geräuschkulisse aus Stimmengewirr, Gelächter und Gläserklirren umspülen, bis sie Worte und Sätze heraushören konnte. Sie hatte eine empfindliche Nase und die dicke Luft bei Marie-Theres bekam ihr nicht, doch was blieb ihr schon übrig, wenn sie nicht allein sein wollte?

Mit Erleichterung sah sie Nico an der Theke sitzen. Sein Gesicht unter den kurzen grauen Haaren war gebräunt, was die weiße Narbe auf der linken Wange hervorstechen ließ, die vom Mundwinkel bis zum Jochbein verlief. Neben ihm stand Eric Crespin, der Bäcker, bleich wie Mehl, so sah er auch im Sommer aus. Jérôme, verantwortlich für die Müllabfuhr, redete mit vom Wein gerötetem Gesicht auf ihn ein. Als Nico Tori erblickte, ging ein Strahlen über sein Gesicht. »Na endlich«, sagte er und umarmte sie zur landesüblichen Begrüßung: Wangenkuss links, rechts und wieder links.

Nico Martens war der Mann für alles Praktische, sie hatten sich passenderweise im Baumarkt kennengelernt. Daraus war eine tiefe Freundschaft geworden. Ohne ihn wäre Tori an ihrer Trauer um Carl erstickt. In einem früheren Leben war Nico bei der deutschen Polizei gewesen, als verdeckter Ermittler im internationalen Drogenmilieu. Das Misstrauen und die inquisitorische Neigung, dachte Tori oft, waren ihm geblieben.

Hinten in der Ecke saßen ein paar Männer, die Bier tranken und lautstark aufeinander einredeten. »Du wirst es nicht glauben«, tönte ein bulliger Typ mit einer Art Wildschweinborste auf dem runden Kopf. »Der Typ wankt auf uns zu, die Haut hängt ihm in Fetzen herunter, aber er läuft noch immer.«

»Furchtbarer Anblick, ich weiß. Die wissen meist noch gar nicht, dass sie im Grunde schon tot sind.« Ein junger Mann mit einem Restbestand von Mitleid.

»Der hat zwei Tage lang durchgehalten, bis er gestorben

ist. Vorher hat er noch zugegeben, mit Benzin auf dem Grundstück seines Nachbarn hantiert zu haben. Manche sind sogar für ein bisschen Brandstiftung zu blöd.«

»Kann dir nicht passieren, Robert, oder?«, lachte ein schmaler Kerl, dunkler Haarschopf über den glänzenden dunklen Augen.

Der, den er Robert genannt hatte, lachte nicht zurück.

»Das Schlimmste war der Brand im Pferdehof bei Les Deux Aygues. Zwei der Pferde kamen nicht rechtzeitig aus dem Stall. Hast du schon mal einen riesigen aufgeplatzten Fleischhaufen mit dampfenden Gedärmen gesehen? Und gerochen? Vor allem die Schreie vorher. Ich halt das ja schlecht aus, wenn Tiere leiden.« Der empfindsame junge Mann lächelte verlegen.

»Es würde schon helfen, wenn man den Leuten hier bereits in der Schule beibrächte, wie man sich und sein Haus schützt, wenn es wieder mal brennt«, grummelte der Mann namens Robert. »Ist doch gar nicht so schwer: keine Bäume oder Sträucher am Haus. Regelmäßig die Regenrinnen säubern. Bei Gefahr Fensterläden abnehmen, nasse Laken vor die Fenster hängen und vor allem den Schornstein verstopfen.« Er winkte nach Marie-Theres, die mit schwingenden Hüften herbeieilte.

»Unsere Besten«, sagte Nico und grinste Tori an. »Von der freiwilligen Feuerwehr.«

»Recht hat der Mann. Außerdem mag ich handfeste Kerle.« Tori meinte das durchaus ernst, auch wenn es nur zum Teil stimmte. Carl war eher ein Feinsinniger gewesen, ein Bücherfreund und ein großartiger Anwalt, aber in praktischen Dingen des Lebens völlig unerfahren. Ganz anders als Nico, der den Arm um sie legte und »Dann bin ich ja beruhigt« murmelte.

»Stör ich?«

Tori roch den Mann, noch bevor sie sich zu ihm umdrehen konnte.

»Ah, der Meister aller Handfesten, unser Commandant de Police.« Nico neigte übertrieben höflich den Kopf und grinste seinen alten Freund und Sparringspartner an. Serge Masson gehörte zum Kommissariat in Privas, das etwa fünfzig Kilometer entfernt lag, aber sein Haus lag in der Nähe, oberhalb der Beaume, und er kam nach Feierabend oft vorbei auf ein Glas bei Marie-Theres. Er war einer der wenigen Männer, zu denen Tori aufsehen musste, ein schlanker, gerader, strenger Typ, der selten lachte und jede Gelegenheit nutzte, zu rauchen, Gitanes, selbstgedreht, allerdings nur dort, wo es nicht verboten war. Deshalb war er der Einzige, der sich im Schankraum von Marie-Theres das Rauchen verkniff.

»Also?«, fragte Masson und nahm das Glas entgegen, das die Wirtin bis zum Rand mit Rosé gefüllt hatte. Das tranken alle hier, der Wein galt als mehr oder weniger unbedenklich, auch wenn die große Flasche, aus der Marie-Theres ihn ausschenkte, kein Etikett aufwies, das erkennen ließ, woher der Wein stammte und ob es überhaupt einer war. »Was sagt ihr? Brandstiftung oder Blitzschlag?«

»Brandstiftung!« Jérôme, der Mann von der Müllabfuhr.

»Blitzschlag«, hielt der Bäcker dagegen.

»Also ich habe von einem Gewitter nichts mitbekommen.« Tori war sich unsicher, ob sie sich einmischen sollte, schließlich war sie jemand, der nicht dazugehörte. »Und geregnet hat es auch nicht.«

»Es gibt auch Gewitter ohne Regen. Das sind die gefährlichsten. Was soll es sonst gewesen sein?«

»Sag ich doch! Brandstiftung!« Jérôme. »Die Welt ist

voll von Verrückten, die nichts geiler finden als ein schönes großes Feuer.«

»Stimmt soweit. In neunzig Prozent der Fälle ist der Mensch die Ursache eines Brandes.« Leon, ein blonder Hüne mit Pferdeschwanz, der sein olivgrünes T-Shirt über der Hose trug, war hereingekommen, ließ sich ein Glas aus der großen Flasche einschenken und steckte sich eine Zigarette an.

»Ja.« Serge Masson fingerte eine zerknautschte Packung Tabak aus seiner Hosentasche und begann, sich eine Zigarette zu drehen.

»Ja was? In ganzen Sätzen, bitte!« Nico trank den Rest seines Rosés und gab Marie-Theres einen Wink.

»In neunzig Prozent der Fälle.« Masson rollte in aller Ruhe eine perfekte, aber ziemlich dünne Zigarette und steckte das Tabakpäckchen wieder ein.

»Hab ich's nicht gesagt?« Jérôme stellte sein leeres Glas mit Nachdruck auf die Theke und ließ sich von Marie-Theres nachfüllen. »Wir haben wieder einen Verrückten in der Gegend.«

»Oder einen besonders idiotischen Touristen, der sich mitten in der Garrigue eine Dose Ravioli heißgemacht hat«, murmelte Tori.

»Also was denn nun, Serge? Muss man dir eigentlich jede kleine Information aus der Nase ziehen?« Nico zappelte vor Ungeduld. Das war das Problem bei ehemaligen Polizisten: Sie mussten sich dauernd einmischen und wussten alles besser. Tori kannte das schon: Serge und Nico stritten sich eigentlich immer, wenn sie einander begegneten.

»Ich geh dann mal eine rauchen«, murmelte Serge und lächelte Nico an. Weg war er.

»Meine Güte! Muss der Kerl immer so geheimnisvoll tun?« Nico hob die Hände.

»Er geht von Brandstiftung aus. Das ist doch wohl ziemlich deutlich gewesen, oder?«, sagte Tori.

»Neunzig Prozent«, wiederholte Leon bedeutungsvoll.

»Prima. Wir brauchen allerdings zu hundert Prozent einen Verursacher«, knurrte Nico.

»Kennt jemand Pierre Chalard?« Masson war zurück, umweht vom typischen Geruch seines Tabaks. Daran erkannte Tori ihn blind.

»Du meinst unseren Studenten?« Jérôme lachte abfällig.

»Im Unterschied zu dir riecht Pierre nicht verschwitzt und ungewaschen.« Marie-Theres hatte die Fäuste in die Seiten gestemmt. Sie mischte sich selten in die Gespräche ihrer Gäste ein, nur, wenn es ihr dringend erforderlich zu sein schien. Oder wenn jemand sich zu lange an seinem Glas festhielt.

»Er tut ja auch nichts Handfestes außer lesen!«, verteidigte sich Jérôme.

Nico legte ihm die Hand auf den Arm. »Warte mal, Jérôme. Serge hier will uns wohl etwas damit sagen.«

»Dass unser Intellektueller den Brand gelegt hat?«

Serge verzog keine Miene. »Das habe ich nicht gesagt.«

»Und warum fragst du dann?«

»Pierre war in der Nacht bei seiner Herde auf den *Gras*. Er hat die Feuerwehr gerufen. Und –«

Serge Masson blickte in die Runde. Er schien es zu genießen, dass alle den Atem anhielten. »Er hat jemanden gesehen.«

4

Pierre hatte mittlerweile seine Zweifel, ob er in der vorletzten Nacht auf den *Gras* wirklich eine Gestalt gesehen hatte. Mit seinem Vater konnte er darüber nicht reden, »Pierre hat Visionen«, würde es sonst wieder heißen. Visionen im Rausch! Stimmt, ja, er hatte was durchgezogen, nach langer Zeit wieder einmal. Das war ein weiterer Grund, seinem Vater nichts von der nächtlichen Begegnung zu erzählen. Der Alte reagierte auf Dope allergisch, für den war nur Alkohol eine saubere Droge. Hoffentlich hatte er das in Aluminiumpapier eingewickelte Piece Haschisch nicht entdeckt, das er aus Versehen auf seinem Nachttisch liegengelassen hatte.

Sein Vater war schon wach gewesen, früher als sonst, noch vor Sonnenaufgang, als sie mit der Herde von den *Gras* heruntergekommen waren. Mürrisch wie immer half er, die Tiere auf eine Koppel in der Nähe des Hofs zu treiben. Als Pierre danach geduscht hatte und zum Frühstück in die Küche kam, hatte Robert von der freiwilligen Feuerwehr am Küchentisch gesessen, verschwitzt und verdreckt in seiner Schutzkleidung mit den silbernen Streifen, und sich von Pierres Mutter Kaffee und Rührei servieren lassen.

»Das war vielleicht ein Feuerchen«, knurrte er, während er kaute, »wir hatten alle Hände voll zu tun. Hoffentlich haben wir sämtliche Brandnester erwischt.«

»Hast du eine Vorstellung, wie viele Hektar abgefackelt sind?«

»Vielleicht vierzig oder fünfzig.« Robert schlürfte seinen Kaffee. »Das geht noch, im Vergleich zu anderen Bränden. Wir haben hier oben überwiegend Buschwerk, das brennt nicht lange. An einen Brand in den Kiefernwäldern will ich gar nicht erst denken.«

Pierres Vater nickte. »In der Garrigue brennt es seit Jahrtausenden, die Pflanzen haben sich dran gewöhnt. Gut, dass das dürre Unterholz weg ist mitsamt der ganzen Insektenbrut. Das gibt Platz für junge Bäume und Sträucher. Und Asche ist noch immer der beste Dünger.«

»Ohne Regen wird das Gras noch eine Weile brauchen, bis die Schafe wieder dort weiden können«, hatte Pierre gesagt und war vom Frühstückstisch aufgestanden, um nach den Tieren zu sehen. Wahrscheinlich hatte sein Vater recht. Auf den *Gras* brannte es immer wieder, seit Menschengedenken. Das war der Gang der Dinge.

Heute früh beschloss er, zusammen mit Mystère nach seinem Rucksack zu suchen und den Schaden zu besichtigen.

Sie gingen den Weg hoch, den die Schafe vorgestern hinabgelaufen waren. Nach kurzem Anstieg gelangten sie ans Wegkreuz, wo sie auf die Straße nach Chapias einbogen. Die Feuerschneise hatte gewirkt, das Feuer war nur bis zur Straße gekommen. Doch jenseits davon war alles Grün verdorrt. Auch die Weide hatte es erwischt, auf der sie in der Brandnacht gelagert hatten. Pierre stiefelte durch die Asche zu seinem Lagerplatz. Von seinem Rucksack waren nur das Gestänge und verschmorte Plastikfetzen geblieben. Das Bändchen Epikur war Asche. Das würde er in der Bibliothek erklären müssen.

Von der Weide aus folgten sie dem Feldweg in die Richtung, aus der das Feuer herangerast war. Überall verbrannte Erde, Bäume, die ihre verkohlten Äste wie um Erbarmen bittend in den gleißend blauen Himmel reckten. Der Weg ging auf eine Felsnase zu, den *Crag du Diable,* eine gut zehn Meter hohe Felsformation, wie sie typisch war für die Kalksteinlandschaft der Ardèche. Nur in den Nischen des sonst nackten Felsens wuchsen ein paar genügsame Sträucher, darunter der phönizische Wacholder, ein extrem langsam wachsender Busch, der uralt werden konnte und den es nur hier in der Gegend gab. Pierre blinzelte nach oben. Es sah ganz danach aus, als ob das Feuer den Felsen verschont hätte. Dann galt das hoffentlich auch für das, was in einer Nische hinter dem Felsen lag: Francos Refugium.

Wie lange war er nicht mehr dort gewesen? Zwei Jahre? Drei?

Pierre erinnerte sich nicht genau, aber ganz gewiss hatte er seit dem Beginn seines Studiums in Montpellier Franco nicht mehr besucht. Fast hatte er ein schlechtes Gewissen deswegen.

Erst nach einer Weile fiel ihm auf, dass Mystère nicht zu sehen war. Pierre pfiff nach ihm. Das Tier war jung und hatte noch viel zu lernen, aber normalerweise blieb es in der Nähe. Wahrscheinlich hatte Mystère ein Karnickel entdeckt, das den Brand überlebt hatte. Er pfiff wieder. Ein seltsamer Laut antwortete ihm, wie ein langgezogenes Heulen. Pierre lief mit klopfendem Herzen den schmalen Trampelpfad zwischen verbranntem Ginster und Wacholder entlang, dem Laut entgegen.

Wie gut er den Weg kannte. Wie oft er hier entlanggegangen war, im Sommer wie im Winter. Was hatte den Hund erschreckt?

Auf halber Höhe öffnete sich der Pfad auf eine natürliche Terrasse unterhalb der Felsnase. Wie oft hatten sie hier gesessen! Doch das Feuer hatte den Platz nicht verschont. Pierre spürte, wie sein Herz schneller pochte. Er brauchte eine Weile, bis er das Ausmaß der Zerstörung erfasste. Francos Wohnwagen war ausgebrannt. Der einst weiße Lack hatte Blasen geschlagen und sich verfärbt, die Räder waren eine einzige geschmolzene schwarze Masse am Fuß der Felgen. Die Fensterscheiben waren zersprungen, vom Vordach und den Campingstühlen war nur das Gestänge übrig geblieben. Es roch nach verbranntem Plastik und nach etwas anderem, etwas, das einen Reflex auslöste, dem er nur schwer widerstehen konnte: Würgereiz.

Er musste sich setzen, ihm wurde schlecht. Er starrte hinüber zum Wohnwagen, aber er wollte, er konnte nicht hineinsehen. Das schwarze Gerippe des Papageienkäfigs bewegte sich in der leichten Brise, mit einem leisen Quietschen schwang die Tür zum Käfig auf und wieder zu. Pierre ließ das Bild Francos in sich aufsteigen, er sah den kleinen, rundlichen Mann mit dem kahlen Kopf und dem schwarzen Bart in roten Pluderhosen vor dem Campingwagen sitzen, im Schneidersitz, die geöffneten Hände auf die Knie gelegt. Franco war ihnen damals schrecklich alt vorgekommen, aber wahrscheinlich war er nicht viel älter als vierzig gewesen.

Wieder hörte er ein leises Wimmern. Er rappelte sich hoch und blickte sich um. Mystère hockte am anderen Ende der Terrasse vor einem Haufen verkohlter Bretter und ließ den Kopf hängen. Dort, genau dort hatte die Hütte von Francos Hund gestanden, ein schwarzgoldener Beauceron, ein ruhiges, freundliches und zugleich furchtloses Tier. Pierre ging hinüber zu seinem Hund, der einen langgezogenen Klagelaut ausstieß. Der Geruch war jetzt stärker geworden, ein süßlicher, widerwärtiger Gestank. Neben dem Bretterhaufen lag der Grund dafür, eine braune verklebte Masse, über der die Fliegen kreisten. Dort, wo der Körper aufgeplatzt war und die Gedärme herausquollen, ringelten sich Maden. Am gebleckten Gebiss konnte Pierre erkennen, was hier lag: eine verkohlte Hundeleiche.

Ihm wurde erst grau und dann schwarz vor Augen, sein Magen schien sich von innen nach außen zu stülpen, er konnte sich gerade noch umdrehen, bevor er sich in den Wacholderstrauch am Rand der Terrasse übergab.

Mystère hatte sich nicht vom Platz gerührt, sah Pierre, nachdem sein Magen sich wieder beruhigt hatte. Hielt der Hund Totenwache? Der Gedanke rührte ihn.

Erst jetzt traute er sich, hinüber zum Wohnwagen zu gehen, voller Angst vor dem, was ihn erwartete. Er zögerte lange, bevor er sich in den Fensterrahmen lehnte. Das Wrack bewegte sich, es schwankte mit leisem Quietschen. Er schrie auf, zuckte zurück, zwang sich dann, hineinzuschauen. Da war Francos Sessel. Das Polster war abgeplatzt, die Sprungfedern stachen heraus. Daneben das Bett – das Bettzeug verkohlt, nur an einigen Stellen blitzte noch ein wenig Rot durch die schwarze Masse.

Hatte Franco im Bett gelegen, als das Feuer ausbrach? Hatte er geschlafen? Hatte er nichts gemerkt? Er war tot, er musste tot sein. Niemals hätte er seinen Hund im Stich gelassen oder seinen Papagei. Pierre wandte sich ab, ihm war wieder ein wenig schlecht, ging zurück zu Mystère, der noch immer neben der Hundeleiche Wache hielt, und setzte sich zu ihm. Franco Jeger, ein zugewanderter Schweizer, hatte seinem Hund den Namen Schümli gegeben – ein nicht nur wegen der beiden Pünktchen über dem u für Franzosen völlig unverständlicher Name, den Franco mit »chum« für Freund übersetzt hatte.

Wie oft hatten sie hier gesessen, damals, als Pierre noch zur Schule ging. Er war nach dem Unterricht mit Pascal und Marco bei jeder Gelegenheit auf die *Gras* gestiegen. Erst war es die pure Neugier gewesen. Was machte ein Schweizer hier oben in der Einsamkeit? Sie hatten schüchtern und in sicherer Entfernung gewartet, bis Franco sie entdeckt und zu sich gerufen hatte. Beim ersten Mal waren sie weggelaufen, beim zweiten Mal hatten sie sich nach langem Zögern getraut, seiner Einladung zu folgen, und den Papagei bestaunt, der sie mit »Na, ihr Idioten?« begrüßt hatte. Und später, als sie bereits ihre ersten Zigaretten hinter sich hatten und sich erwachsen glaubten, ließ Franco sie das rauchen, wonach es eigentlich immer roch hier oben in Francos Refugium, wie er seinen Wohnwagen nannte.

Pierre erinnerte sich zu gut an die fürchterliche Tracht Prügel, die ihm sein Vater verabreicht hatte, nachdem Marco gepetzt hatte, dass sie bei Franco verbotene Sachen rauchen durften. Pascal und er hatten Franco noch ein paarmal besucht, ohne Marco, den Verräter, aber das Risiko schreckte sie ab, ohne dass sie es zugeben wollten. Haschisch ist etwas für Weicheier, hatte Pascal irgendwann feierlich erklärt und eine Flasche Wodka herumgehen lassen.

Pierre lächelte in sich hinein. So jung und so dumm waren sie gewesen. Irgendwann hatten sie den seltsamen Einsiedler vergessen.

Mystère neben ihm muckte. Pierre blickte auf. Es war jemand gekommen. Ein Hund stand stocksteif dort, wo der Pfad auf die Terrasse mündete. Er knurrte nicht. Aber

Pierre sah, dass der Hund bis in die Haarspitzen angespannt war, und fasste nach Mystères Halsband.

»Hiergeblieben!«, sagte eine Frauenstimme leise, aber bestimmt. Eine große schlanke Frau mit kurzen dunklen Haaren stellte sich vor den Hund. Er kannte sie aus der Bibliothek: Tori mit July, die jetzt schweifwedelnd herbeilief, um Mystère zu begrüßen. Der rührte sich jedoch nicht von der Stelle und schlug nur matt mit der Rute.

»Pierre! Du bist es. Hallo.« Die Frau kam ein paar Schritte näher und erstarrte, als sie den ausgebrannten Campingwagen sah – und das, was neben Mystère lag, der sich von July das Ohr lecken ließ. Eine braune verklebte stinkende Masse.

»Das war einmal Francos Hund«, sagte Pierre mit einem Kloß im Hals.

5

»Und wo ist Franco? Da drin?« Tori zeigte mit dem Kinn zum Wohnwagen.

»Ich weiß nicht, ich glaube nicht, ich habe nur kurz hineingesehen. Aber sein Hund ist tot. Und sein Papagei. Der konnte stilecht ›Don't bogart that joint‹ krächzen.« Er lachte. Fast hätte Tori mitgelacht, das alte Kifferlied klang mit französischem Akzent noch ausgeflippter. Doch Pierre hatte Tränen in den Augen.

Sie setzte sich neben ihn. »Ist das der Schweizer, dieser Franco, den man immer mal bei Marie-Theres trifft?«

»Genau der. Franco Jeger.«

»Kennst du ihn gut?«

Pierre nickte. »Ich kenne ihn, seit ich zwölf oder dreizehn bin. Wir sind oft nach der Schule zu ihm hochgegangen. Es gab warme Cola und jede Menge absurder Geschichten.« Er lächelte bei der Erinnerung daran. »Und später auch andere Sachen. Was zu rauchen, zum Beispiel. Wir haben vor dem Wohnwagen im Gras gelegen, in den Himmel und in die Landschaft gestarrt oder uns lachend auf dem Boden gewälzt. Er hat uns seine Musik vorgespielt, die ganz anders war als das, was wir sonst so hörten. Psychedelisch hat er das genannt. Manchmal –« Er zögerte und sah Tori von der Seite an. »Das klingt jetzt vielleicht komisch.«

»Nur Mut«, sagte sie. Hatte er etwa Angst, sie würde sich lustig machen über ihn, wenn er ihr sagte, was er fühlte?

»Manchmal habe ich geglaubt, das zu spüren, was Franco ›die Magie des Ortes‹ nannte. Hier gibt es Hunderte von Dolmen, die unsere Vorfahren vor Tausenden von Jahren errichtet haben. Zig Schächte und Grotten, in denen unzählige Arten von Fledermäusen leben. Ich habe Merlen und Spechte und sogar Uhus beobachtet. Als man hier nach Schiefergas suchen wollte, haben wir mit der ganzen Schulklasse dagegen demonstriert. Es ist – ja, vielleicht ist hier eine heilige Stätte, wer weiß.« Pierre sah verlegen zu Boden.

»Ich verstehe«, sagte Tori leise. »Ich spüre das auch.«

Mystère legte Pierre den Kopf aufs Knie. Sie schwiegen, während er seinen Hund streichelte.

»Und jetzt ist Franco tot«, sagte er nach einer Weile.

»Sicher?« Tori blickte hinüber zum Wohnwagen.

Pierre zuckte mit den Schultern. »Ich kann da nicht reingehen. Ich weiß nur eines: Nie hätte er sich selbst in Sicherheit gebracht und seine Tiere zurückgelassen. Und wenn ich daran denke, dass ich gestern Nacht ganz in der Nähe bei den Schafen war –«

»Hm.« Tori stutzte. »Wenn du in der Nähe warst, müsstest du doch etwas gehört haben? Hätte Francos Hund das Feuer nicht bemerkt? Hätte er nicht angeschlagen?«

Pierre schlug sich die flache Hand vor die Stirn. »Natürlich. Schümli hätte getobt. Das hätte ich gehört, das hätte ich hören müssen bei den Schafen. Stimmt«, sagte er langsam. »Das ist mehr als rätselhaft.«

Tori verabschiedete sich von Pierre und wagte einen Blick durch das zerborstene Fenster des Wohnwagens. Dort lag keine verkohlte Leiche, natürlich nicht, die hätte man längst abtransportiert. Mehr noch als das unklare Schicksal des Schweizers beschäftigte sie seltsamerweise der tote Hund, während sie mit July weiterging. Es erinnerte sie an eine Sherlock-Holmes-Geschichte über den »sonderbaren Vorfall mit dem Hund in der Nacht«, in der das Bemerkenswerte war, dass es nichts Bemerkenswertes gab: Der Hund hatte sich in der Nacht ruhig verhalten.

Ebenso wie Schümli. Wenn man Pierre glauben konnte, dann hatte Franco Jegers Hund, angeleint vor seiner Hundehütte, keinen Ton von sich gegeben, als ihn das Feuer überfiel. Unmöglich. Der Hund musste die Gefahr doch bemerkt haben! Warum hatte er nicht gebellt? Nicht geheult? War er erstickt, bevor ihn die Flammen erreichten? War er wirklich lautlos gestorben?

Wenn Franco Jegers Hund still gestorben war, dann musste er den Brandstifter gekannt haben. Oder den Hundemörder. Oder – er war schon vor dem Brand tot.

Sie ließ July über den Feldweg zur Straße vorauslaufen. Rechts war das Gras gelb und trocken, aber nicht verbrannt. Links sah man Asche und verkohlte Sträucher, Bäume ohne Laub, die Äste gen Himmel gestreckt – wie aus einer anderen Welt.

Ohne zu warten, schlug die Hündin den Weg hoch nach Chapias ein. Sie wusste mittlerweile, welche Pfade Tori bevorzugte. Dieser hier führte durch ein kleines Hameau mit ein paar alten Steinhäusern und einem bescheidenen Kirchlein im Schatten von Linden.

Pierre konnte sich also nicht vorstellen, dass Franco seinen geliebten Hund im Feuer sterben ließ. Auch für Tori war der Gedanke kaum auszuhalten. War der Schweizer vielleicht gar nicht da gewesen? Doch wo war er dann jetzt? Sie rief nach July und ging ein wenig schneller. Das Dorf war bald durchquert, an seinem Ende stieg die Straße an, bis rechts ein Aussichtsturm zu sehen war, eine Art Wehrturm, ein Imitat aus dem späten neunzehnten Jahrhundert, auf dem die Statue einer Madonna mit Kind stand. Links ging es in weiter Kurve an einem verwunschenen Teich entlang, wo im Schatten der Bäume Seerosen wuchsen, auf denen Frösche hockten und quarrten, die ins Wasser platschten, als sie ihr Kommen bemerkten. Der Weg führte zu einer Weidelandschaft von bizarrer Schönheit: üppige grüne Wiesen zwischen weißen Steinmauern und Felsplatten. An einem Weidezaun hingen Skulpturen aus Schafsknochen und Küchenutensilien wie Gabeln und Siebe, bizarre Werke, die an indianischen Zauber erinnerten.

Tori hatte heute keine Augen für die Landschaft. Sie hatte den zerstörten Campingwagen und die Hundeleiche vor Augen – das waren Bilder, die sich festfraßen und die sie so bald nicht vergessen würde. Die Vorstellung, etwas Derartiges würde July widerfahren, schnürte ihr die

Kehle zu. Sie musste Serge Masson fragen, welches Drama sich hier womöglich abgespielt hatte.

July merkte gottlob nichts von ihren Gedanken, sie lief gutgelaunt voraus und nahm mal hier, mal dort Witterung auf. Tori hatte sich nach Carls Tod nicht vorstellen können, ihr Herz noch einmal an ein lebendes Wesen zu verlieren, aber July hatte es im Sturm erobert. Sie war kein niedlicher Hund und sie hatte auch nichts Edles, dafür waren ihre O-Beine ein wenig zu kurz und zu muskulös und ihre Schnauze zu lang, typisch für einen Pitbull. Karim, ihr vorheriger Besitzer, hatte geglaubt und gehofft, sie sei ein Kampfhund, der auch auf Menschen losging. Ein Vorurteil. Er war leider nicht der Einzige, der sich da irrte. Tatsächlich waren die Tiere, eine Mischung aus Bulldogge und Terrier, als Rattenfänger oder für den Kampf Hund gegen Hund in der »Pit« genannten Arena gezüchtet worden. Wenn einer von ihnen Menschen angriff, wurde er sofort aus der Zucht herausgenommen. Pitbulls waren extrem loyal – und July war so ziemlich das liebenswürdigste Tier, das sie kannte.

Sie hatte die Hündin vor ihrem herzlosen Besitzer und womöglich sogar vor dem Tod gerettet. July hatte all das und noch viel mehr zurückgegeben – ohne ihre Treue und Intelligenz wäre Tori nicht mehr unter den Lebenden.

Mit Schaudern dachte sie an die Tage, die sie im Dunkeln tief unter der Erde verbracht hatte. Ein gutes Jahr war das jetzt her. Wenn July nicht gewesen wäre! Wenn Franco seinen Schümli so geliebt hatte, wie sie July, hätte er ihn niemals im Feuer umkommen lassen.

Sie dachte ihren Gedanken nicht zu Ende. An der Koppel vor ihnen hielt ein klappriger Pick-up, auf der Ladefläche zwei schwarze Fellbündel, die aufgeregt kläfften.

Ein Mann stieg aus dem Wagen und öffnete das Gatter zur Koppel. Die Hunde sprangen von der Ladefläche und rasten durch das geöffnete Gatter hindurch auf die Weide. Man hörte ihr aufgeregtes Bellen, das sich langsam entfernte. Tori wollte weitergehen, als das Gekläffe plötzlich wieder näher kam, begleitet von einem hellen, hohen Quietschen. Und schon stoben die Hunde mit angelegten Ohren und hängenden Zungen auf das Gatter zu. Knapp hinter ihnen galoppierte das Tier, das so empört quietschte, auf langen Beinen, mit fliegendem milchkaffeebraunem Fell und gebleckten Zähnen. Das erzürnte Tier stellte sich auf die Hinterbeine und versuchte, den langsameren der beiden Hunde zu erwischen, was für den Köter nicht gut geendet wäre. Doch sein Herrchen hatte gerade noch rechtzeitig das Gatter hinter ihm geschlossen.

Das Lama paradierte wutschnaubend hinter dem Zaun hin und her, den dicken Bürzel aufgestellt. Aus dem Haus gegenüber, hinter dem Hundebesitzer, der Mühe hatte, seine Tiere zu beruhigen, war ein untersetzter Mann in blauen Hosen und mit Baskenmütze auf dem Kopf getreten und klopfte sich auf die Schenkel vor Lachen.

Das Hundeherrchen drehte sich um, die Fäuste in die Seiten gestemmt. »Seit wann hast du ein tollwütiges Tier bei den Schafen? Hättest mir ja mal was sagen können!«

»Hättest ja fragen können, Théo, bevor du deine Viecher an meinen Schafen üben lässt.« Der Bauer kam herbeigeschlendert und ließ sich von den beiden Hunden begrüßen. »Ich dachte, ich probier mal was aus – und siehste: hat bestens geklappt, oder? Ein Lama verteidigt seine Herde gegen Wölfe, Diebe und Touristen. Besser als jeder Hund.«

»Seit wann gibt es Wölfe hier bei uns?«

»Wölfe nicht. Aber vor einer Woche hat mir irgendein Touristenköter die Schafe über Stock und Stein gejagt. Mit Chipie hier wäre das nicht passiert.«

»Passender Name.« Théo kratzte sich die dunklen Locken und schickte seine Hunde mit einem Pfiff auf die Ladefläche des Pick-ups. »Ein Luder, fürwahr.«

Tori rührte sich noch immer nicht. Der Bauer hatte sie entdeckt und winkte ihr zu. »Keine Angst, die Furie ist eingezäunt!«

Die Furie trabte hoch erhobenen Hauptes und im Wiegeschritt zurück zu den Felsen am anderen Ende der Weide, zwischen denen die Schafe standen und blökten.

So ist das Vivarais, dachte Tori, als sie und July die Weide mit dem Lama hinter sich gelassen hatten. Heimat aller Dahergelaufenen. Auch Exoten wie ein Lama finden hier ihren Platz. Einsiedler wie Franco Jeger. Pensionierte deutsche Polizisten. Trauernde Witwen wie Tori Godon. Darauf konnte man sich verlassen. Oder?

6

Als Pierre von Francos abgebranntem Refugium zurückkehrte, wurde er bereits von seinem Vater erwartet, der mit hochrotem Kopf vor der Haustür stand, die Fäuste in die Hüften gestemmt. »Was hast du jetzt schon wieder angestellt?«, zischte er zur Begrüßung.

Pierre widerstand dem tiefsitzenden Drang, den Kopf einzuziehen. »Wieso? Ich habe mir den Schaden auf den *Gras* angesehen. Das dauert, bis ich die Schafe wieder hochtreiben kann. Hoffen wir, dass es bald regnet.«

»Das meine ich nicht. Ich meine: Was hast du verbrochen, dass die Polizei nach dir fragt?«

»Die Polizei?«

»Die Polizei. Aus Privas. Serge Masson. Der Commandant de Police persönlich.«

»Versteh ich auch nicht. Was will der denn von mir?«

»Das müsstest du doch selbst am besten wissen. Hast du dich mit Rauschgift erwischen lassen?«

Vater vergisst nichts und verzeiht niemals, dachte Pierre und seufzte auf.

Der alte Chalard schüttelte den Kopf und drehte ihm den Rücken zu. »Ich schäme mich für dich. Das kommt davon, wenn man seinen einzigen Sohn in Montpellier studieren lässt, noch dazu so etwas Nutzloses wie Philosophie.«

»Vater!« Pierre wusste, was es seine Eltern kostete, ihn studieren zu lassen. Vater war strikt dagegen gewesen, nur seine Mutter hatte für ihren Sohn gekämpft. Sie wusste, wie sehr ihn Worte und Gedanken faszinierten, wie süchtig er nach Wissen war. Jetzt lebte er mit der Angst, sie zu enttäuschen.

Der Alte machte eine abwehrende Handbewegung. »Du sollst dich sofort auf der Kommandantur in Privas melden, hörst du?«

Pierre nickte, drehte sich um und ging zum Telefon.

»Wir treffen uns im Café des Récollets in Largentière, du weißt, die Bar mit der Terrasse direkt am Fluss.« Der Commandant de Police. Eine entspannte Stimme am anderen Ende.

Pierre atmete auf. Er musste also nicht nach Privas fahren und sich verhören lassen. Wenn die Polizei in eine Bar einlud, konnte die Angelegenheit so schlimm nicht sein.

Nur seinem Vater würde er das nicht klarmachen können, der blickte mit grimmig herabgezogenen Mundwinkeln an ihm vorbei.

Obwohl Pierre sich bemüht hatte, pünktlich zu sein, saß Masson am nächsten Morgen bereits da, auf der Terrasse, von der aus man auf das alte Largentière und die Ligne blickte.

Durch das Blätterdach der Platanen blinzelte die Morgensonne. Pierre setzte sich dem Mann gegenüber, der eine dünne Zigarette rauchte und ein Glas Pastis vor sich stehen hatte. Er blickte verlegen auf den Fluss hinunter, der kaum Wasser führte. Das bisschen, was noch da war, sickerte zwischen grauen Steinbänken hindurch, über denen Libellen tanzten.

»Ah! Ist das nicht ein Berger Picard?« Masson machte ein lockendes Geräusch. Mystère blickte zu seinem Herrchen auf und lief, als Pierre nickte, hinüber zu dem netten Fremden und ließ sich hinter den Ohren kraulen. »Was für ein schönes Tier!«

»Ach, der Züchter meinte, er sei nicht artgerecht, und wollte ihn loswerden. Dabei ist Mystère ein besonders kluger Kerl, auch wenn er noch einiges lernen muss.«

»Wie hat er sich denn geschlagen, in der Nacht während des Feuers? Du warst doch oben auf den *Gras* mit eurer Herde?«

»Er hat alles richtig gemacht.« Pierre lehnte sich vor und stützte die Arme auf den Tisch, auf den der Kellner ihm einen Grand crème gestellt hatte. »Er hat mit Bruno die Herde zusammengehalten und sie sicher nach unten gebracht. Er hat den richtigen Instinkt.«

Masson klopfte Mystère aufs Hinterteil und lehnte sich

dann in seinen Stuhl zurück. »Ja, die Tiere müssen Spaß an ihrem Job haben.«

Pierre sagte nichts. Galt das nicht auch für die Menschen?

»Wer von euch hat denn als Erstes gemerkt, dass es brannte?«

»Die Schafe. Und mein Hund. Und dann ich. Ich habe es gerochen und den Widerschein gesehen, mir war klar, dass wir nicht mehr viel Zeit hatten.« Er biss sich auf die Lippen. »Ich meine: Es hat seit Wochen nicht geregnet, wir hatten Südwind, dann genügt ein Blitzschlag.«

Wenn es ein Blitzschlag war. Er hatte es zwar in der Ferne donnern gehört, aber sie waren trocken nach Hause gelangt.

»Jedenfalls war die Feuerwehr gleich nach meinem Anruf da, und die Straße von Chapias runter nach Rosières hat als Feuerschneise gewirkt. Ich dachte, dass es unseren Hof wohl nicht treffen würde.«

Masson nickte. »Du kennst dich aus mit Feuer, oder?«

Pierre machte den Rücken steif. Wie meinte er das? Glaubte Masson etwa, dass er gezündelt hatte? »Wir kennen uns hier alle aus mit Feuer, es brannte ja nicht das erste Mal«, antwortete er trotzig. »Und es war doch ein Blitzschlag, oder?«

Masson sah nicht aus, als ob er darauf antworten wollte.

Pierre nahm einen Schluck Kaffee. »Ich war gestern noch mal oben, wollte mir ansehen, wie groß der Schaden ist.« Er klang doch hoffentlich nicht, als ob er glaubte, sich erklären oder verteidigen zu müssen?

»Etwa sechzig Hektar Terrain«, murmelte Masson. »Keine Häuser. Es ist alles noch halbwegs gut gegangen.«

»Und es ist hoffentlich niemand ums Leben gekommen?«, fragte Pierre zögernd.

»Nicht, dass ich wüsste.« Masson sah auf, mit zusammengezogenen Augenbrauen. »Vermisst du jemanden?«

»Ich weiß nicht. Ich habe einen ausgebrannten Wohnwagen gesehen und einen toten Hund. Da fragt man sich natürlich schon, was passiert ist.« Er stockte.

Masson nickte. »Der Wohnwagen von Franco Jeger. Wir wüssten gerne, wo Franco ist, Pierre.«

»Er ist nicht verbrannt? Ich dachte –« Er verstummte. Was genau hatte er eigentlich gedacht? »Sein Hund. Schümli. Er hat ihn geliebt. Man hat Franco eigentlich nie ohne den Hund gesehen. Und den hat er zurückgelassen, als es brannte, an seine Leine gefesselt? Das kann ich mir einfach nicht vorstellen.«

»Wer sagt denn, dass er überhaupt da war in dieser Nacht?«

Richtig. Klar. Natürlich. Pierre schluckte. »Ich dachte nur –«

»Was dachtest du?« Massons Stimme war jetzt ganz sanft.

Pierre versuchte, seinem Blick auszuweichen. »Ich dachte, ich hätte jemanden gesehen, in der Nacht. Glaube ich jedenfalls.«

»Glaubst du oder hast du?« Massons Stimme war noch ein wenig sanfter geworden, was Pierre beunruhigte.

»Ist das jetzt ein Verhör?«, fragte er trotzig. Was wollte der Flic hören? Er war sich doch gar nicht sicher, über gar nichts mehr. Vielleicht war es das Haschisch, das ihn Gespenster hatte sehen lassen? Doch das konnte er der Polizei schlecht sagen.

Masson verzog keine Miene. »Wenn das hier ein Verhör wäre, hätten wir die harmloseste Kriminalpolizei der Welt. In ernsteren Fällen als deinem wäre ich im Übrigen nie ohne meinen Lieutenant gekommen. Also entspann dich.«

Pierre atmete tief ein und wieder aus. »Ich weiß es einfach nicht mehr. Jedenfalls hat der alte Bruno, der Herdenschutzhund meines Vaters, auf etwas reagiert, das den Feldweg entlangkam. Ich habe nicht viel gesehen, nur eine dunkle Gestalt, die Richtung Chapias gelaufen ist.«

»Ein Reh? Eine Kuh? Ein Lama? Ein Alien?«

Pierre stützte den Kopf in die Hand. »Nein«, murmelte er. »Natürlich nicht. Es muss ein Mensch gewesen sein.«

»Du hast also eine menschliche Gestalt gesehen. Nachdem du vom Brandgeruch aufgewacht bist.«

»Ja.« Und jetzt wird er mich gleich fragen, warum ich nicht sofort damit herausgerückt bin. Warum wohl? Weil mein Vater das für reine Einbildung gehalten hätte. »Pierre und seine Visionen.« Und weil ich vorher ziemlich guten Stoff geraucht habe.

»Und die Gestalt – was würdest du sagen? Eher männlich oder weiblich?«

»Eher männlich.«

»Der Mann also kam aus welcher Richtung?«

Pierre schluckte. »Vom Crag du Diable.« Verdammt. Franco. Auf die Idee war er noch gar nicht gekommen. Hatte er womöglich Franco gesehen, der sich aus dem Staub machte, nachdem er – was getan hatte?

Masson musterte ihn lange, aber nicht unfreundlich. Dann nickte er. »Wir haben Anlass zu vermuten, dass das Feuer in der Nähe des Crag du Diable ausgebrochen ist. Vielleicht hast du Franco gesehen?«

»Vielleicht. Ja, das ist möglich.« Pierre schüttelte langsam den Kopf. »Nein. Es ist unmöglich. Er hätte nie seine Tiere im Feuer zurückgelassen.«

7

»Es gibt keinen Grund, hysterisch zu werden. Feuer gehört zu unserer Landschaft. Egal, ob nun jemand den Brand gelegt hat oder nicht.«

Tori hörte Simones Stimme, sobald sie die Tür zur Bibliothek geöffnet hatte. Die alte Dame lehnte am Lesetisch und stützte sich auf ihren schwarzen Gehstock mit dem silbernen Schwanenhals als Knauf. Simone mochte alt sein und war mit ihrem verkrümmten Rücken nicht mehr gut zu Fuß, aber sie achtete auf sich. Auch heute hatte sie wieder hellen Puder aufgelegt, die Augen blau umschattet und Lippenstift auf die schmalen Lippen aufgetragen, sie sah mit ihren dunklen Augen unter dem kunstvoll geflochtenen weißen Haarknoten ein wenig aus wie auf einer japanischen Tuschezeichnung.

Sie redete wie vor einem großen Publikum, das allerdings nur aus Monique bestand und dem alten Herrn, Louis, der sich mit Simone fast täglich um die Zeitung stritt und dabei immer den Kürzeren zog. Mit Tori und July hatte sie jetzt vier Zuhörer.

»Feuer hat unser Land geprägt, lange bevor sich der Mensch bemerkbar gemacht hat. Seit Tausenden, ach was: Millionen von Jahren hat die Erde gebrannt. Wir leben hier inmitten von einst feuerspeienden Vulkanen. Ohne Feuer kein Leben. Wasser und Feuer: das ist das Vivarais, eine Landschaft des Elementaren. Der Mensch ist nur eine Kraft unter vielen.« Sie zwinkerte Tori zu. »Was wir heute Katastrophe nennen, gehörte immer schon zum Leben.«

Tori lehnte sich ans Zeitungsregal. Von Simone ging ein Geruch aus, das war ihr schon früher aufgefallen, nein, kein Geruch, ein Duft, der so vertraut wie rätselhaft war. Ein wenig Sandelholz. Ein wenig Patchouli. Pudrig-orientalisch. Das war keine ihrer Halluzinationen, sie bildete sich das nicht ein. Madame trug ein Parfüm, das tief aus der Vergangenheit kam.

»Habt ihr eine Vorstellung, wie es hier vor zweihundert Jahren ausgesehen hat? Kein Vergleich zu heute. Denkt euch die großen Kiefernwälder weg. Stattdessen war jede Fläche und jeder Hügel terrassiert. Doch auf diesen Terrassen gedieh kein Getreide und kein Obst, gab es keine Kastanienbäume, wurde kein Gemüse angebaut. Hier wuchsen Maulbeerbäume, nichts als Maulbeerbäume. Bäume mit ovalen oder herzförmigen oder gelappten Blättern und weißen Früchten, die wie langgezogene Brombeeren aussehen. Und wozu war das gut?«

»Der goldene Baum«, sagte Monique leise. »Die goldenen Zeiten.«

Simone nickte. »Im ganzen Vivarais gab es Millionen von Maulbeerbäumen, die Nahrung für Milliarden von Seidenraupen lieferten, die sich allein von diesen Blättern ernähren. Und diese Seidenraupen wiederum ernährten die Menschen. In der Mitte des 19. Jahrhunderts wohnten allein in unserem beschaulichen Belleville doppelt so viele Menschen wie heute. Das Vivarais war das Königreich der Seide.«

Tori sah aus den Augenwinkeln, dass Louis unruhig wurde. Simone stützte ihren knochigen Arm auf die begehrte Zeitung.

»Menschen zogen zu uns, bauten zweistöckige Häuser für die Seidenraupenzucht, genannt Magnanerie. Die

Frauen trugen die Eier der Raupen an der Brust, damit sie es warm hatten. Wärme brauchten die Raupen auch, nachdem sie geschlüpft waren. Bäume, die noch nicht abgeholzt waren, weil man Platz für Maulbeerbäume brauchte, wurden nun geschlagen, um Brennholz zu erhalten. Feuer bestimmte, Feuer prägte unsere Landschaft.«

Simone klopfte mit der flachen Hand auf die Zeitung. Tori hörte Louis frustriert seufzen. »Wissen Sie, wie der Lebenszyklus einer Seidenraupe aussieht, Tori?«

Tori schüttelte den Kopf.

»Bombyx mori, der Seidenspinner, ist ein Nachtfalter, aber als solcher ist er nicht interessant. Interessant ist die Raupe, die aus seinen Eiern schlüpft. Erst ist sie winzig, aber wenn sie genug Futter bekommt, erreicht sie innerhalb von wenigen Wochen das Zehntausendfache ihres Ausgangsgewichts. Man muss sich das mal vorstellen: Sie vertilgt ausschließlich Maulbeerblätter und muss viermal am Tag mit frischen Blättern gefüttert werden! Wenn dann ihre Drüsen auf etwa vierzig Prozent ihres Körpergewichts angewachsen sind – langweile ich Sie, meine Liebe?«

»Nein, nein«, sagte Tori hastig, »aber vielleicht könnte Louis ja in der Zeit, in der wir reden, die Zeitung haben?« Der alte Herr war wieder näher gerückt, sie hatte seinen schalen Atem und den Geruch lange nicht gewaschener Kleidung in der Nase.

»Du brauchst doch *Le Monde* nicht, wenn du dich unterhältst, Simone, oder?« Louis versuchte, die Zeitung unter Simones Fingern wegzuziehen.

»Du wartest, Louis. Um es kurz zu machen: Die Raupe beginnt, Seidenfäden aus ihren Drüsen zu pressen und zu einem Kokon zu spinnen, wofür sie drei bis vier Tage benötigt. Die fertigen Kokons werden eingesammelt und in heißes Wasser getaucht, was die Raupen abtötet. Aus den Kokons spinnen die Frauen Seide – für ein Kilo Rohseide müssen vierzigtausend Seidenraupen arbeiten. Enorm, was? Fast jeder Haushalt im Vivarais züchtete Seidenraupen.«

Tori nickte. »Können wir nicht –« Jetzt zog auch sie an der Zeitung, aber Simone blieb stur. »Unsere Seide gewann Preise in London und Paris. Es war ein unendlicher Glücksfall, dass in unserer kargen Gegend Maulbeerbäume und Seidenraupen gediehen. Aber Glück währt nie lange. Was sagte Braudel einst über die vielen Regionen Frankreichs? Sie kennen Braudel, nein? Fernand Braudel, einen unserer großen Historiker?«

Simone musste Tori angesehen haben, dass sie sich ihrer Unkenntnis schämte, sie lächelte sie an, wie man einen talentierten, aber unwissenden Schüler anlächelt, mit Nachsicht, und erhob die Stimme: »›Werden sie nicht geboren, um aufzublühen und zu zerfallen?‹«

»Ich müsste mal wieder an meinen Schreibtisch«, murmelte Monique und versuchte, sich davonzustehlen, aber Simones Greisenhand erwischte sie am Ärmel. »Hiergeblieben, Monique. Es kann nicht schaden, wenn auch unsere Bibliothekarin ein wenig mehr weiß über unsere Geschichte. Sie erklärt vieles. Sie erklärt unsere Landschaft und sie erklärt den Charakter der Menschen, die in ihr leben. Ihre guten und ihre schlechten Seiten.« Simones Stimme war heiser geworden. Louis näherte sich mit einem Glas Wasser. Er versucht es mit guten Werken, dachte Tori und musste lächeln. Simone bedankte sich gnädig und nahm einen großen Schluck, bevor sie weiterredete.

»Nach den goldenen Jahren unter dem goldenen Baum kam im Jahr 1852 die Katastrophe: Alle Seidenraupen erkrankten – an Pébrine, der Flecksucht. Die Produktion brach ein. Wer sich für die Seidenraupenzucht verschuldet hatte, und das waren nicht wenige, ging pleite. Die Maulbeerbäume hatten Korn und Viehzucht verdrängt, das rächte sich jetzt. Denn schon kam der nächste Schlag. Die Reblaus vernichtete den Wein. Die Kastanienbäume erkrankten, der Brotbaum, der eines der Hauptnahrungsmittel lieferte. Die Menschen hatten nichts mehr zu essen. Und das war noch nicht alles.«

Simone holte tief Luft, fasste die ausgebreitete Zeitung rechts und links und legte sie zusammen. Tori spürte, wie Louis sich hinter ihnen unruhig bewegte.

»Glauben Sie an Gottes Strafe, ma chère? Wenn ich an die Geschichte meiner Heimat denke, gerät selbst eine Ungläubige wie ich ins Zweifeln. Stürme und Überschwemmungen folgten in der ganzen zweiten Hälfte des 19. Jahrhunderts, töteten Mensch und Tier, überschwemmten Dörfer, trugen das bisschen fruchtbaren Boden ab, auf das man noch Getreide und Gemüse anbauen konnte. Und als die Flecksucht endlich besiegt schien, dank Pasteur, war es zu spät für die Seidenindustrie. Der Suez-Kanal wurde geöffnet und die Konkurrenz durch Kunstseide aus Asien versetzte der heimischen Produktion den Gnadenstoß. Die Menschen verließen unsere Gegend mit der Eisenbahn, auf den soeben gebauten Bahnstrecken, die doch dafür gedacht waren, Menschen zu uns zu bringen. Und so zerriss die Verbindung zwischen dem Land und seiner Bevölkerung.«

Sie faltete die Zeitung zwei Mal und fächelte sich damit Luft zu.

»Das ist unsere Geschichte. Ein Elend ist unsere Geschichte. Alles verfiel. Die Häuser, die Wege, die Terrassen. Der Wald kroch immer näher und die Menschen zogen fort. Bis weit in die sechziger Jahre des 20. Jahrhunderts hinein waren wir vergessen.«

Simone erhob sich, ein wenig schwankend, aber sie schlug Toris Hand aus, die ihr helfen wollte. »Schluss mit der Hysterie, will ich mit alledem sagen. Wir wissen, was wirkliche Katastrophen sind. Ein Feuer ist keine. Es brennt, weil es brennen muss. Wissen Sie, warum unsere Kämpfer in der Résistance sich Maquisards nannten? Nach dem ›maquis‹, einem kleinen zähen dornigen Busch, der sich nach einem Feuer als Erstes wieder ausbreitet.«

»Was uns nicht umbringt, macht uns stark?« Tori fürchtete, dass sie sich aufs Glatteis begab mit einer solchen Bemerkung.

Aber Simone schüttelte lächelnd den Kopf, hob die Zeitung hoch und hielt sie wie eine Stafette so, dass Louis nach ihr greifen konnte. »Leben Sie, ma chère. Leben Sie. Verschwenden Sie Ihre Zeit nicht mit all dem alten Plunder. Tausend Jahre Belleville ist ein Fliegenschiss auf dem Tischtuch des Allmächtigen. Das sagt Ihnen eine ehemalige Geschichtslehrerin, die jetzt nach Hause geht.« Sie packte ihre Krücke und bewegte sich langsam zum Ausgang.

»Und was viel wichtiger ist als der ganze alte Kram: Sie sollten Ihr Französisch verbessern. Wenn Sie wollen, gebe ich Ihnen Unterricht.«

8

Punkt siebzehn Uhr stand Nico unten am Tor. Tori hatte sich am Telefon überreden lassen, mit ihm nach Saint-Mélany zu fahren, dort sollte es im »Bon Port« eine Soirée geben, mit dem Bürgermeister von Dompnac, der als nicht ganz unbegabter Chansonnier galt. Das »Au Bon Port« war die Kneipe von Yette, einer Belgierin. Es stimmte, was Simone sagte: mittlerweile gab es hier, am Rande der Cevennen, eine bunte Mischung von Aussteigern oder »expats«, wie die Angelsachsen sagen, und niemand schien sich daran zu stören. Warum also sollte irgendjemand Wohnwagen und Hund eines Schweizers anzünden? Nur, weil der Mann Haschisch rauchte?

»War Franco Jeger ein Dealer?« Tori klammerte sich am Haltegriff über der Autotür fest. Nicos Art, sein Auto auf der schmalen Straße durch die Kurven zu peitschen, bekam ihren Nerven nicht.

»Wieso? Weil der eine oder andere bei ihm Shit gekauft hat? Das hat noch nicht einmal unseren Serge gestört.« Nicos rachitischer Lastwagen keuchte über die einspurige Straße, die steil bergauf führte. Von Kilometer zu Kilometer wurde sie schmaler, rückten die Felsen näher. Bei jeder Biegung betete Tori darum, dass ihnen nicht just in diesem Moment jemand entgegenkam.

»Gelegenheitskiffer sollte man nicht in die Illegalität drängen, das zwingt sie nur, sich mit den wirklich üblen Gangstern einzulassen.«

Die Felsen wechselten von goldgelbem Kalkstein zu

Schiefer, je höher sie kamen. Auch die Häuser waren mit Schieferplatten bedeckt, schwarzglänzend wie Krähenflügel. In einer Flussbeuge unter ihnen lag eine alte Mühle, die sich wie ein schuppiger Drache in den Felsen schmiegte. Tori wagte kaum, hinunterzuschauen, sie war nicht schwindelfrei, aber ihr fiel auf, dass die Drobie für einen Wildbach viel zu wenig Wasser führte.

»Vielleicht treffen wir bei Yette ja Francos Freunde. Die könnten wissen, wo er steckt.«

»Masson behauptet, er habe ganze Hundebataillone auf die Suche nach ihm geschickt.«

Nico lachte leise. »Tatsächlich? Na ja, das wird ihm nie wieder passieren, dass er das Verschwinden eines Touristen ignoriert, egal, ob Niederländer oder Schweizer.«

Als im vergangenen Frühjahr ein holländischer Feriengast verschwunden war, hatte Masson es abgelehnt, nach ihm suchen zu lassen. Nur Tori hatte sein Verschwinden beunruhigt, und wenn sie nicht ebenfalls in einen der vielen Schächte in der Karstebene gestürzt wäre, hätte man den Mann nie gefunden.

Kurz vor Saint-Mélany überholten sie eine Gruppe von Radfahrern, die schwitzend über ihren Lenkern hingen. Die Cevennen waren bei Radfahrern beliebt, auch bei Profis, die auf Mallorca keine Lust mehr hatten. Es gab hier die steilsten Steigungen und Abfahrten, für jeden Geschmack etwas. Tori bewunderte alle Radfahrer, insbesondere die schon älteren Herren mit den sauber rasierten Waden, aber auch die nicht mehr ganz junge Frau aus Montréal, die seit Jahren jeden Tag und bei jedem Wetter mit dem Rad zum Einkaufen fuhr. Tori selbst wanderte lieber – und wenn sie ehrlich war: sie schreckte beides, sowohl das Strampeln, wenn es nach oben ging, als auch die steilen Abfahrten, bei denen man über den Lenker flog, wenn man zu spät bremste.

Das »Au Bon Port« war ein langgezogenes, einstöckiges Haus schräg gegenüber einer Kirche und einem Kriegerdenkmal, es grenzte hinten an einen steilen Berghang und vorne an die einzige Straße, die durchs Dorf führte. Wer auf der Terrasse sitzen wollte, von der aus man einen weiten Blick über das Tal hatte, musste die Straße überqueren.

Sie parkten weit vorne am Dorfrand und gingen zu Fuß weiter. Yette stand in der Tür zu ihrem Restaurant, ein bisschen breitbeinig, so, als ob sie ihr Motorrad zwischen den Schenkeln hielte, das kräftige Haar im Nacken zusammengefasst. Ihr Gesicht verzog sich zu einem strahlenden Lächeln, als sie ihre Gäste erkannte.

»Tori! Nico! Das wurde aber mal Zeit!«

»Wir haben dich vermisst, Yette«, sagte Nico, der höfliche Lügner, und ging vor in den Gastraum. »Gott sei Dank hat sie mittlerweile einen vernünftigen Kerl anstelle des Typen, mit dem sie früher ihre Kneipe geführt hat«, flüsterte er Tori zu.

Tori folgte Nico hinein. Ganz hinten, neben dem Eingang zur Küche, saßen zwei Männer und eine Frau.

»Voilà, der Stammtisch der sesshaften Nomaden«, murmelte Nico und ging auf die Gruppe zu. Die drei wirkten ein wenig verloren hier in der dunklen Kneipe, in der die Luft stand. Tori wäre es lieber gewesen, sie hätten sich draußen auf die Terrasse gesetzt. Doch ihr dämmerte, dass Nico sie nicht des singenden Bürgermeisters wegen hierher geschleppt hatte, sondern wegen dieser drei ein wenig verloren wirkenden Gestalten.

»Liebe Tori, das ist Louise, eine Australierin, deren

Cupcakes hierzulande weltberühmt sind. Wir fragen uns alle, was sie in unserer gottverlassenen Gegend will.« Louise nestelte an ihrem dicken braunen Zopf, der ihr über die Schulter fiel, und lächelte ohne tiefe Überzeugung. Tori kannte die Frau, sie war groß und kräftig, hatte ein offenes Gesicht, lachte leicht und laut und verkaufte auf dem Markt in Les Vans, der Hippiehochburg, selbstgemachten Schmuck und ihre Kuchen – glutenfrei, selbstredend. Sie war ein wenig esoterisch angehaucht, aber das gab es hier öfter, es störte niemanden.

»Dann ist da Andrew Collins, ein typischer Brite, auch wenn er sein Tweedjackett heute im Schrank gelassen hat.« Andrew nickte und lächelte ein wenig säuerlich. Andrew war der Mann, der auf dem Markt im Frühjahr die schönsten Tulpen weit und breit anbot. Er war gelernter Hutmacher und verkaufte manchmal eigene Kreationen, Tori hatte ihn »Mad Hatter« getauft, er passte zu »Alice im Wunderland«.

»Und schließlich Bert Verbeek, der Unvergleichliche.« Bert war ein schwerer Mann, der so schwitzte, dass sich die feuchten Haare auf seiner Stirn kräuselten. »Wenn er alle Merkwürdigkeiten unserer Gegend abgemalt hat, wandert er nach Curaçao aus. Das verspricht er uns jedenfalls seit Jahren.«

Bert gab im Sommer Malkurse in seinem Atelier und hatte es schon zu einer Ausstellung in Joyeuse gebracht. Tori mochte seine Landschaftsbilder, er malte keinen Kitsch mit blauem Himmel und Lavendelfeldern, sondern schattige Maultierpfade zwischen zerfallenen Steinmauern.

»Dürfen wir?« Nico erwartete keine Zurückweisung, er zog bereits Stühle für sich und Tori heran. Als Yette mit dem Bier kam, tönte er: »Das hier ist die einzige Kneipe in ganz Frankreich, in der es anständiges Bier gibt!« und hob das Glas.

Yette stemmte die Fäuste in die Seiten. »Das gehört sich ja wohl für eine belgische Wirtin, oder? Heute gibt es übrigens Kaninchen, falls ihr was essen wollt. Bevor Jeannot zu singen anfängt.«

»Genießen wir die Ruhe vor dem Sturm«, sagte Nico, prostete in die Runde, setzte das Glas an und leerte es in zwei Zügen. Yette hatte vorausschauend bereits das nächste gezapft.

»Wisst ihr, wo Franco Jeger ist?«

Tori hätte fast gelacht. Mit höflichem Vorspiel hielt Nico sich nicht auf.

»Sehen wir so aus?« Bert, schnippisch. Andrew und Louise schüttelten stumm den Kopf.

Nico seufzte. »Macht euch darauf gefasst, dass Serge Masson euch auf die Pelle rückt und das Gleiche fragt.«

»Warum sollte er?« Berts stattlicher Bauch wölbte sich über der Tischkante. Er wäre ein hübscher Kerl, dachte Tori, wenn er etwas weniger Wampe hätte.

»Weil er wissen will, wo Franco Jeger ist, ganz einfach.«

»Ich hab ihn seit letztem Herbst nicht mehr gesehen.« Wenigstens Andrew, der Hutmacher, war etwas gesprächiger.

»Aber ihr wart doch früher dicke Kumpels?«

»Früher? Früher ist schon lange vorbei.«

Nicos gebräuntes Gesicht verzog sich zu einer leutseligen Grimasse, was ihn dank seiner Narbe nicht hübscher machte. Tori wusste die Zeichen zu deuten. Sein Jagdtrieb war angesprungen.

»Es macht euch also gar nichts aus, dass er verschwunden ist? Dass sein Wohnwagen ausgebrannt ist, mitsamt Papagei? Und dass sein Hund an der Leine lag, bevor er bis auf die Knochen durchgegart wurde?«

Louise und Bert sahen sich an. »Um Himmels willen«, murmelte Bert. »Das wusste ich nicht.« Louises Hund, der unter dem Tisch gelegen hatte, erhob sich und leckte ihr die Hand. Das Tier mit dem dreifarbigen Fell, einer Melange aus Weiß, Schwarz und Braun, hatte Augen unterschiedlicher Farbe: das eine braun, das andere blau.

»Also ist er nicht tot?«

»Das wissen wir nicht. Was seinen Hund betrifft, gibt es allerdings keinen Zweifel. Das Feuer ist bei Jegers Wohnwagen ausgebrochen.«

Bert legte die dicken Pranken auf den Tisch. Tori staunte immer wieder darüber, dass solche Hände malen konnten.

»Franco hätte nie –« sagte er, sofort unterbrochen von Nico. »Das sagen sie alle: Er hätte nie seine Tiere so sterben lassen.« Nico machte eine Pause, sah von einem zum anderen und sagte, als niemand reagierte: »Aber gilt so viel Tierliebe auch für alle anderen? Wo warst denn du in der Nacht, Bert?«

Bert schnaubte. »Ganz sicherlich nicht auf den *Gras.*«

»Vielleicht wolltest du Franco besuchen?«

»Ich bin nachts lieber bei meiner Frau, wenn du es genau wissen willst.«

Nico lehnte sich zurück. »Das glaub ich dir gern. Aber auch Serge wird das alles wissen wollen. Und er wird euch fragen, was genau euch mit Franco verbindet.«

Alle drei starrten ihn an. Dann warf Andrew die Arme hoch. »Meine Güte! Man legt doch keinen Brand, nur weil man bei dem Schweizer mal ein bisschen Shit gekauft hat!«

»Ich habe nie Haschisch bei ihm gekauft«, murmelte Louise und senkte die Nase in ihr Glas. »Ich brauche keine Drogen.«

»Ich hab ihm öfter mal einen ausgegeben, wenn Marie-Theres ihm nichts mehr anschreiben wollte, das ist ja wohl nicht strafbar«, grummelte Bert.

»Er war also oft pleite. Vielleicht spekulierte er auf einen Versicherungsschaden?«, sagte Nico leichthin. Er blickte in entsetzte Gesichter. Hundebesitzer hielten offenbar schon den Gedanken daran für pure Häresie.

»Ich glaube nicht, dass er das noch nötig hatte.« Andrew, langsam, unsicher. Tori fiel auf, dass Louise ihn ansah, als ob sie ihn daran hindern wollte, mehr zu sagen.

»Ach?«, fragte Nico in bester Bullenmanier.

»Na ja.« Andrew schien sich klein machen zu wollen unter Louises Blick.

»Angeblich hat er was geerbt«, grummelte Bert. »Wer's glaubt. Doch selbst wenn es stimmt: Denkt einer von euch vielleicht, dass er davon irgendwann seine Schulden zurückzahlt?«

»Oder seinen Deckel. Bei mir sind noch vierundsiebzig Euro offen«, sagte Yette und stellte die nächste Runde Bier auf den Tisch.

Sie tranken schweigend.

»Also von den hier Anwesenden weiß niemand, wo sich Franco Jeger befindet«, resümierte Nico. Alle schüttelten den Kopf.

Tori war es mit einem Mal zu warm im Raum. In der Küche redete Yette auf den Koch ein, der sich über irgendetwas aufregte und mit den Töpfen rumorte, es roch durchdringend nach angebrannten Zwiebeln und Knoblauch. Die Luft war zum Schneiden, nicht nur der Gerüche wegen. Die drei Freunde machten dicht. Sie mauerten. Sie sagten nicht, was sie wussten. Und was sie wussten, schien nicht angenehm zu sein. »Ich muss an die frische Luft«, sagte sie und stand auf.

Draußen hielt bereits der singende Bürgermeister Hof. Sämtliche Plätze auf der Terrasse waren besetzt, alle schauten zu der improvisierten Bühne, auf der ein Mikrofonständer stand und eine Musikanlage, an der ein Mann mit Gitarre in der Hand herumdrehte. Bürgermeister Jeannot trug die graumelierten Haare beinahe schulterlang, ein wenig so wie einst Jean Ferrat, der Chansonnier aus Antraigues. Dessen Lied über die herrlichen Berge und über die Menschen, die trotz der schönen Landschaft fortziehen müssen, weil sie von der Stadt, dem Kino und Möbeln aus Laminat träumen, berührte Tori immer wieder. Er schrieb es in den sechziger Jahren, als das Land auszusterben drohte. Längst hatte sich das umgekehrt: Heute zog man aus den unwirtlichen Städten hinaus in die Provinz.

Nico und der Stammtisch der sesshaften Nomaden gesellten sich zu ihr, als die ersten Gitarrenakkorde erklangen. Jeannot begann mit *La Mer* von Charles Trenet und *La Bohéme* von Charles Aznavour und ging mit wachsendem Selbstbewusstsein *Les Feuilles Mortes* von Yves Montand und das *Chanson pour l'Auvergnat* von George Brassens an. Das ganze Programm, das in den fünfziger und sechziger Jahren des vergangenen Jahrhunderts, vor ewigen Zeiten also, den Ruf Frankreichs als Kulturnation mit Wein und Gesang begründete. Tori blickte in die Runde. Alle, die Touristen wie die Einheimischen, wiegten sich verträumt und sehnsüchtig auf den Plastikstühlen, als glaubten sie, im alten Frankreich zu sein, das doch schon längst untergegangen war. Als Jeannot *Quand on n'a que l'amour* von Jacques Brel anstimmte, war auch Tori verloren. Sie war nicht die Einzige mit Tränen in den Augen.

»Frag nicht, warum ich vor Jahren hier gelandet bin«, murmelte Nico, als er sie heimfuhr.

Endlich war das Gewitter da, auf das alle nun schon seit Wochen warteten – und es kam so, wie es in dieser Gegend üblich war: als dramatischer Auftritt. Schwarze Wolkenkissen schoben sich über den Himmel, es blitzte und donnerte in immer kürzeren Abständen, lange fiel kein Tropfen Regen. Dann plötzlich öffneten sich die Schleusen und der Himmel leerte kübelweise Eiswürfel aus, manche groß wie Golfbälle. Tori stand auf der Veranda, hörte zu, wie das Eis auf das Dach über ihr prasselte, gab irgendwann auf, die Blitze zu zählen, und versuchte, nicht an die zarteren unter ihren Pflanzen zu denken, die auf der Terrasse im Freien standen und dem Unwetter ausgeliefert waren. Der Oleander würde Blüten und Blätter verlieren, die zweite Rosenblüte dürfte hinüber sein. Im Garten des Hauses eine Zeile unter ihr klirrte Glas. Das war das Gewächshaus. Oder das Glasdach über dem Eingang. Die Nachbarn würden sich freuen, wenn sie aus den Sommerferien zurückkamen.

July verkrümelte sich ins Haus, während Tori unter dem nicht mehr ganz dichten Dach über der Veranda ausharrte, bis es sich ausgehagelt hatte und eine undurchdringliche Regenwand den Blick auf den Hang versperrte. Gut, dass sie das Auto heute oben auf der Place Galfard geparkt hatte, denn wenn das so weiterging, würde sich die Straße unten, an der sie sonst parkte, in einen reißenden Strom verwandeln, sobald der im Kanal unter der

Straße fließende Toufache die Gullydeckel hob und aus seinem Betonbett aufstieg, um sich ein paar Kilometer weiter unten mit einem gleichgesinnten Bach zu vereinen, nicht ohne ein paar Bänke, Mülltonnen und vergessene Kinderfahrräder vom Straßenrand mitzunehmen – und manchmal auch Autos.

Sie atmete die frische Luft tief ein. Nach dem Feuer das Wasser. Was hatte Simone gesagt? Hier war das Land der vier Elemente, jedes bestimmte die Landschaft und die Menschen: der Boden mit seinen Höhlen und Schächten, das Feuer, das Fauna und Flora der Garrigue sterben und leben ließ, das Wasser, das sich in Tausenden von Jahren durch die Felsen gegraben hatte. Und die Luft, in der Worte schwebten, die Carl herabbeschworen aus dem Himmel oder woher auch immer: *»Quand on n'a que l'amour, pour unique raison, pour unique chanson, et unique secours.«*

9

Marie Laure Laporte klingelte nicht, das tat sie nie, meistens lief sie gleich die Treppe hoch, ohne auf eine Einladung zu warten. Tori führte das auf Neugierde zurück: die Briefträgerin war die Informationsquelle des Dorfes und Tori war schon lange Gegenstand ihres Wissensdurstes. Umso mehr, als die Anlässe zu einem unverhofften Besuch im Maison Sarrasine eher selten waren. Tori bekam wenig Post und hielt nichts von Onlinebestellungen – außer, was Bücher betraf, die wenigen, die sie nicht auf dem Reader lesen wollte, weil sie einen festen Platz im Bücherregal verdienten.

Marie Laure wedelte mit einem bunten Briefumschlag und rief fröhlich: »Da hat sich aber jemand besonders große Mühe gegeben, um dir eine Freude zu machen!«

Jan? Toris Herz tat einen Hupfer.

»Dein Verehrer hat jeden einzelnen Buchstaben sorgfältig ausgeschnitten und aufgeklebt, nur das große B in Belleville fehlt, davon hatte er wohl nicht genug.«

Die Briefträgerin streckte die Hand mit dem Brief aus. Als Tori danach greifen wollte, zog sie ihn wieder zurück. »Der Brief hat keinen Absender. Das gehört sich natürlich nicht.«

Marie Laure guckte derart streng, dass Tori lachen musste, obwohl sie sich über so viel penetrante Neugier ärgerte. »Nun gib schon her.« Zögernd überließ Marie Laure ihr Fundstück seiner Adressatin.

»Hoffentlich ist es kein anonymer Brief. Mit Morddrohungen oder etwas ähnlich Gruseligem.«

»Wieso nicht? Dann hättest du wenigstens was zu erzählen!«

Tori machte keine Anstalten, das Kuvert aufzureißen – nicht vor Marie Laure. Denn tatsächlich sah der Brief genauso aus, wie anonyme Briefe eben aussehen, zumindest, seit es Zeitungen gibt.

Doch Marie Laure rührte sich nicht vom Fleck. Tori zog die Augenbrauen hoch. »Hast du schon Feierabend?«

»Ich? Ach so. Nein, natürlich nicht, tut mir leid, ich muss weiter.«

Mit wippendem Pferdeschwanz lief die Postbotin die Treppe hinunter und warf das Hoftor energisch hinter sich zu.

July hatte dem Gespräch angespannt zugesehen, als ob sie ahnte, dass etwas nicht stimmte. Tori tätschelte ihr den

Kopf, holte ein Messer aus der Küche und setzte sich an den Tisch auf der Veranda. Sie betrachtete Vorder- und Rückseite des Briefs genau, bevor sie ihn aufschlitzte.

Ein anonymer Brief. Ein Klassiker. Die Botschaft war theatralisch, aber man konnte sie kaum missverstehen:

> »Der HErr hat Schwefel und Feuer regnen lassen vom Himmel und wird alle vernichten, die sich nicht unter sein Gesetz beugen. Er wird alle fremden Feinde verjagen, die sich am heiligen vaterländischen Erbe vergreifen.«

Jeder Buchstabe sorgfältig ausgeschnitten und auf das Papier geklebt, nur bei »détruira«, dem Wort für vernichten, fehlte ein i.

Sie legte den Brief beiseite. Konnte man so etwas ernst nehmen? Natürlich nicht, sagte ihr Verstand. Aber ihr Körper hielt sich nicht daran und ließ Adrenalin ins Blut schießen, mehr als es brauchte, um in der Steppe einem hungrigen Löwen davonzulaufen. Mit rasendem Puls und trockenem Mund versuchte sie, einen klaren Gedanken zu fassen. Wollte ihr jemand übel? Sie war nicht bei jedem beliebt, bei den einen wusste sie es, bei den anderen ahnte sie es nur. Wer fremd ist, muss Misstrauen ertragen, das war überall so, nicht nur in Belleville. Doch hier drohte jemand, zu vernichten und zu verjagen. Oder war das nur so dahergesagt, biblisch eben?

Sie zwang sich, langsam zu atmen. Einatmen. Bis drei zählen. Ausatmen. Einatmen. Bis drei zählen. Ausatmen. Die Sache auf sich wirken lassen. Analysieren. Schlüsse ziehen.

Sie nahm sich den Brief noch einmal vor und versuchte,

sich auf die Fakten zu konzentrieren. Das Französisch und die Akkuratesse, mit der die Buchstaben aufgeklebt worden waren, passten eher zu einem älteren Menschen. Genauer: Zu einem älteren Mann. Wer konnte das sein? Einer, der keine Zugereisten mochte? Sie nicht, und Franco Jeger auch nicht? Der nicht nur anonyme Briefe schrieb, sondern bereits zur Tat geschritten war und Feuer gelegt hatte? Erst beim Schweizer und demnächst, wer weiß, bei ihr?

Eines war gewiss: Etwas war unterwegs in und um Belleville, etwas Ungutes.

July machte sich neben ihrem Stuhl bemerkbar, sie wusste instinktsicher, was man gegen Toris Unruhe tun konnte. Ein kurzes »Waff« hieß: Jetzt reiß dich zusammen, hol die Hundeleine und lass uns endlich gehen.

Tori stand auf. Ein Gang durch die Natur klärte den Kopf. Sie nahm die Leine vom Haken und lief hinter July die Treppe hinunter.

Der Toufache führte nach dem Gewitter wieder reichlich Wasser, der schmale Pfad am Ufer des Bachs im Schatten der Bäume, die ihre knorrigen Wurzeln bis ins Bachbett streckten, war an vielen Stellen überspült. July machte das nichts aus, aber Tori musste von Stein zu Stein springen, um keine nassen Füße zu bekommen. Hinter einer schmalen Brücke ging es hinauf, an einer verfallenen *Grange* vorbei, immer höher. Der Maultierpfad führte zwischen grauen Steinblöcken und struppigem Gebüsch aus Wacholder und Buchs hoch auf einen Feldweg, der nach einem guten Kilometer in Richtung Montréal abbog.

Montréal lag auf einem Hügel, den ein großer Turm krönte, von dem eine Fahne wehte. Wenn der Bergfried der Burg Flagge zeigte, war der Schlossbesitzer anwesend.

Tori kannte die Geschichte der Burg, die in Teilen aus dem 12. Jahrhundert stammte und jahrhundertelang der Familie Balazuc gehört hatte. Nach der Französischen Revolution aber, so stand es im Reiseführer, waren die obersten sieben Meter des Bergfrieds abgerissen und die Steine verkauft worden. So verfuhr man mit vielen adligen und kirchlichen Bauten damals. Erst seit ein gelernter Maurer aus der Normandie die Ruine erworben und zunächst ohne fremde Hilfe restauriert hatte, erhoben sich Bergfried, Logis und Ringmauer wieder in alter Pracht über dem kleinen Dorf zu seinen Füßen. Man hatte die Pflege des »heiligen vaterländischen Erbes« also Zugezogenen überlassen. Den Fremden, die der Herr verjagen sollte?

Was wollte der Autor des anonymen Briefes? Vornehmen Verfall?

Das Tor zum Burghof stand offen. Tori warf vier Euro in den Spendenkasten und trat durch den Spitzbogen des gotischen Portals in die angenehm kühle Halle. An den unverputzten Wänden hingen Bilder und Dokumente aus der Geschichte der Burg, auch ein Bild des Wappens von Montréal war dabei: es zeigte einen Greifen, unter dem geflügelten Fabelwesen mit den gestreckten Tatzen drei rote und drei schwarze Balken. Das Wappen war nicht identisch mit dem, dessen Rudimente sie auf der Giebelwand unter dem Dach ihres Hauses gefunden hatte. Aber die Ähnlichkeit war groß. Das bestärkte sie in ihrer Vermutung, dass es eine Verbindung zwischen dem Château Montréal und dem alten Fort von Belleville gab.

Insofern hatte der anonyme Absender des Briefs Grund für seinen Zorn. Das, was die Franzosen »Patrimoine« nannten, ihr historisches Erbe, war im Besitz von Fremden gelandet. Ein Maurer aus der Normandie mochte ja noch angehen, die Normandie gehörte immerhin zu Frankreich, aber von Belleville aus war das so weit weg wie Paris – und ebenso fremd.

Das älteste Haus von Belleville aber gehörte einer vierzigjährigen ehemaligen Rechtsanwältin aus Frankfurt am Main, Victoria Peters, genannt Tori, verwitwete Godon, deren einzige Rechtfertigung darin bestand, dass sie einen Mann geheiratet hatte, dessen Vorfahren aus der Gegend stammten. Ob das als Entschuldigung reichte? Wohl kaum.

July war neugierig treppauf gelaufen und hatte den Gerüchen nachgespürt, den jahrhundertealten und den frischen, und kam jetzt schweifwedelnd zurück. Sie traten aus der kühlen Halle hinaus in die grelle Mittagssonne. Niemand war zu sehen, kein Burgherr und kein Burgfräulein. Über einen verwunschenen Pfad zwischen bemoosten Mauern wanderten sie zurück nach Belleville.

Tori öffnete die Tür zur Bibliothek. July durchquerte würdig erhobenen Hauptes den Raum und legte sich auf ihren Platz. Simone saß bereits am Lesetisch, so aufrecht, wie es ihr der gekrümmte Rücken erlaubte, und sah ihr strengen Blicks entgegen.

»Sie sind nicht pünktlich, meine Liebe. Ihr Französischunterricht beginnt um Punkt vierzehn Uhr!«

Sie hatte recht. Tori war zehn Minuten zu spät.

»Verzeihen Sie bitte, ich war in Gedanken.« Sie zögerte. Dann nahm sie den Brief aus ihrem Rucksack und legte ihn auf den Tisch. »Deshalb.«

Simone streckte die knotige Hand mit den rotlackierten Nägeln nach dem Blatt aus und las. »Fremde. Die sich an unserem heiligen vaterländischen Erbe vergreifen«, murmelte sie. »Quelle connerie!«

»Es stimmt doch aber auch irgendwie, wenn ich so an mein Haus denke, oder?«

»Ach was, Kindchen. Da macht sich einer wichtig. Was soll das denn sein, unser vaterländisches Erbe? Sie haben alle ihre Spuren hinterlassen, die Fremden, mit den Sarazenen angefangen. Nicht wenige dieser Spuren sind blutige Fußabdrücke. Die Katholiken, die Calvinisten, die königlichen Soldaten, die Deutschen, die Kollaborateure und, auch wenn das kein Franzose gerne hört, unsere selbsternannten Freiheitskämpfer: Ich für meinen Teil kann auf diese Sorte Erbe gern verzichten.«

Tori wollte widersprechen. Simone hatte unrecht. Das Vivarais war ein Ort voller Geschichten und Geschichte, Kulturlandschaft eben, geprägt von Menschen, die wiederum geprägt waren von ihrer Umgebung. Natürlich gab es ein Erbe, das zu verteidigen sich lohnte, man musste es ja nicht gleich heilig nennen.

»Ma chère.« Simone legte ihre Hand auf Toris Arm. »Ich weiß, dass nicht alle begeistert waren, als Sie und Ihr Mann eines unserer ältesten Häuser kaufen wollten. Immerhin – die Familie Ihres Gatten waren Reformierte, das machte bei den Frömmeren unter uns Eindruck. Aber es gibt hier Menschen, die ihr kostbares vaterländisches Erbe lieber verfallen lassen, als es Fremden zu verkaufen.« Sie schnaubte verächtlich. »Es ist ja nicht so, dass ich das nicht verstehen könnte, diese Abneigung gegen Fremde. Ich für meinen Teil mag keine Araber. Alles Antisemiten.« Tori zuckte zusammen, was Simone mit breitem Lächeln quittierte. »Davon abgesehen aber möchte ich nicht in einem entleerten Dorf sterben. Ich bin mehr als dankbar für alle Menschen, die sich auf uns einlassen. Das ist schwer genug.«

Sie zog die Augenbrauen hoch. Tori musste lachen.

»Ich meine das ernst. Ich bin dankbar für Menschen, denen unsere Vergangenheit nichts sagt. Zu viel Erinnerung kann töten.«

»Meinen Sie das wirklich?«

Simone nickte, ihre dunklen Vogelaugen auf Tori gerichtet. »Denken Sie an Paulette Theissier. Wofür ist sie gestorben? Weshalb hat sie sich letztes Frühjahr in unserer Kirche erhängt? Weil es da irgendein altes Unrecht gab, dass man mit neuem Unrecht vertuschen wollte. Geschichte ist ein Gefängnis, aus dem man sich befreien muss. So.«

Sie legte den Brief beiseite.

»Beginnen wir mit unserer ersten Lektion. Ich habe Ihnen einen Gedichtband mitgebracht: *Les Fleurs du Mal* von Charles Baudelaire. Sie werden nach der Lektüre froh sein, nicht in der Stadt zu leben. Ich bin mir sicher, dass viele der jungen Menschen, die vor Jahrzehnten in unser Land strömten, ihren Baudelaire in der Tasche trugen.«

10

»Und? Was macht dein Fall?«

Bei Marie-Theres war es brechend voll, die Luft wie immer zum Schneiden.

»Ich weiß nicht, ob wir einen Fall haben, Nico.« Serge Masson drehte sich mit nervösen Fingern eine Zigarette.

Tori trat einen Schritt zur Seite, um Marie-Theres durchzulassen, die mit beladenem Tablett nach draußen wollte.

»Ich denke, der Schweizer wollte abtauchen. Spurlos.

Der wollte ein neues Leben beginnen. Mit einem Erbe im Rücken sollte ihm das leichtfallen.«

»Also stimmt die Sache mit dem Erbe?«, fragte Nico.

»So weit wir wissen, ja.« Masson drehte die fertige Zigarette zwischen den langen Fingern. »Im Übrigen kann er tun und lassen, was er will. Brandstiftung können wir ihm nicht nachweisen. So trocken, wie es oben auf den *Gras* war, hätte jeder Funke genügt.« Er seufzte. »Apropos – ich würde jetzt gern eine rauchen gehen.«

»Warum rauchst du nicht hier drinnen, wie alle anderen auch?«, fragte Nico genervt. »Man kann es auch übertreiben mit der eigenen Vorbildlichkeit.«

»Ich habe keinen Ehrgeiz, was Vorbildlichkeit betrifft«, sagte Masson trocken. »Ich halte mich lediglich an Recht und Gesetz. Bis gleich.«

Nico blickte ihm hinterher. »Warum bloß habe ich das Gefühl, dass er seinen Job weniger ernst nimmt als das Rauchverbot, an das er sich so inbrünstig hält? Der Schweizer hat mit Drogen gehandelt. Das ist eine Spur, die unseren Commandant de Police partout nicht zu interessieren scheint.«

Tori legte ihm den Arm um die Schulter. »Meinst du nicht, dass du da ein wenig voreingenommen bist? Einmal Drogenfahnder, immer Drogenfahnder?«

»Du bist die Einzige, die so etwas auch nur denken darf, meine Liebe«, murmelte Nico und küsste ihr die Wange.

Masson war wieder hereingekommen, in einer Wolke von Zigarettenrauch. »Drogen«, sagte er. »Ich versteh nicht viel davon.«

»Ich auch nicht«, meinte Nico spöttisch. »Ich bevorzuge Alkohol.«

»Im Ernst jetzt. Ich habe mich nie um Franco Jegers

kleine Geschäfte gekümmert, mir war es nur recht, wenn alles hübsch überschaubar blieb. Erst wenn unsere marokkanischen oder algerischen Gangs ins Spiel kommen, werde ich nervös.«

»Ich bewundere deine Toleranz. Ihr hättet den Schweizer allein für Privatbesitz und Weitergabe auf Jahre in den Knast stecken können.«

»Warum? So hatten wir das wenigstens unter Kontrolle, deshalb habe ich mich nie um Jegers Quelle gekümmert. Woher bezog er seinen Stoff? Hat er wirklich nur Haschisch vertickt oder auch was anderes? Kokain? Heroin? Chrystal Meth? Der Kerl wird keinen großen Radius gehabt haben ohne Auto. Seinen Wohnwagen dürfte er seit Jahren nicht mehr bewegt haben.«

»Er muss einen Dealer hier aus der Gegend kennen. Habt ihr denn nie erfahren, bei wem Marcel damals eingekauft hat?«

Das war eine der Fragen, die Massons Ermittlungen im vergangenen Frühjahr offengelassen hatten: Marcel, der Neffe von Didier Thibon, des alten Mannes, der angeblich von der Kellertreppe gestürzt war – wobei der Neffe nachgeholfen hatte, wie alle glaubten –, wurde mit einer Wehrmachtspistole erschossen. Angeblich von einem Dealer, dem er Geld schuldete, der aber nie gefunden wurde.

»Nein.«

»Du wirst einsilbig.«

Masson seufzte. »Ich bin mir nicht sicher, dass Marcel von seinem Dealer erschossen wurde. Die benutzen heutzutage eine Kalaschnikow und keine Nazipistolen.«

Das Eingeständnis wunderte Tori. Serge Masson hatte damals alles getan, damit kein Verdacht auf jene fiel, die womöglich am Tod des alten Didier Thibon und dessen Neffen am meisten interessiert waren: die Bewohner von Belleville. Er wahrte das Geheimnis des Dorfes, was Toris Gefühl für das, was recht und richtig war, zutiefst verletzte und das sie dennoch als jemand, der an diesem Ort leben und leben bleiben wollte, nur zu gut verstand. Die Wahrheit vermochte eine kleine Gemeinde wie Belleville ebenso zu zerstören wie die Lüge und das Verdrängen.

»Na gut. Also lautet die Frage: Auf welche Weise kommt man in dieser gottverlassenen Gegend an halbwegs sauberes Haschisch?«

»Der französische Drogenmarkt hat seinen Hauptsitz in Marseille. Früher war der Handel dort in den festen Händen weniger Clans, das hatte seine Vorteile, die haben die Sache straff organisiert und streng kontrolliert. Mittlerweile haben wir es mit einem Netz von Kleinhändlern zu tun. Kennst du Marseille?«

»Sicher. Ist allerdings schon eine Weile her.«

»Warst du auch in den Schmuddelecken, in den Quartiers Nord, im Parc Kallisté?«

»Na klar.«

»Bei den Chouffs und Charbonniers? Die jungen Chouffs kriegen fürs Schmierestehen hundert Euro am Tag, das ist für Perspektivlose ein echtes Angebot, zumal sie hoffen können, zu den Dealern aufzusteigen, den Charbonniers. Der Caïd, der die Ware anliefern lässt, macht um die zwanzigtausend Euro am Tag. Das ist der Traum aller Abgehängten. Übrigens auch auf der Gegenseite: Es gibt Polizisten, die der Versuchung nicht widerstehen können. Nichts ist widerwärtiger als ein korrupter Bulle.«

Und kaum etwas ist beängstigender, dachte Tori. Doch war nicht auch Serge Masson bestechlich? Und sei es nur durch den Wunsch, den Frieden zu erhalten, selbst wenn dabei die Wahrheit auf der Strecke blieb?

Masson hob Marie-Theres sein leeres Glas entgegen. »Wir hatten erst vor Kurzem wieder einen fetten Skandal in Marseille. Es gibt immer Kollegen, die gern die Hand aufhalten.«

Marie-Theres goss allen dreien aus der unerschöpflichen Flasche Rosé nach. Tori hatte noch nie mitbekommen, dass und wie sie nachgefüllt wurde.

Nico nickte. »So ist es. Aber als der Markt noch fest in den Händen der Clans war, sorgten die schon aus Eigeninteresse für Ordnung. An die Kleinkriminellen kommt man nicht ran, die bewegen sich in ihrer Umgebung wie die Fische im Wasser.«

»Jungs aus dem Maghreb oder von den Komoren, aus Tunesien, Algerien, Marokko, Senegal, Kamerun. Parallelgesellschaften. Niemand weiß, wie man die Leute erreicht. Wir verlieren den Krieg.«

Man muss offenbar nicht Baudelaire lesen, um französische Großstädte zu fürchten, dachte Tori.

Nach einer Weile räusperte Nico sich. »Marseille als Quelle von Franco Jegers Drogenvorräten leuchtet mir nicht ein, solange wir nicht wissen, wie das Zeug zu ihm in die Einöde gelangt ist. Per Post? Ist eher unwahrscheinlich. Wie ist es mit anderen Quellen? Zum Beispiel die Niederlande?«

»Hm.« Massons Blick ging in die Runde. »An wen denkst du? An den dicken Holländer?«

»Nicht unbedingt. Andrew Collins zum Beispiel bezieht seine Tulpenzwiebeln aus Holland. Er fährt regelmäßig dorthin und er lässt sich regelmäßig beliefern. Da kann man leicht etwas beipacken.«

»Darauf bin ich auch schon gekommen, wir lassen das untersuchen.«

»Bert Verbeek ist natürlich ebenfalls eine Option.«

»Klar. Aber mehr noch seine Freundin. Die besucht regelmäßig ihre Familie in Hilversum.«

»Nur – warum sollten sowohl Collins als auch Verbeek Haschisch von Franco beziehen, wenn sie das einfacher haben konnten?«

»Exakt. Aber stimmt ihre Geschichte? Vielleicht war alles ganz anders, vielleicht war es einer von ihnen, der Franco belieferte. Und nun schieben sie es auf einen Verschwundenen, von dem sie womöglich wissen, dass er nicht wieder auftaucht.«

Woher sollten sie das wissen? Dafür gäbe es eigentlich nur eine Erklärung und an die wollte Tori einfach nicht glauben.

Nach einer Pause sagte Nico: »Es gibt noch einen weiteren Expat, der für ein bisschen Drogendealerei infrage käme. Er organisiert Wandertouren, neuerdings macht er auch Führungen durch Marseille. Er heißt Julian, ein Deutscher, Nachname unbekannt.«

»Hm.« Masson starrte auf seine Hände.

»Für viele Leute aus Deutschland oder den Niederlanden ist Haschisch ein Lebensmittel. So, wie für euch Franzosen der Wein oder der Pastis.«

»Hm.«

»Vielleicht hat das ja alles mit Drogen gar nichts zu tun. Vielleicht war das Feuer ein fremdenfeindlicher Anschlag?« Tori zog den anonymen Brief aus der Tasche. »Das hier kam heute mit der Post.«

Masson nahm das Blatt mit spitzen Fingern auf und überflog den Text. »Ist das der erste Brief dieser Art, den Sie erhalten haben, Madame?«

»Der erste.«

»Das wundert mich. Sie wohnen jetzt schon wie viele Jahre bei uns?«

»Seit vier Jahren.«

Masson wiegte den Kopf. »Dann haben Sie Glück gehabt. Es gibt hier noch immer viele Menschen, die es nicht gern sehen, dass ihr Land als Ferien- und Freizeitort von Ausländern genutzt wird. Ist nicht ganz unverständlich.«

Tori dachte an ihr Gespräch mit Simone. »Aber wir erhalten ja auch etwas. Die alte Bausubstanz. Oder sollen die Häuser in Schönheit verfallen?«

»Manche denken so. Schauen Sie: Es gibt Dörfer, in denen im Winter kein einziger Mensch wohnt, während man sich im Sommer gegenseitig auf die Füße tritt. Das ist nicht mehr das Frankreich, das sie kennen. Aber egal: ich würde so einen Wisch nicht ernst nehmen.«

Draußen, wo die Touristen saßen, wurde gelacht. Zwei Männer stimmten ein Lied an, in dem von Whisky und Girls die Rede war, Engländer, offensichtlich.

Marie-Theres schob irgendetwas in die Mikrowelle, spülte geräuschvoll ein paar Gläser aus und murmelte dann, mit Blick auf Masson: »Die da draußen lassen wenigstens Geld da. Eine ganze Batterie besoffener Engländer ist mir lieber als das Pack, das kürzlich die alte Sophie überfallen hat. Marokkaner. Gesindel.«

»Junge Männer, die nichts zu tun haben. Die waren schon immer und überall ein Problem, Marie-Theres.« Masson versuchte zu beschwichtigen, aber das kam nicht gut. Die Wirtin stemmte ihre Arme in die Seiten und funkelte ihn an. »Das Problem sind nicht *unsere* jungen Männer! Die Grenzen dicht, sage ich. Das Gesindel abschieben. Und Ruhe ist.«

»Aber Marie-Theres. Solche Töne? Von dir?«

»Du weißt, was ich meine. Hier hat keiner was gegen Holländer oder Belgier oder Engländer. Noch nicht einmal gegen Deutsche«, sagte Marie-Theres mit einem kleinen Lächeln Richtung Tori. »Nur auf die anderen können wir verzichten. Das sind nicht meine Kunden.«

»Da hast du sicher recht«, meinte Masson beschwichtigend.

»Doch davon abgesehen: Ohne Tourismus wäre unsere Gegend tot und ich hätte die Kneipe längst zumachen müssen.«

»Undenkbar! Eine fürchterliche Vorstellung!« Nico verbeugte sich vor Marie-Theres. »Wir wären heimatlos!«

»Eben. Also benehmt euch ordentlich. Und trinkt schneller, sonst komme ich nicht auf meine Kosten.«

11

»Kannst du kommen? Ich brauche Hilfe!«

Tori war auf der Terrasse, als drinnen das Telefon klingelte. Ganz kurz hatte sie an Jan gedacht und wann er wohl kommen würde, aber der rief nicht auf dem Festnetz an. Es gab nur einen Menschen, der etwas so Altmodisches tat: Eva.

»Ein Filmteam, das eigentlich erst ab morgen gebucht hat, will heute schon kommen und ich habe nichts fertig. Die Betten müssen bezogen werden, die Handtücher habe ich eben erst gewaschen, es muss gesaugt und feucht gewischt werden, ich bin gerade mal mit dem Apartment für das belgische Paar fertig geworden, ich schaffe das alles nicht.«

Eva war Herrin über die Domaine Fayet, über Ferienwohnungen in drei alten Steinhäusern. So hatte Tori sie kennengelernt: Carl und sie waren bei ihrer ersten Reise ins Vivarais in einem von Evas Apartments untergekommen. Sie war zu einer guten Freundin geworden, gerade nach Carls Tod hatte sie Tori beigestanden, sie bei Behördengängen begleitet, auch mal gedolmetscht, wenn Toris Französisch nicht ausreichte. Es war selbstverständlich, ihr zu helfen. Obwohl Eva bereits sechsundsiebzig war, hatte Tori sie selten klagen gehört. Also hatte sie Hilfe dringend nötig.

»Ich bin in einer Viertelstunde bei dir.«

Sie hörte Eva tief aufatmen. »Du bist ein Schatz. Dafür bleibst du zum Essen, ja? Ich habe den Leuten vom Film leichtsinnigerweise versprochen, dass wir heute Abend grillen – ach ja: könntest du bei Estevenon ein paar Lammkoteletts besorgen?«

Es war sechzehn Uhr, der Metzger würde seinen Laden bereits wieder geöffnet haben, also sagte Tori zu.

Sie nahm wie immer die Treppe hinter ihrem Haus, hoch zu einem schmalen Gang am Felsen entlang, auf dem die Kirche stand. Er führte zur Grande Rue und direkt zum Metzgerladen.

Jean-Claude Estevenon war kein Metzger aus Berufung, sondern aus Gewohnheit, glaubte Tori mittlerweile. Seine wahre Leidenschaft galt nicht dem Familienunternehmen oder dem Fleischerhandwerk. Immer, wenn sie ihn allein im Laden erwischte, und das war meistens der Fall, saß er in der Ecke und las – nicht etwa Zeitung oder Illustrierte, sondern Bücher. Keine richtigen Bücher, auf Papier, sondern E-Books. Seinen Reader hatte er immer dabei, weswegen ihm das Ding auch schon mal ins Klo gefallen sei – behauptete er. Seit Tori ihm gegenüber damit angegeben hatte, sie schreibe ein Buch, waren sie Freunde. Viel war aus dem Projekt allerdings noch nicht geworden, dachte sie mit schlechtem Gewissen. Es kam stets etwas dazwischen – zuletzt zwei ungeklärte Todesfälle und ein Selbstmord, und das entschuldigte vielleicht einiges.

Auch heute saß Jean-Claude in seiner Ecke und las, aber er sprang sofort auf, als die Türglocke bimmelte.

»Ah, Madame Godon!« Er strahlte sie an. »Wie geht es Ihnen? Was macht das Buch?« Das fragte er jedes Mal. Sie lächelte zurück, ohne etwas über den Stand der Dinge zu sagen, mittlerweile hielt sie seine Frage für eine Begrüßungsfloskel, so eine Art »Comment ça va?«, auf das man nicht antworten musste.

Auf die Bitte um Lammkoteletts verschwand er im Kühlraum und kam mit einer ganzen Rippe zurück. Vier Leute vom Film und sie selbst, und vielleicht kam noch einer der anderen Gäste hinzu – großzügig bemessen bedeutete das acht Koteletts. Und wenn unter den Gästen Vegetarier waren? Egal, fürs Fleischlose würde Eva sorgen, die aß schon lange keine toten Tiere mehr.

Sie bewunderte, wie gezielt Estevenon das Beil führte, ohne auch nur einmal daneben zu hauen. »Und acht Merguez.«

»Sehr wohl.« Jean Claude tänzelte vom Hackklotz zur Waage und zurück zum Kühlraum. »Da wäre dann auch noch etwas für den Hund.« Er reichte ihr eine gutgefüllte Plastiktüte über den Tresen. July würde sich freuen, sie lebte derzeit von Trockenfutter und »Wolf of Wilderness« aus der Dose.

»Haben Sie schon den neuen Grisham gelesen?«, fragte Estevenon mit verschwörerischem Lächeln. Sie schüttelte den Kopf. »Es geht um drei Jurastudenten, was erst einmal nicht sehr spannend klingt, aber die Geschichte hat es in sich.«

Die Türglocke ersparte Tori weitere Details. Sie bezahlte ihre Rechnung, legte die Waren in den Korb und erlöste July, die geduldig vor dem Laden gewartet hatte und nun interessiert am Korb schnüffelte.

Zu Hause gab sie dem Hund eine Ecke vom Schinken aus Estevenons Hundetüte, verstaute den Rest im Kühlschrank und überlegte, ob sie sich umziehen sollte. Vor unfassbar langer Zeit war das üblich gewesen, dass man sich für eine Abendeinladung ein wenig Mühe gab, was das Äußere betrifft. Sie hatte das verlernt, und dagegen sollte sie etwas tun.

Dennoch kam sie sich fremd vor, als sie in Kleid und Sandalen mit July das Haus verließ und mit dem Auto hoch nach Le Fayet fuhr.

Evas Haus war das zweite links hinter dem Dorfeingang, es fiel auf, weil Fensterrahmen und -läden in einer Farbe lackiert waren, die nicht als landesüblich galt: Ochsenblutrot. Sie klingelte an der Eingangstür, wartete kurz und öffnete sie, als niemand antwortete.

Das Haus mit seinen dicken Steinmauern war typisch für die Gegend, verschachtelt, mit mehreren Ebenen. Auf der oberen Ebene lebte Eva im Winter, auf der unteren im Sommer. Tori stieg eine steile Treppe hinunter zur Sommerküche und legte das Fleisch für den Grill in den Kühlschrank.

Von Eva noch immer keine Spur. Nur ihre Tiere begrüßten Tori: Evas schwarzer Kater strich ihr um die Beine, während Isis, ein junges Kätzchen, mit unermüdlicher Energie versuchte, seinen erhobenen Schwanz zu fangen. Die beiden merkten nicht, dass July in der Tür stand und ihnen aufmerksam zusah.

Als Tori sich aufrichtete, sah sie jemanden draußen auf der Terrasse sitzen. Louise.

»Hallo Tori«, sagte die Australierin, »ich sollte Eva helfen, aber sie scheint unterwegs zu sein.«

»Ah, dich hat sie auch alarmiert? Na, dann kann ja nichts mehr schiefgehen.«

Louise strich sich eine Haarsträhne aus dem Gesicht. »Sie war vorhin bei mir, sie klang richtig verzweifelt.«

»Ach, das ist selten so tragisch, wie es sich anhört. Eva ist stärker, als sie aussieht.« Eva sah noch immer aus wie das Blumenmädchen von einst: klein, perfekte Figur, hennarotgefärbte, schulterlange Haare, große geschminkte Augen. Neben ihr kam sich Tori immer viel zu groß und viel zu tapsig vor.

Sie ging ans Ende der Terrasse und schaute über die Brüstung. Eva stand unten im Garten neben einem überquellenden Wäschekorb und hängte Bettzeug und Handtücher auf. »Wir kommen!«, rief Tori hinunter. Zu dritt war die Sache schnell erledigt.

»Danke«, sagte Eva. »Mein Rücken macht das nicht mehr lange mit.«

»Du weißt doch: Du musst nur was sagen«, meinte Louise und lächelte, ein wenig verlegen.

Eva tätschelte ihr liebevoll den Arm. »Das ist lieb von dir. Dann bringen wir jetzt das Haus für das Filmteam auf Vordermann, Mädels.«

Die Leute vom Film kamen, als der Grill bereits glühte. Eva ließ die vielen Begeisterungshymnen routiniert über sich ergehen, sie war das gewohnt: Alle neuangekommenen Gäste waren hingerissen von dem kleinen Dorf, diesem »typisch französischen Kaff«, in dem sogar noch eine Handvoll Alteingesessener wohnte. Tori kannte die Bilder von Fayet aus der Zeit, bevor Eva und ihr damaliger Lebensgefährte gekommen waren und aus einem Geröllhaufen wieder ein Haus errichtet hatten. Das Dorf war seither unzweifelhaft schöner geworden. Aber war es im Sommer, wenn die Häuser mit Touristen belegt waren, noch ein typisch französisches Dorf?

Das Filmteam bestand aus drei Leuten: Brenda, der Regisseurin, Andy, dem Kameramann, und Pelle, dem Tonmann. In einem dreißigminütigen Film für Arte wollte man den Zuschauern eine der weniger bekannten Gegenden Frankreichs vorstellen, was für Eva ein Segen war. Wer hier vom Tourismus lebte, wollte mehr, nicht weniger davon.

Das war der neue goldene Baum, nachdem die paar goldenen Jahre im Königreich der Seide nun schon so lange vorbei waren. Und warum auch nicht? Alles war besser als die Jahre der Katastrophen: erst die blutigen Kamisardenkriege, dann die Revolution mit ihren Verwüstungen, und nach ein paar guten Jahren wieder Hunger, Überschwemmungen, Brandkatastrophen. Am liebsten hätte Tori dem Absender des anonymen Briefs zu verstehen gegeben, wie sehr sie respektierte, was war, und wie innig ihr daran gelegen war, zu erhalten, was ist.

»Und Sie?«, fragte die Regisseurin, eine Frau, die es an Körpergröße beinahe mit Tori aufnehmen konnte.

»Ich bin vor einigen Jahren mit meinem Mann hierher

gezogen, seine hugenottische Familie stammt aus dieser Gegend.«

»›Die Cevennen müssen brennen‹«, sagte der Kameramann, der ihr gegenüber saß. »Die Zeiten der Hugenottenverfolgung müssen Jahre des Grauens gewesen sein.«

Tori musterte ihn. Er kannte sich aus. Das war selten.

»Andy ist unser Fachmann für die historischen Details, er passt auf, dass wir keine Fehler machen!« Die Regisseurin lachte, aber es klang respektvoll.

Man aß, man trank, redete über dieses und jenes. Das Filmteam schwärmte von Fayet: »Diese Gegend! Ein Traum!«

Eva lächelte, sichtlich geschmeichelt. »Es wird ihnen nicht gelingen, den Traum zu zerstören«, sagte sie mit funkelnden Augen. »Irgendein Belgier möchte oben an der Colline de Rossignol eine Feriensiedlung bauen. In einem Naturschutzgebiet! Nur über meine Leiche, sage ich euch.«

Alle nickten. Was Eva sagte, galt.

Tori hatte sich neben Louise gesetzt, die sich mit Pelle unterhielt, der, so wie sie, Vegetarier war. »Ich esse keine Leichen«, sagte der Tonmann.

Louise nickte. »Es ist einfach – Respekt vor der Schöpfung, oder?«

Tori verkniff sich die Bemerkung, dass auch Reis und Gemüse Respekt verdienten und zu befürchten sei, dass selbst Pflanzen Empfindungen haben. Aber sie wollte das andächtige Lächeln nicht aus Louises Gesicht vertreiben. Sie hatte die ganze Zeit über bedrückt gewirkt, es war schön mit anzusehen, wie sie auftaute.

»Was macht eine Australierin ausgerechnet in dieser

Gegend hier?«, fragte die Regisseurin über den Tisch hinweg. »Gibt es in Ihrer Heimat nicht genug Platz?«

Es war ein etwas abgestandener Witz, aber alle lachten. Selbst Louise, die diese Frage gewiss schon zigmal gehört hatte. »Ich komme aus Canberra«, antwortete sie. »Dort trifft man nur blasse Männer in grauen Anzügen.«

»Oh. Ich dachte, Australien wäre das Land der Cowboys, Goldsucher und Didgeridoos?«

»Canberra ist unsere Verwaltungshauptstadt, am Reißbrett entworfen. Da gibt es nur Bürohengste.«

»Sag nicht, du bist der Männer wegen zu uns gekommen«, spottete Eva. »Die sind hier auch nicht mehr das, was sie mal gewesen sein sollen.«

Tori sah Louise von der Seite an. Es war zu dunkel, um sicher zu sein, aber sie hatte das Gefühl, dass Louise rot geworden war. Vielleicht war sie ja tatsächlich einer Liebesgeschichte wegen nach Europa gekommen? Das wäre der einzige Grund, den sie verstanden hätte: Herz gegen Kopf. Australien war eines der wohlhabendsten Länder der Welt mit einer ziemlich überschaubaren Anzahl Einwohner, die vorwiegend europäische Wurzeln hatten. Das erschien manch einem als das Paradies. Es hätte ja sicher Alternativen zu Canberra gegeben.

»Hast du noch Familie in Australien?«, fragte Tori, um das Thema zu wechseln, das Louise ganz offensichtlich nicht behagte.

Louises dunkle Augen leuchteten im Schein der Kerze, ihre Hände kneteten eine Serviette, aber sie versuchte, zu lächeln. »Wir sind uns nicht sehr nah, meine Eltern und ich. Mein Bruder ist schon lange tot.«

Also bist du frei, dachte Tori. Ein Euphemismus für bindungslos. Ein anderes Wort für allein.

»Was war mit deinem Bruder?«, fragte sie behutsam. »War er jünger oder älter?« Louise antwortete nicht.

Ein Glas klirrte. Brenda gab einen hysterischen Schrei von sich und lachte gleich darauf.

»Du sollst den Wein trinken und nicht verschütten!«, rief Pelle.

»Er war ein so süßer Junge. Ich sollte auf ihn aufpassen«, hörte Tori neben sich flüstern. »Dann hat das Haus gebrannt.«

Eva kam mit Kehrblech und Handbesen und kehrte die Reste des zerbrochenen Glases auf. »Drei heile Gläser habe ich noch, dann ist Schluss.«

Louise machte eine Bewegung neben Tori, als wollte sie noch etwas sagen. Doch dann stand sie auf. »Ich gehe schon mal. Ich habe den Hund oben gelassen, Eva, wegen deiner Katzen, aber ich lasse Chintz nicht gern so lange allein. Das Auto lasse ich besser stehen.« Sie verabschiedete sich von allen mit Handschlag.

»Willst du wirklich im Dunkeln durch den Wald nach oben laufen? Was, wenn du stolperst und dir was brichst?«

Louise lachte, plötzlich wieder unbekümmert. »Wir Australier sind unverwüstlich. Außerdem habe ich eine Taschenlampe dabei.«

»Ruf an, wenn du oben bist!«

»Du weißt doch, dass ich kein Telefon habe. Die Strahlen.« Louise verzog den Mund. »Weniger ist mehr. Schlimm genug, dass ich manchmal mit dem Auto fahren muss.«

Brenda erzählte von einem besonders abenteuerlichen Dreh in Wales, Andy steuerte Anekdoten aus seiner Arbeit als Reporter bei und Pelle begnügte sich mit knappen Kommentaren, wenn die Schilderungen allzu blumig gerieten. Tori hörte irgendwann nicht mehr richtig zu, während sich der Nachthimmel über sie senkte und das Schrillen der Zikaden lauter wurde. Neben ihr lag July auf dem Rasen und nagte zufrieden an den Resten der Lammkoteletts, es knackte, wenn sie einen der Knochen zerbiss. So, irgendwie, fühlte sich Frieden an.

Einer nach dem anderen verabschiedete sich, Eva und Tori waren die Letzten, die blieben und aufräumten.

»Du schläfst bei mir«, sagte Eva bestimmt, als Tori den Autoschlüssel aus der Hosentasche holte. »Keine Widerrede. Du hast kein Glas ausgelassen.«

Das ließ sich nicht leugnen. Tori fügte sich und kletterte mit July und Bettzeug auf ein Lager auf dem Dachboden. Sie schlief sofort ein.

»Wach auf, Tori. Du musst aufwachen.«

Tori schrak hoch. Sie hatte geträumt. Sie musste ein Flugzeug erreichen, war zu spät dran, fand den Weg zum Terminal nicht gleich, lief und lief und lief. Und jetzt wusste sie nicht, wo sie war und wer sie geweckt hatte.

»Hörst du? Es brennt.«

Es brennt. Endlich erkannte sie Eva. »Wo? Im Haus?« Ihre Hand tastete nach July. Der Hund saß angespannt neben ihrer Matratze.

»Nicht im Haus. Der Waldhang gegenüber brennt. Die Colline de Rossignol. Wir haben keinen Strom mehr. Das Telefon ist tot.«

Le Fayet lag in einer Mulde zwischen Kiefernwäldern, die sich überall auf den Terrassen ausgebreitet hatten, auf denen früher Maulbeerbäume und Kastanien standen, hier und da sah man noch Reste der alten Mauern. Das Dorf war umgeben von Brennholz.

»Sind wir eingeschlossen?«

»Noch nicht.« Eva flüsterte, wofür es eigentlich keinen Grund gab. »Aber möglich ist alles. Wir müssen den Gästen Bescheid sagen. Hoffentlich ist die Feuerwehr schon unterwegs.«

Tori zog sich an und lief mit July hinaus. Auf der Dorfstraße blieb sie stehen. Dort hinten am Waldhang, beängstigend nah, kletterten rotglühende Flammen den Berg hoch. Zwei Kiefern brannten wie Fackeln vor dem dunkelroten Horizont. Der Anblick hatte etwas ebenso Beängstigendes wie Erhabenes. Was konnte elementarer sein als Feuer? Die Flammen zuckten, schleuderten Funken in die Nacht. Tori fasste July am Halsband und starrte gebannt auf das Schauspiel. Ein Feuerball stieg hoch und zerplatzte in Funkenfontänen. Die Krone einer Kiefer stand in Flammen, kurz darauf sprang das Feuer über zum Baum daneben. Von Sanilhac aus hörte man die Signalhörner der Feuerwehr.

Eva und die drei vom Filmteam stellten sich neben Tori. »Es ist schon viel zu nah.« Wieder flüsterte Eva. »Der ganze Hang scheint zu brennen. Ich hoffe, wir bleiben verschont.«

»Anzunehmen.« Pelle, fachmännisch. »Feuer breitet sich nach oben aus, nicht nach unten.«

»Was ist eigentlich mit Louise?« fragte Tori.

Eva starrte sie an. »Verdammt«, sagte sie. »Aber sie wohnt oben am Ende des Hangs. Dort scheint es noch nicht zu brennen.«

»Noch nicht«, meinte Tori. Ihr graute vor der Vorstellung, allein im Haus zu sein, während draußen ein Inferno tobte. Wie musste sich da erst Louise fühlen?

Sie hatte Louise gestern genau beobachtet. Irgendetwas stimmte nicht mit der Frau. Irgendetwas machte ihr Angst. Sie musste nicht lange nachdenken. »Ich fahr hoch.«

»Bist du verrückt? Überlass das der Feuerwehr, die müsste längst oben sein.«

Tori schüttelte den Kopf. Wie sollte sie Eva erklären, was sie antrieb? Louise hatte eine dunkle Seite. Da war die Geschichte mit ihrer Familie. Mit ihrem Bruder. Was hatte sie ihr gestern zugeflüstert? »Dann hat das Haus gebrannt.« Dabei hatte Louise auf ihren Bruder aufpassen sollen. War der Junge im brennenden Haus umgekommen?

July saß schon auf dem Beifahrersitz, als sie den Landrover startete. Die Straße schraubte sich in weiten Bögen den Hang hinauf. Nach vielleicht zwei Kilometern erreichten sie eine Straßensperre. »Sie dürfen hier nicht weiterfahren!« Der junge Mann in seiner Gendarmenuniform wirkte angespannt.

»Ich muss aber. Weiter oben wohnt jemand, der Hilfe braucht.«

»Überlassen Sie das uns. Die Straße ist gesperrt.«

»Wenn die Feuerwehr bei Louise ankommt, könnte es zu spät sein.«

»Hören Sie: Ich darf Sie hier nicht durchlassen. Sie schaden sich selbst und Sie behindern die Löscharbeiten. Das müsste doch jedem denkenden Menschen klar sein!«

»Halten Sie mich vielleicht nicht für einen denkenden Menschen, junger Mann?«

Der Junge hatte den Anstand, zu erröten, aber er blieb standhaft. »Eine Kränkung lag nicht in meiner Absicht, Madame. Aber ich kann und werde Sie hier nicht durchlassen.«

»Und wie werden Sie sich fühlen, falls jede Hilfe für die Frau zu spät kommt?«

Das kam an, das sah sie in seinem Gesicht. Aber er schüttelte den Kopf.

»Verlassen Sie sich auf unsere *Sapeurpompiers*. Die kennen sich aus mit Waldbränden. Das ist alles, was ich Ihnen raten kann.«

Tori drehte um. Sie ließ sich nicht gern raten. Es gab noch andere Wege.

Kapitel II

1
Am nächsten Morgen

Am Ortsausgang von Le Fayet standen Feuerwehrautos und auf der Wiese in der Dorfmitte lagen Feuerwehrleute in ihren rußgeschwärzten Schutzanzügen, die Helme neben sich gelegt, müde und erschöpft. Über der Colline de Rossignol hing eine schmutzigweiße Rauchwolke. Drei Kiefern ragten nackt wie Zeigefinger in den Himmel. Tori war froh, dem deprimierenden Anblick in Evas Küche entfliehen zu können.

Dort arbeitete die Kaffeemaschine und auf dem Herd stand ein großer Topf mit Suppe. Brenda war mit Umrühren beschäftigt, Pelle goss Kaffee in große Becher und Andy, der Kameramann, filmte die Szene.

Tori sah teilnahmslos zu, viel zu erschöpft, um zu helfen. Sie saßen auf der Bank unter dem Fenster, sie und Louise, die ihre Augen fest geschlossen hielt und sich an die Rettungsdecke klammerte, die man ihr um die Schultern gelegt hatte, die silberne Seite nach oben. Das Sanitätsteam hatte sich rührend um sie gekümmert, junge Männer, die ihnen die Hand hielten, den Blutdruck kontrollierten und sie besorgt befragten. Schocksymptome? Übelkeit? Sehstörungen? Sogar July wurde begutachtet und gestreichelt. Tori hatte sich im Unterschied zu Louise erfolgreich gewehrt, auf der Trage abtransportiert zu werden und sich hinten in den Wagen neben sie gesetzt. Die Sanitäter hatten Louises Hand verbunden, es war eine tiefe Fleischwunde quer über dem Handteller, »ein sauberer Schnitt«, hatte der eine der beiden gesagt, »sieht aus wie eine Abwehrverletzung. Hat Sie jemand angegriffen?«

Louise hatte nicht geantwortet.

Der Krankenwagen nahm denselben Weg zurück nach Fayet, den Tori auf der Hinfahrt genommen hatte.

Die Nacht war ein Albtraum gewesen.

Der Weg zu Louises Haus war noch frei gewesen, der Wind stand günstig und der Brand fraß sich nur langsam vor. Doch als Tori vor der Haustür stand, hörte sie es bereits, das Knistern und Knacken, das Rauschen und Fauchen des rotglühenden Drachens. Sie ließ den schweren Türklopfer mit Wucht gegen die Holztür fallen, immer wieder. Nichts rührte sich, viele Minuten lang, während sie sich heiser schrie. Endlich öffnete sich die Haustür. Louise sah elend aus, als hätte sie geweint, das Gesicht grau, das Haar matt, der Zopf halb aufgelöst. Sie roch nach Schweiß und ihre Jeans hatten dunkle Flecken. Und dann der Verband um die rechte Hand. Den hatte sie während des Grillfestes noch nicht gehabt.

»Wir müssen hier raus«, hatte Tori gesagt, »mach schnell.«

Wie gelähmt stand Louise in der Tür, als ob sie nicht begreifen wollte, dass das Feuer ihr Haus erreichen würde, wenn sie noch länger wartete.

»Hol den Hund! Beeil dich!«

Louise hatte noch immer gezögert.

Dann war es zu spät. Ein Knall ließ das Glas in den Fenstern klirren. Ein Feuerball stand über dem Landrover und sackte langsam wieder zusammen, bis man nur noch das Knacken der Karosserie hörte und der Geruch nach verbranntem Gummi und verschmortem Plastik zu ihnen drang.

Tori hatte fassungslos zugesehen, wie sich ihr Auto in ein verkohltes Gerippe verwandelte. Es gab keinen Ausweg mehr, das Feuer kam mit rasender Geschwindigkeit näher. Weglaufen? Zu Fuß? Die Feuerwalze im Rücken? Die alte Angst griff nach ihr, sie fühlte sich eingekreist, eingesperrt, ausgeliefert, spürte, wie der heiße Atem sie versengte, würgte unter dem Brandgeruch.

»Ins Haus!« In einem Steinhaus mit meterdicken Wänden war man sicherer als draußen, hatte sie gedacht, und dann fielen ihr die Feuerwehrleute ein, die bei Marie-Theres darüber gesprochen hatten, wie man einen Waldbrand im Haus überlebt. Für das Säubern der Regenrinnen war es zu spät. Aber man konnte wenigstens den Schornstein verstopfen und nasse Laken vor die Fenster hängen.

Louise hatte eher widerwillig dabei geholfen. Draußen stiegen Funkenregen in den Nachthimmel, heulte der Wind, genährt von der Hitze des Feuers. Glühende Zungen leckten über die Kante des Hangs. Die Hecke aus Lorbeerschneeball am Ende des Gartens ging in Flammen auf. Funken und brennende Zweige tanzten durch die Luft auf der Suche nach Beute. Und noch immer keine Spur von der Feuerwehr.

»Was ist mit deiner Hand?« Der Verband um Louises Hand war nicht mehr weiß, die Wunde blutete offenbar stark. Louise antwortete nicht. Sie war stattdessen zum

Kühlschrank gegangen, hatte eine Flasche Wein herausgeholt und auf den Küchentisch gestellt. Sie trank hastig, hielt das Glas mit zitternden Händen, trank aus, goss nach. Tori sah hilflos zu, wie sie sich betrank. »Ich ertrag es nicht, eingesperrt zu sein«, murmelte Louise irgendwann.

Ich auch nicht, hatte Tori gedacht.

Erst nach einer Weile war ihr aufgefallen, wie seltsam sich July benahm. Was macht ein Tier normalerweise, wenn es brennt? Es flüchtet. Und wenn es nicht flüchten kann, verkriecht es sich. July aber stand an der Treppe, die zum ersten Stock führte, und winselte.

Was dann kam, war schlimmer gewesen als das Feuer.

Ein Feuerwehrmann ohne Helm und mit müdem Gesicht betrat Evas Küche, hängte seine Jacke über eine Stuhllehne, nahm sich wortlos eine Schüssel Suppe, setzte sich in die Ecke und aß.

»Wir gehen gleich wieder hoch und suchen nach Brandnestern«, sagte er, als er fertig war, zu allen und niemandem. »Und dann räumen wir auf.«

»Was war die Brandursache? Weiß man schon was darüber?«

»Es dürfte das Übliche gewesen sein: Campingfeuer. Zigarettenkippe. Heißgelaufener Auspuff.«

»Oder Brandstiftung?«

Der müde Mann stellte den Suppenteller in den Abwasch und zog seine Jacke wieder an. »Auch das. Wo gewachsene Strukturen zerstört sind und es keine Nachbarn mehr gibt, die aufpassen, wächst die Gefahr. Das ist nun mal so.«

Gewachsene Strukturen. Die gibt es hier schon lange nicht mehr, dachte Tori.

Sie hörte es neben sich rascheln. Louise schälte sich aus der Rettungsdecke. Noch immer hielt sie die Augen geschlossen und wiegte sich ganz leicht vor und zurück, wie ein verlassenes Kind.

»Komm schon, iss etwas«, drängte Eva. Tori schüttelte den Kopf. »Willst du duschen? Ich habe Handtücher rausgelegt. Hast du gesehen, dass dein Kleid zerrissen ist?«

Tori sah an sich herunter. Sie musste an irgendetwas hängengeblieben sein, der Riss im Kleid ging von der Hüfte bis zum Oberschenkel. »Später«, sagte sie und versuchte Eva anzulächeln.

»Und wie ist es mit dir? Louise?« Louise antwortete nicht.

Der Brand war schlimm genug gewesen: Das Gefühl, inmitten eines tobenden Infernos dem Schicksal ausgeliefert zu sein. Tori hatte sich einzureden versucht, dass die Rettung nicht mehr lange auf sich warten lassen, dass man dem Feuer rechtzeitig Einhalt gebieten würde. Aber immer wieder war ihr der Schweiß ausgebrochen beim Gedanken an das, was geschehen würde, wenn die Männer von der Feuerwehr zu spät kämen. Louise schien sich mit allem abgefunden zu haben. »Wenn wir verbrennen müssen, dann verbrennen wir eben«, hatte sie gemurmelt, als Tori sie gebeten hatte, Bettlaken für die Fenster zu holen.

All das musste verantwortlich dafür gewesen sein, dass sie nicht auf July geachtet hatte, die stocksteif vor Anspannung vor der Treppe zum ersten Stock stand. Endlich war Tori auf sie aufmerksam geworden und zu ihr gegangen. »Was ist los, Kleine?«

»Nein! Nicht!« Louise hatte versucht aufzustehen, war aber auf ihren Stuhl zurückgefallen.

»Ich will nur schauen, was July hat, vielleicht brennt es oben.«

»Bitte! Tori!«

July lief voraus, nach oben. Die Treppe mündete in einen großen Wohnraum, der mehr als die Hälfte der Etage einzunehmen schien. Der Raum unten wirkte dunkel und geduckt im Unterschied zum hohen und geräumigen ersten Stock, hier standen zwei lange Sofas mit vielen Kissen, ein Bücherregal, eine Vitrine. Rechts vom Treppenaufgang hatte man eine Wand eingezogen, in der es zwei Türen gab. July stand vor der zweiten Tür, den Schwanz eingezogen und sichtlich verstört.

Tori legte die Hand auf die Türklinke. Sie hatte kurz gezögert, sie wollte nicht in Louises Privatsphäre eindringen, aber sie vertraute Julys Instinkt. Sie öffnete die Tür.

Noch jetzt sah sie jedes Detail vor sich. Durch das Laken vor dem Fenster drang der rote Widerschein des Feuers, ein unstetes Licht, das nicht viel erkennen ließ. Sie hatte das Licht eingeschaltet und wäre am liebsten sofort rückwärts wieder hinausgegangen.

Das Zimmer war nicht groß. In der Ecke stand ein Kleiderschrank aus dunklem Holz, unter dem Fenster eine Kommode. Ein breites Bett dominierte den Raum, eines mit einem Bettgestell aus Eisen, wie sie vor Jahrzehnten üblich und seit einiger Zeit wieder in Mode gekommen waren. Zum Landhauschic passten die Zierkissen an der Kopfseite des Betts und die weiße Überdecke mit Reliefmuster.

Genauer gesagt: die einst weiße Überdecke. In der Mitte des Bettes lag etwas, ein Fellbündel, auf dem Rücken, den Kopf weit nach hinten gestreckt. Tori erkannte das Tier an seinen Farben, einer Melange aus Weiß, Schwarz und Braun. Es war Louises Hund, Chintz, der Australian Shepherd.

In seiner Kehle klaffte eine breite Wunde, unter seinem Kopf hatte sich eine gewaltige Blutlache gebildet, schwarz geronnen wie Lakritz.

»Chintz« – sie bekam keine Luft mehr. »Ich habe versucht, ihr zu helfen. Es war furchtbar.« Louise stand plötzlich in der Tür, die Hand vor den Mund gepresst.

Ein Luftröhrenschnitt?

Louise wich Toris skeptischem Blick aus. »Ich – ich kann darüber nicht reden. Versteh doch. Ich wollte sie nicht opfern. Sie war mein Liebstes.«

Die Handverletzung. Hatte der Hund sich gewehrt?

»Ich habe Angst.«

Tori glaubte ihr nicht. Der Schnitt durch die Kehle des Hundes war mit aller Kraft geführt worden und hatte den Kopf beinahe abgetrennt.

Die Suppe war alle. Die Feuerwehrleute zogen nach und nach ab.

Nach einer Weile stieß Tori Louise sanft an. »Wir sollten es lieber bald erledigen, meinst du nicht?«, flüsterte sie. Louise starrte vor sich hin, als habe sie kein Wort verstanden. »Louise! Wir müssen uns um deinen Hund kümmern.« Endlich nickte sie.

Tori ermahnte July, bei Eva zu bleiben. Louises Auto ließen sie vor Evas Haus stehen, die Straße war noch gesperrt und der geschotterte Weg, der für den Landrover eine Kleinigkeit gewesen war, würde Louises alten Toyota zu sehr herausfordern. Also nahmen sie den Fußweg.

Während der nächtlichen Fahrt hatte Tori nicht viel wahrgenommen von ihrer Umgebung. Jetzt, am Morgen danach, gingen sie durch eine Landschaft, die sie so noch nie gesehen hatte. Ohne Bäume und Sträucher hatte man von hier oben einen weiten Blick ins Land. Jetzt erst sah man, dass dort, wo vorher Wald gewesen war, noch weit früher Kulturland gewesen sein musste: der Hang war, so weit man blicken konnte, terrassiert, einige der Mauern waren eingestürzt, viele noch erstaunlich gut erhalten. Und Louises Haus sah aus wie eine der Magnanerien, die man im 19. Jahrhundert für die Seidenraupenzucht gebaut hatte – schlichte rechteckige Häuser, im ersten Stock statt großer Fenster schmale Luken. Das erklärte den auffallenden Unterschied zwischen dem Erdgeschoss mit seiner niedrigen Decke und dem luftigen ersten Stock: oben standen in solchen Häusern stets die Regale für die Tabletts, auf denen sich Seidenraupen durch Maulbeerblätter fraßen.

Dort, wo vorher Rasen war, stand die Asche fingerdick, die Hecke war verbrannt, ebenso die Sträucher in Louises bescheidenem Garten. Das Haus aber hatte dem Inferno standgehalten.

Louise schloss mit zitternden Fingern die Haustür auf. Unten im Hausflur stand die Luft, Brandgeruch mischte sich mit einem anderen Duft, der Tori Gänsehaut machte. Am Rande ihrer Wahrnehmung flackerte ein opaker Schleier und der unbekannte Geruch wurde mit einem Mal übermächtig. Auf der Treppe nach oben stolperte sie und setzte sich auf eine Treppenstufe, sie konnte keinen Schritt weitergehen.

»Riechst du das?« flüsterte sie, als Louise versuchte, ihr aufzuhelfen.

Louise nickte stumm. »Nicht den Brandgeruch, ich meine –« Sie las in Louises ratlosem Gesicht, dass sie nicht begriff, worauf Tori hinauswollte. Tori seufzte auf. »Mach alle Fenster auf, ich gehe schon mal hinaus, ich brauche Luft. Wir müssen uns überlegen, wo wir Chintz begraben.«

Louise ließ sich neben sie fallen und begann zu schluchzen. Endlich, dachte Tori. Endlich weint sie. Sie zögerte. Dann legte sie den Arm um Louises Schultern und fragte, was sie schon längst hatte fragen wollen.

»Kannte Franco deinen Hund?«

Louise schüttelte den Kopf. Und dann nickte sie.

Der Boden war ausgedörrt und hart unter der Ascheschicht, sie nahmen abwechselnd die Spitzhacke, um ins Erdreich einzudringen. Aber sie kamen noch nicht einmal einen halben Meter tief.

»Wir betten Chintz hinein und legen Steine aufs Grab, damit kein Tier sie wieder ausgraben kann«, sagte Tori schließlich, außer Atem. Louise blickte nicht auf. Tori glaubte zu wissen, was sie dachte. Der Zeitpunkt war gekommen, an dem sie nach oben gehen, den Kadaver packen und nach unten schleppen mussten.

Sie hielt die Luft an, als Louise die Schlafzimmertür öffnete. Dabei war der Verwesungsgeruch noch nicht einmal das Schlimmste, widerwärtiger waren die fetten Fliegen, die sich schnarrend von dem toten Tier erhoben. Louise machte einen Schritt hinein in den Raum und stürzte in der nächsten Sekunde wieder hinaus. Tori hörte, wie sie sich im Badezimmer nebenan erbrach. Sie selbst versuchte, den Geruch zu ignorieren, verjagte die Fliegen und rollte die Leiche in die ehemals weiße Überdecke.

Dann zog sie den Hundekörper vom Bett und schleifte ihn aus dem Zimmer.

Bleich und verweint kam Louise aus dem Badezimmer und packte wortlos mit an. Sie schleppten den Hund hinaus und legten ihn in sein Grab, schaufelten Erde und Geröll darüber und holten schwere Feldsteine aus der Gartenecke, die sie auf den Erdhügel häuften. Dann standen beide vor dem Hügel, die Hände gefaltet, wie bei einer Beerdigungsfeier.

»Mein Bruder«, sagte Louise unvermittelt. »Ich war noch nie an seinem Grab.«

Wie kam sie jetzt auf ihren Bruder? Egal. »Du musst die Polizei anrufen. Wenn Franco sich hier herumtreibt –«

Louise hob den Kopf und sah Tori an. »Ich kann nicht. Es geht nicht.«

»Du solltest aber.«

»Ich erkläre es dir später. Findest du allein hinunter? Soll ich dich begleiten?«

Tori schüttelte den Kopf. Es tat ihr gut, zu laufen und allein zu sein. Das machte den Kopf klar.

2

»Ich ertrag es nicht, eingesperrt zu sein.« Sie hatte Louises Stimme im Ohr, die Stimme eines verlorenen kleinen Mädchens.

Tori kannte das. Es gab Dinge, die man nie vergisst, die einen bis in den Traum verfolgen. Großmutter, die das Kind packt und in die Besenkammer sperrt, weil es böse gewesen ist. Was war so böse gewesen, dass es eine solch grausame Strafe verdiente? Sie erinnerte sich nicht, nur an die panische Angst im Dunklen, an die Schatten und Schemen, an den Geruch nach Schuhcreme und Scheuerlappen. An die Schreie, die von weit her kamen und die doch ihre eigenen Schreie waren.

War das der Grund, warum sie glaubte, Louise beschützen zu müssen?

Und dann dieser Satz: »Ich war noch nie an seinem Grab.« Louise über ihren Bruder. Tori wünschte sich plötzlich, es gäbe ein Grab, zu dem sie gehen könnte, um Carl nahe zu sein.

Sie lief den schmalen Pfad den Hang hinunter, bis das vom Brand zerstörte Terrain hinter ihr lag und sie in den kühlen, vom Feuer verschonten Wald eintauchte. Vögel sprangen durchs Geäst, gaben warnende Laute von sich oder stoben aufgestört davon. Vor ihr knackte und raschelte etwas. Tori blieb stehen. Eine Wildschweinrotte? Hoffentlich keine Bache mit Frischlingen, das konnte unangenehm werden.

Sie hörte ein Japsen. Das war kein Wildschwein. Dann ein Bellen, das ihr nur zu vertraut war. Dann raste July auf sie zu. Tori ging in die Knie, nahm das Tier in den Arm und ließ es sich gefallen, begeistert abgeleckt zu werden. Sie presste das Gesicht in das warme Fell ihres Hundes und versuchte, nicht zu weinen, um July nicht zu beunruhigen. Aber ein ausgebildeter Therapiehund merkt die Stimmungen der Menschen. July setzte sich auf die Hinterbeine und hielt ihr mit hinreißend komischem Ernst die Pfote hin. Tori begann zu lachen, bis July aufsprang und sich vor Erleichterung im Kreis drehte.

Noch immer standen zwei Feuerwehrautos auf der Dorfstraße von Fayet, aber die meisten Feuerwehrleute waren abgezogen. Auf der Terrasse vor Evas Haus saß das Filmteam vor den Resten eines verspäteten Frühstücks. Plötzlich merkte Tori, dass sie schwach war vor Hunger.

»Tori!« Eva sprang bei ihrem Anblick besorgt auf. »Komm her, setz dich, du siehst aus wie ausgespuckt. Und jetzt isst du endlich was!«

Brenda kochte frischen Kaffee, während Eva Eier in die Pfanne schlug. Das Brausen in Toris Kopf ließ langsam nach.

»Was macht Louise? Alles gut überstanden?« Eva stellte den Teller vor sie und blieb neben ihr stehen, als ob sie aufpassen wollte, dass Tori auch brav alles aufaß. »Ich hätte dich daran hindern sollen, nach oben zu fahren, direkt ins Feuer! Es ist ja gerade noch mal gut gegangen. Unsere Feuerwehr funktioniert, das beruhigt uns alle sehr. Aber du hättest sehen sollen, wie erschöpft die Jungs waren nach dieser Nacht!« Eva redete und redete. Tori war ihr beinahe dankbar dafür.

»Leon hat versprochen, vorbeizukommen, sobald er oben auf der Colline war. Dann wissen wir, wie groß der Schaden ist.«

»Es hätte noch viel schlimmer kommen können.« Leon stand in der Tür, einige Strähnen seiner blonden Haare hatten sich aus dem Pferdeschwanz gelöst, sein T-Shirt hatte Schweißflecken und seine Hände wiesen deutliche Rußspuren auf. »Ich habe mir das alles mal angeschaut und mit den Jungs von der Feuerwehr geredet.«

»Kaffee?« Brenda, die Kanne in der Hand.

Leon nickte und ließ sich neben Pelle am Küchentisch nieder. »Der Brand begann womöglich irgendwo in der Nähe des Grundstücks von Martin Magot, das ist jedenfalls die Hypothese. Dort stand ein Prototyp der Holzhäuser für die neue Ferienanlage. Hab ich vor Kurzem erst versichert.«

Versichert? Was hatte ein Naturbursche wie Leon mit Versicherungen zu tun?

»Ach. Die neue Ferienanlage.« Eva stemmte die Fäuste in die Hüften. »Von diesem Belgier. Mitten im Naturschutzgebiet. Das nun praktischerweise abgebrannt ist. Hat das heute früh nicht einer der Feuerwehrleute gesagt: dass irgendwelche Verbrecher Brände legen, um ein Naturschutzgebiet frei für Bauland zu machen?« Eva blickte kämpferisch in die Runde. »Nicht mit mir. Nur über meine Leiche.«

»Wir brauchen Tourismus in unserer gottverlassenen Gegend, ohne Fremdenverkehr sind wir geliefert. Das müsste doch eigentlich niemand besser wissen als du. Davon lebst du schließlich.« Leon hatte die Ellbogen auf den Tisch gestützt und schlürfte seinen Kaffee.

»Ach was. Die werden alles zerstören, was noch authentisch ist. Dann gibt es hier nichts mehr, was Touristen noch anlocken könnte.«

Authentisch? Fayet sah aus wie ein typisch französisches Dorf, sicher. Allerdings eines, in dem im Sommer die Franzosen in der Minderheit waren. »Was für eine Ferienanlage?«, fragte Tori.

»Ein reicher Belgier will eine Anlage mit fünfzig Holzhütten und einem Platz für Wohnwagen bauen, oben an der Colline, mit Blick auf unser Dorf.«

Eva verscheuchte ihre kleine schwarze Katze vom Küchentisch, Isis, die sich davon nicht weiter stören ließ, sie sprang mit einem eleganten Satz gleich wieder hoch, bis Brenda sie auf den Arm nahm und streichelte.

»Hast du diese Ferienhütten schon mal gesehen? Potthässlich, sag ich dir. Aber billig.«

»Ich dachte, Fayet und Umgebung gehörten zum Regionalpark und wären geschützt?« Pelle wedelte mit dem Stück Käse, das er in der Hand hielt, was Isis als Aufforderung betrachtete, ihre Pfote danach auszustrecken.

»Für mehr Gewinn opfern die da oben alles«, erklärte Eva düster. »Außerdem haben wir schon einen Campingplatz, in Rochepierre.«

»Abgebrannt«, sagte Leon knapp.

»Ach du meine Güte. Die Ärmsten. Geneviève hat sich so viel Mühe gegeben, das Gelände ein bisschen zu verschönern. Selbst die Klos haben sie erneuern lassen!«

»Die Anlage war gut versichert und ich werde dafür sorgen, dass die Versicherung auch zahlt.« Leon verschränkte die Arme vor der Brust.

Tatsächlich. Leon arbeitete also für eine Versicherung. Tori betrachtete ihn erstaunt. Sie konnte sich den Mann nur schwer im Anzug und mit Aktenköfferchen vorstellen.

»Ich hoffe, dass mein Auto auch versichert ist. Es ist heute Nacht oben bei Louises Haus explodiert«, sagte sie.

Leon blickte auf. »Kommt auf deine Versicherung an. Normalerweise werden Brandschäden sowohl bei Teil- als auch bei Vollkaskoversicherung bezahlt. Ich helfe gern, wenn es Probleme gibt.«

»Danke. Vor allem brauche ich dringend ein neues Auto.«

Brenda räusperte sich. »Eva, meinst du wirklich, jemand hat den Brand gelegt, damit ein Investor bauen kann?«

»Ein Investor? Die sind doch alle bloß auf Rendite aus.

Die wollen die Kuh melken, jetzt, seit es hier endlich ein bisschen Fremdenverkehr gibt. Wofür Leute wie wir gesorgt haben. Das wird alles zerstören, was diesen Landstrich so liebenswert macht.«

»Klar, das gäbe Konkurrenz, das wäre nicht gut für dein Geschäft«, sagte Brenda nüchtern.

»Als ob ich nur an meine eigenen Interessen dächte!« Eva brauste auf.

Brenda lächelte beschwichtigend. »Nein, das meine ich nicht. Aber eine der üblichen Ferienanlagen wäre auf zweierlei Weise nicht gut für die Gegend: die Übernachtungspreise sinken durch ein Billigangebot und eine so liebevoll restaurierte Anlage aus alten Häusern wie deine wäre womöglich nicht mehr konkurrenzfähig. Ganz abgesehen davon, dass die natürliche Umgebung durch eine solche Anlage in ihrem Erlebniswert geschmälert wäre.«

Tori gab ihr recht. Brendas Analyse war präzise und ohne Girlanden.

»Gleich sagst du noch, ich hätte den Brand gelegt, um diesem dämlichen Belgier zu schaden!« Eva plusterte sich kampfeslustig auf. »Wie käme ich dazu! Unsere Gegend ist nicht nur von kultureller Bedeutung. Es ist ein Biotop! Fayet ist eines der wenigen noch völlig intakten Dörfer in der Gegend, es gibt keine Neubauten weit und breit. Und weißt du, was oben auf der Colline de Rossignol alles zu finden ist? Fledermäuse leben in den Felsnischen. Man findet dort Perleidechsen, Trugnattern und seltene Orchideen.«

»Trugnattern. Klar. Mit solchen Argumenten kann man jeden Fortschritt verhindern, Eva.« Leon. Ein leidenschaftlicher Naturschützer war er offenbar nicht.

»Was heißt hier Fortschritt? Wer definiert, was Fortschritt ist und was mutwillige Zerstörung? Wir werden protestieren«, sagte Eva resolut. »Wir haben damals gegen den Stausee vor Ruoms gekämpft und Jahre später gegen das Fracking von Schiefergas, wir wissen, wie das geht. Wir werden die verbrecherischen Pläne des Herrn Van Damme durchkreuzen.«

»Van Damme?« Andy schaute mit großen Augen von den Resten seines Frühstücks auf. »Die Muskeln von Brüssel? Das wird ein schwerer Kampf.«

»Lass deine dummen Witze, Andy. Der Schauspieler ist nicht gemeint«, sagte Brenda mit mildem Tadel.

Cui bono? Wem nützt es? Das ist immer die erste Frage, dachte Tori, und meistens führt sie in die richtige Richtung. Aber irgendetwas sagte ihr, dass dieser Fall so einfach nicht war. Und das lag an Louise.

»Ihr Lieben, ich danke für das Frühstück, aber ich muss jetzt nach Hause.«

»Sollen wir dich fahren? Das wird jetzt nicht leicht sein für dich, so ohne Auto, oder?« Eva legte ihr die Hand auf den Arm.

»Wir können dich auch fahren«, sagten Pelle und Andy wie aus einem Mund.

»Ich muss sowieso gleich nach Largentière ins Büro, ich könnte dich mitnehmen!« Leon.

So viel Hilfsbereitschaft! Tori hatte fast ein schlechtes Gewissen, dass sie keine Hilfe wollte. »Wir brauchen Auslauf, der Hund und ich.«

July lief voraus. Sie verließen Fayet auf einem schmalen Pfad an Weinbergen vorbei und durch den Wald Richtung l'Estourels. Von dort führte ein asphaltierter Weg hinunter, vorbei am »Blauen Haus«, einem ehemaligen Weingut, das mittlerweile Ferienwohnungen beherbergte. Der Parkplatz vor dem Mas Bleu war besetzt, die Ferienwohnungen waren offenbar alle belegt, die meisten Autos stammten aus Deutschland. Das Tor stand offen, im Innenhof rankten Kletterrosen, blühte roter und weißer Oleander in großen Töpfen. An der Straße dem Eingang gegenüber stand eine Bank, von der aus man einen weiten Blick bis zu einer langgestreckten Bergkette am Horizont hatte. Hier blieb Tori immer stehen, wenn sie abends vorbeikam, und sah zu, wie die Sonne hinter den Bergen versank.

Die Straße hinunter Richtung Rosières verengte sich, die Mauern rechts und links, ehrwürdige Kunstwerke aus unbehauenem Stein, rückten immer näher. Hinter einer mit wildem Wein überwucherten Scheune sprang eine Katze auf die Mauerkrone, pechschwarz und hochbeinig, den Schwanz elegant gekrümmt, und lief neben ihnen her. Als Tori eine Hand nach ihr ausstreckte, schmiegte sie ihren Kopf hinein und schnurrte. July knurrte und lief beleidigt weiter.

Bei jeder Bresche in der Mauer öffnete sich der Blick in die Weite, hinunter zur Beaume und wieder hoch zu den Bergen des Tanargue, man sah nichts außer Landschaft, bis sie in Balbiac eintrafen, einer Versammlung von Steinhäusern um einen kleinen Platz mit einem Weingut, Le Grangeon. Die Straße führte durchs Dorf und hinaus zum Friedhof.

»Tu mir einen Gefallen und begrab mich nicht.« Sie hatte Carls Stimme im Ohr, seine warme, leicht heisere Stimme. Sie hatten darüber geredet, als sie noch nicht wussten, dass der Feind in seinem Kopf ihnen mehr Zeit lassen würde, als sie zu hoffen gewagt hatten. »Weder unter einem Grabstein in Frankfurt noch irgendwo hier. Es gibt keine Verwandten, auf die wir Rücksicht nehmen müssten. Und ich glaube nicht, dass meine ehemaligen Klienten zu meinem Grab pilgern würden.«

Er hatte gelacht. Sie hatten eigentlich immer gelacht, wenn es um ernste Themen ging, das erleichterte vieles.

»Lass mich zu Asche werden, ja?«

»Wenn du meinst. Ich würde mir dann eine hübsche Urne suchen, die ich auf den Kaminsims stellen kann.«

»Wehe!« Er hatte sie in den Arm genommen. Er wusste, wann ihre Scherze etwas anderes verdecken sollten, den reißenden Schmerz beim Gedanken daran, ihn verlieren zu müssen.

Tori blieb stehen, tief in der Erinnerung versunken, in bewegten Bildern von Carl, im ewigen Sommer. July, die all die Gerüche am Wegesrand studiert hatte, lief zurück zu ihr, winselte leise und schmiegte sich an ihr Bein. Erst daran merkte sie, dass ihr die Tränen über die Wangen liefen. Sie ging in die Knie und vergrub das Gesicht in Julys warmem Fell. »Es sind nur ein paar Tränen, Kleine«, flüsterte sie.

Es stand dann keine Urne auf dem Kaminsims, obwohl Tori den Bestatter überreden konnte, ihr Carls Asche auszuhändigen. An einem Spätsommertag war sie kurz vor Sonnenuntergang auf den Tour de Brison gestiegen, ein Turm, der angeblich im 8. Jahrhundert von den Sarazenen errichtet worden war und von dem aus man bis nach Loubaresse blicken konnte, hatte gewartet, bis der Horizont tiefrot leuchtete, und hatte dann Carls Asche in alle Winde verstreut.

Ja, vielleicht brauchte man manchmal ein Grab. Einen

Ort für die Trauer. Warum hatte Louise das Grab ihres Bruders nie besucht?

3

Nach der Hitze draußen empfing sie ein dank geschlossener Fensterläden kühles Haus. Tori ließ sich aufs Sofa fallen, streckte sich lang aus und erlaubte July, neben ihr zu liegen. Mit dem Hund im Arm schlief sie ein.

Als sie erwachte, war es zu spät, sich um die nötigen Dinge zu kümmern: um die Versicherung. Um einen Leihwagen. Um ein neues Auto. Aber es war nicht zu früh für einen Abstecher zu Marie-Theres. Sie ging nach oben ins Schlafzimmer, schälte sich aus dem ruinierten Kleid und zog an, worin sie sich am wohlsten fühlte: Chinos und ein ärmelloses Top.

July lag zufrieden auf dem Sofa und machte keine Anstalten, aufzustehen. »Bin bald wieder da, Kleine«, flüsterte Tori ihr ins Ohr. Sie holte das Rad aus dem Keller und fuhr in der leichten Abendbrise hinunter nach Joyeuse, zum Place de la Grand Font.

Bei Marie-Theres war es draußen und drinnen gerappelt voll. Tori setzte sich auf einen Hocker an der Theke und leerte das erste Glas in einem Zug. »Na, endlich denkt mal jemand an meinen Umsatz«, sagte Marie-Theres breit lächelnd und goss nach. Tori lächelte zurück und lauschte dem Stimmengewirr. Heute gab es naturgemäß nur ein Thema: der zweite Brand innerhalb so kurzer Zeit.

»Nun mal ganz ruhig, es ist doch alles trocken wie Zunder, das brennt ja fast von selbst, da brauch ich doch keinen Brandstifter?« Jean-Claude Estevenon war nicht nur ein lesesüchtiger Metzger, er war auch die Stimme der Vernunft.

»Ich finde es großartig, dass es diese dämliche Hütte erwischt hat, die sich Martin Magot hat aufschwätzen lassen«, knurrte Hugo, Toris Nachbar. »Mit so etwas will der Belgier unsere Gegend zustellen. Das ist der Tanz um das Goldene Kalb. Das ist eine Versündigung an unserem Vaterland.«

Tori schreckte zusammen. Versündigung. Vaterland. So stand es im anonymen Brief, den sie fast vergessen hatte in der Aufregung der letzten Stunden. Dabei hatte sich die Drohung gewiss nicht erledigt, eher im Gegenteil: Waren nicht Schwefel und Feuer soeben über der Colline niedergegangen? Warum nicht auch über Belleville und ihrem Haus?

Sie hatte einen älteren Mann als Urheber vermutet. Das würde passen, Hugo war jenseits des Pensionsalters. Andererseits hatte sie sich immer gut mit ihm verstanden, einen Fremdenfeind hatte sie in ihm nie vermutet.

»Was hat Martin bloß geritten? Hat er Geld dafür bekommen?« Man sah Jérôme an, dass die Frage keine war.

»Na sicher hat er das. So machen sie das, die Sauhunde. Der Belgier hat nicht nur bei Martin angeklopft.«

»Nun zieht mal nicht so über den armen Kerl her, den haben sie heute früh ins Krankenhaus eingeliefert. Herzinfarkt. Oder Schlaganfall.« Marie-Theres stülpte mit Inbrunst ein Glas nach dem anderen über die angeranzte Bürste in ihrer Spüle und stellte es daneben aufs Abtropfbrett.

»Eins von beidem, Marie-Theres!« Crespin hob die Hand mit den kurzgeschnittenen Nägeln, die so bleich war wie das Mehl für seine Baguettes. »Ein Herzinfarkt betrifft das Herz, wie der Name schon sagt, und ein Schlaganfall das Hirn.«

»Herz hat er schon, unser Martin, aber mit dem Hirn ist es wohl nicht so weit her.« In das Gelächter über Jérômes Witz platzte das Geräusch eines zerberstenden Glases, gefolgt von einem wütenden Aufschrei. Karim stand mit gerötetem Gesicht an der offenen Tür zum Hof und schrie etwas, das Tori nicht verstand, aber es klang aufs Äußerste gereizt. Vor ihm ein bulliger Kerl, der mit aufgepumptem Brustkorb auf ihn losging. »Wenn du die Fresse nicht hältst, steck ich dir deine hässliche Fratze ins Klo, bis du an der Scheiße erstickt bist!«

Das Kneipengemurmel verstummte jäh, das Bild fror ein, doch bevor irgendjemand aufstehen oder auch nur reagieren konnte, stand Marie-Theres zwischen den beiden Kerlen, einen Baseballschläger in der Hand. »Ich bin hier die Einzige, bei der Biergläser zu Bruch gehen dürfen«, sagte sie, ohne die Stimme zu erheben, aber man hörte sie deutlich genug. »Wer das nicht weiß, fliegt raus. Und wer es auch beim nächsten Mal nicht kapiert hat, kriegt Hausverbot. Habt ihr verstanden, Karim, François?«

Der Bullige wurde sichtlich kleiner. »Er hat – ich hab doch nur –«, stotterte er.

»Ist mir völlig egal. Verschwindet, alle beide.«

Schon eigenartig, wie schnell so ein Streit in sich zusammenfällt, wenn eine Frau wie Marie-Theres ein Machtwort spricht, dachte Tori. Man sollte sie in den Polizeidienst übernehmen.

Marie-Theres verstaute den Baseballschläger wieder unter der Theke und machte mit der großen Weinflasche die Runde. Ihre Gäste lächelten. »Du bist die Richtige«, sagte ein gebräunter Glatzkopf und klopfte mit dem Glas auf den Tisch. Dann klopften alle.

Nico kam zur Tür herein. »Na, feiert ihr unsere Heldin? Tori ist todesmutig mitten hineingefahren in den brennenden Wald, um einer Freundin zu helfen.«

Da hatte er aber was missverstanden. An den Gesichtern um sie herum sah sie, dass keiner Nico folgen konnte.

»Während vor der Tür das Feuer tobte, saßen die beiden im Haus und mussten mit ansehen, wie Toris Landrover in Flammen aufging. Hat sie euch das schon erzählt?«

Murmeln und Kopfschütteln.

Nico rutschte auf den Stuhl neben Tori.

»Dein Auto hat's erwischt? Hoffentlich bist du gut versichert«, meinte Marie-Theres.

Beim Thema Auto wachten die Männer wieder auf.

»Leon verkauft seinen Pick-up«, sagte Jérôme. »Frag ihn doch mal, was er dafür haben will.«

»Wozu braucht Tori denn einen Pick-up?«

»Wozu einen Landrover?«

»Kauf dir besser ein deutsches Auto, Tori, das brennt nicht so schnell!«

»Und vor allem brennt es länger!«

Tori lachte mit. Es beruhigte, über Unglück zu lachen. Nur Nico blieb ernst. Er sah müde aus. Besorgt.

»Was ist los?«, fragte sie leise.

»Nicht hier drin«, flüsterte er zurück. »Lass uns rausgehen.«

Noch war es hell, aber die Lichterkette aus bunten Glühbirnen, die zwischen den Platanen hing, leuchtete schon. Sie stellten sich an den Rauchertisch neben der Tür, ein Ruhepunkt im vielsprachigen Summen um sie herum.

»Wo bleibt Serge?«

»Ich fürchte, wir werden eine Weile auf ihn verzichten müssen.« Nico strich sich mit dem Zeigefinger über die Narbe in seinem Gesicht. Tori kannte das schon, das tat er oft, wenn ihm etwas naheging.

»Ich hab vorhin an meinem Gartengrill gearbeitet. Das Hochmauern ging ja noch, aber dann habe ich versucht, dem Schornstein die Haube aufzusetzen. Ich stand also auf der Leiter, hatte das schwere Teil in der Hand, meine Arme fingen an zu zittern, und wahrscheinlich hätte ich es fallengelassen. Wenn sich mir nicht wie aus dem Nichts zwei helfende Hände entgegengestreckt hätten. Hab den Kerl erst nicht erkannt, aber als ich die gelben Finger gesehen habe …«

»Serge.«

Nico nickte. »Das war eine Premiere. Er hat mich noch nie besucht. Ich hab ihn nach unserem Kraftakt auf ein Bier eingeladen. Wir haben auf der Bank gesessen und uns angeschwiegen, bis er zu reden anfing. Tori, ich habe den Mann noch nie so verzweifelt erlebt.«

Masson? Dieser Meister der Zurückhaltung?

»Wir alle haben Dinge erlebt in unserem Beruf, die uns erschüttern. Ich weiß noch, wie ich damals, als ich noch bei der Drogenfahndung war …«

Er starrte in sein Weinglas und schüttelte den Kopf. »Es waren gute Jahre, ich bin herumgekommen, habe Englisch, Französisch und Spanisch gelernt. Ich war gern dabei. Darunter hat zwar meine Ehe gelitten, aber die Scheidung tat nicht lange weh, wir hatten keine Kinder und für mich gab es genug Ablenkung.«

»Du wolltest mir immer schon erzählen, wie du zu der Narbe im Gesicht gekommen bist.«

»Kleinigkeit.« Nico machte eine wegwerfende Handbewegung. »Gut, zuerst sah die Wunde ziemlich hässlich aus, man konnte bis auf die Zähne sehen.«

Tori schüttelte sich.

»Aber das heilt. Wir waren den Hintermännern einer Drogenroute auf der Spur, als mich irgend so ein kleines Licht mit dem Messer erwischt hat. Der Mann war unwichtig, aber die Sache hat mich kurzfristig aus dem Rennen geworfen. Und dann habe ich eine entsetzliche Dummheit begangen. Eine unverzeihliche Dummheit. Ich habe seit Jahren mit niemandem darüber gesprochen, und heute habe ich die ganze elende Sache ausgerechnet Serge erzählt.«

Tori blickte ihn von der Seite an. »Dann kannst du sie auch mir erzählen.«

»Tu ich doch gerade.« Nico seufzte und sah hoch in den Himmel zwischen den Platanen. »Ich hatte eine junge Informantin. Schon recht, denk, was du willst. Alles richtig. Wir haben uns nicht nur beruflich getroffen.«

Eine Liebesgeschichte. Das war beinahe beruhigend. Sie hatte Nico noch nie mit einer Frau gesehen. Dabei mochten ihn die Frauen, diesen seltsamen Kerl mit den grauen Haaren und den blauen Augen und der verwegenen Narbe.

»Es war eine kurze Affäre.« Nico stand auf, unruhig. »Marti ist an einer Überdosis Heroin gestorben. Die genauen Umstände ihres Todes habe ich nie herausgefunden, aber ich bin mir sicher, dass sie sich die Spritze nicht selbst gesetzt hat. Wir waren unvorsichtig. Ihr Dealer muss etwas spitzgekriegt haben. Ich hätte besser aufpassen müssen. Ich hätte – ich hätte gar nichts mit ihr anfangen dürfen.«

Um Himmels willen, dachte Tori. Das erklärte manches.

»Marti war klein und zart und hilfsbedürftig. Und im nächsten Moment kalt und zäh und berechnend. Wir haben uns geliebt und geschlagen, ganz wie im Film. Marti war unwiderstehlich. Aber ich war ein erfahrener Polizist, ich hätte widerstehen müssen. Ich habe nach ihrem Tod um Entlassung aus dem Dienst gebeten. Ich war zu feige, um den Grund dafür anzugeben. Sie haben geglaubt, die Messerattacke hätte mich traumatisiert.«

»Nico.« Sie fasste nach seiner Hand. »Es tut mir so leid – um dich. Und um Marti. Wie lange ist das her?«

Er schüttelte den Kopf. »Lange. Aber es fühlt sich an wie gestern.«

»Trinkt aus, ihr braucht doch sonst nicht so lange. Und ich muss meine Miete bezahlen.« Marie-Theres stand vor ihnen, die große Flasche in der Hand. »Zu Befehl«, murmelte Nico und leerte sein Glas. Tori tat es ihm gleich, man wurde Marie-Theres nicht anders los.

»Tori – ich darf dir das eigentlich nicht erzählen, Serge hat mich zum Schweigen verdonnert.«

Tori sagte nichts. Sie wartete.

»Ich will nur sagen, dass es jedem von uns passieren kann, dass er an seine Grenze kommt. Dass etwas geschieht, das alles erschüttert, woran man glaubt.«

Marie-Theres segelte gravitätisch an ihnen vorbei, zurück in die Kneipe.

»Versprich mir, dass du niemandem davon erzählst. Es soll noch nichts an die Öffentlichkeit dringen. Was da oben auf der Colline geschehen ist, haut den stärksten Mann um.« Er nahm einen großen Schluck aus seinem Glas. »Hast du mitgekriegt, dass der Brand eine Ferienhütte auf der Wiese von Martin Magot erwischt hat?«

»Ja, das hat die Runde gemacht.«

»Aber nicht, was man in der Hütte gefunden hat.«

»Nein.«

Nico atmete tief ein und wieder aus. »In der Hütte haben sie zwei Leichen gefunden.« Ein angetrunkener Holländer wollte an ihnen vorbei durch die Tür, wahrscheinlich zum Klo, und rempelte Tori an.

»Idiot«, zischte Nico, rot im Gesicht und auf dem Sprung.

»Komm, lass ihn.« Jetzt bitte keine Kneipenschlägerei.

Er schloss die Augen. »Zwei Leichen. Keine Erwachsenen. Kinder. Vierzehnjährige Buben. Sie haben wohl noch versucht, ins Freie zu kommen. Ihre Leichen wurden drinnen vor der Tür gefunden. Serge musste dem alten Martin die Nachricht überbringen. Der Mann ist vor seinen Augen zusammengebrochen. Der eine Bub war sein Enkel, der andere dessen Schulfreund.«

Tori hielt die Luft an. »Wieso, um Himmels willen?«

»Wieso die beiden in der Hütte übernachtet haben und nicht beim Großvater? Völlig unklar. Martin kann nicht vernommen werden, der liegt auf der Intensivstation. Die beiden Buben stammen aus Montpellier, sie sollten ihre Ferien bei ihm verbringen. Und nein: sie haben nicht mit Streichhölzern gespielt, der Brand ist irgendwo außerhalb ausgebrochen.«

Tori ballte die Fäuste, bis es schmerzte.

»Das Schlimmste kommt noch. Die Kinder hätten nicht fliehen können, selbst wenn sie das Desaster rechtzeitig mitgekriegt hätten. Die Tür war abgeschlossen. Im Schloss steckte kein Schlüssel, weder innen noch außen.«

Eingesperrt. Draußen wütet das Feuer. Und drinnen

Angst, schreiende, tobende Angst. Tori sah das alles vor ihrem inneren Auge, in Zeitlupe: wie die Kinder aus dem Bett springen und zur Tür laufen, wie sie versuchen, sie aufzustoßen, immer verzweifelter. Wie sie immer schwächer werden. Wie sie vor der Tür zusammenbrechen.

Sie vergaß zu atmen, hielt sich am Tisch fest, ihr Kopf spielte verrückt. Nico streckte die Hand aus und wischte ihr behutsam die Tränen aus den Augen.

»Siehst du. Genauso ging es mir und Serge auch.«

Vielleicht sollte sie irgendetwas sagen, damit sie nicht wie ein gefühlloses Wesen erschien, aber ihr fiel nichts ein, was nicht schon gesagt worden wäre. Betroffenheitsfloskeln. Klischees. Gefühlswimpel. Was sagt das Wort »schrecklich« schon aus über den Schrecken, den man empfindet?

Nichts. Genau.

Nach einer Weile griff sie nach Nicos Hand. Sie war warm und fest und tröstlich, trotz allem. So tröstlich, wie miteinander zu schweigen.

Nico brach das Schweigen. »Und jetzt erzähl mir, was dich geritten hat, nach oben zu Louise zu fahren. Das war völlig durchgeknallt, falls du meine Meinung hören willst.«

»Ich hatte das Gefühl, dass man ihr helfen muss. Dass man sie nicht allein lassen darf.«

»Also war sie zu Hause, als du ankamst?«

»Sicher.« Dann dämmerte ihr, worauf er hinauswollte. Sie schüttelte langsam den Kopf. »Möglich ist alles, ausgeschlossen ist nichts. Aber sie wirkte nicht gerade wie jemand, der kurz zuvor noch durch die Gegend gezogen ist und Brände gelegt hat. Sie wirkte – erschüttert.«

Voller Angst. Misstrauisch.

»War nur eine Frage. Brandstiftung ist ja keineswegs erwiesen. Serge meint, es gebe keine verwertbaren Spuren. Bei dieser Trockenheit könnten sich Gras und Buschwerk auch von allein entzündet haben. Sicherheitshalber geht Serge auch der Frage nach, welche Interessen der belgische Investor verfolgt. Immer schön der Spur des Geldes folgen.«

»Weil ein Brand ein Naturschutzgebiet zu Baugelände macht? Ist das hier in Frankreich auch so? Also ich weiß nicht. Es gibt reichlich Widerstand gegen das Vorhaben. Vielleicht hat jemand aus Protest die Hütte angesteckt?« Besaß Eva eigentlich ein Alibi? Hätte sie Zeit für ein bisschen Brandstiftung gehabt, nachdem Tori ins Bett gegangen war? Doch war das vorstellbar, dass eine Sechsundsiebzigjährige nach einem ausgedehnten Mahl mit viel Wein auf den Hang klettert, einen Brand legt und seelenruhig zurückkehrt, um ihre Gäste zu wecken?

Wie sie Eva kannte: ja.

Es war dunkel geworden. Das Murmeln der Gäste schien leiser und der Klangteppich der Zikaden lauter geworden zu sein. Tori war froh, dass sie nicht allein war. Dass Nico neben ihr stand. Dass sie sich auf ihn verlassen konnte.

»Warum hast du keine Kinder?«, fragte sie ihn irgendwann. Nicht, dass das jetzt wichtig wäre. Aber es kreiste in ihrem Kopf: wie Eltern sich fühlen mochten, wenn ihre Kinder ums Leben kamen – dazu auf eine so unvorstellbar grausige Weise.

»Ach, Tori. Wie sagt man? Es hat sich nicht ergeben. Und du?«

»Ebenfalls. Der einzige Mann, von dem ich gern Kinder gehabt hätte, war dank Chemotherapie unfruchtbar. Im Übrigen weiß ich nicht, ob ich zur Mutter tauge.« Etwas, das sie wohl nicht mehr herausfinden würde. Vielleicht war es ja besser so.

»Manchmal bin ich froh, dass ich keine habe. Serge hat mir noch etwas erzählt, worüber er sonst gern schweigt. Er hat sich hierhin versetzen lassen, nachdem er einen schweren Autounfall hatte. Überholmanöver auf der Landstraße, der junge Fahrer in seinem aufgemotzten Auto hatte zu viel getrunken und sich überschätzt und fuhr in einer Kurve frontal in Serges Auto. Seine Frau hat überlebt. Die gemeinsame Tochter nicht. Und die Ehe auch nicht.«

4

Man muss nicht selbst Kinder haben, um ihren Tod besonders furchtbar zu finden. Vor allem dann, wenn ihr Tod an alles erinnert, was einem selbst noch im Erwachsenenalter Angst und Schrecken einjagt.

Tori hatte unruhig geschlafen und wachte wie zerschlagen auf. Sie stand lange unter der kühlen Dusche, aber sie fühlte sich auch danach nicht lebendiger. Beim Abtrocknen musterte sie sich im Spiegel. Ihre Haare waren so dunkel wie die ihrer Mutter, seit Carls Tod trug sie sie kurz. Noch war kein weißes Haar zu sehen, obwohl sie sich einbildete, um Jahre gealtert zu sein.

Sie hatte die Erinnerung an die Abstellkammer lange verdrängt, in der sie eingesperrt worden war, wenn ihre Großmutter meinte, sie sei »böse« gewesen. Wann war ein

Kind böse? Wenn es nicht aufgegessen hatte, weil es Sellerie nicht mochte? Wenn es etwas geräuschvoll fallen ließ, während Großmutter auf dem Sofa lag, um ein »Nickerchen« zu halten? Wenn es hingefallen war und weinte?

Gewiss hatte sich ihre Großmutter nichts dabei gedacht, sie entstammte einer Generation, in der solche Erziehungsmethoden üblich gewesen sein mussten. Woher sollte sie wissen, dass ihre Enkelin nicht aus Trotz schrie und gegen die Tür trommelte, sondern aus schierer Angst? Wie hätte sie ahnen können, dass Tori noch Jahrzehnte später beim Gedanken ans Eingesperrtsein in Panik geriet?

Die beiden vierzehnjährigen Jungen waren auf eine Weise umgekommen, wie es ihrem schlimmsten Albtraum entsprach. Tori saß am Küchentisch, den Kaffeebecher mit beiden Händen fest umschlossen, und spürte, wie ihre Knie zu zittern begannen. Glücklicherweise machte July deutlich, dass sie raus musste.

Tori folgte ihr hinaus und über die Straße, zu den Schrebergärten am Ufer des Toufache. Noch war es halbwegs erträglich draußen, die große Hitze kam später und auf dem schattigen Maultierpfad durch Fels und Wald war es fast kühl. Doch zum Leidwesen von July fehlte Tori die Muße für einen langen Spaziergang. Sie musste mit der Versicherung sprechen. Einen Leihwagen organisieren. In die Bibliothek gehen, zu Simones Unterrichtsstunde. Ihre Gedanken ordnen.

Vor allem das.

Zuerst die Versicherung. Immerhin kam sie gleich durch zur Telefonzentrale, wurde weiterverbunden und landete in einer Warteschleife. Zugedröhnt mit übersteuertem Elektropop brach sie das Telefonat nach ein paar

Minuten ab. Die Netzsuche nach Mietwagen ergab zwei Treffer in Aubenas. Beide Agenturen antworteten freundlich und beide bedauerten sehr, aber leider nein: zur Zeit sei kein Wagen verfügbar, es sind Ferien, Madame, da ist alles ausgebucht.

Die Suche nach Gebrauchtwagen ergab eine Fülle an Angeboten, die sie überforderte. Frustriert gab sie auf, saugte Staub, räumte auf, wusch ab, bis es nichts Nützliches mehr zu tun gab. Dann rief sie July und ging mit ihr hinüber in die Bibliothek.

Monique saß an ihrem Schreibtisch, Louis am Lesetisch, über die Zeitung gebeugt.

»Wo ist Simone? Wir sind verabredet.«

Monique blickte auf. »Sie ist im Krankenhaus. Irgendeine Untersuchung. Ich soll dir ausrichten, dass sie morgen wieder da ist.«

»Hoffentlich nichts Schlimmes. Ich glaube, ich kann keine schlechten Nachrichten mehr ertragen.« Tori setzte sich abrupt.

Moniques Blick wurde weich. »Du warst oben auf der Colline während des Brandes, stimmt das?«

»Ja. Seither habe ich kein Auto mehr. Und ein Leihwagen ist nicht aufzutreiben. Ich fürchte, ich muss mich nach etwas anderem umsehen. Bist du böse, wenn ich heute nicht bleibe? Ich fürchte, ich kann mich auf nichts konzentrieren.«

»Aber das versteh ich doch! Geh du nur. Ich komme allein zurecht.«

Tori küsste Monique auf die Wangen und ging.

Vor Bäcker und Metzger stand die übliche Schlange, wie immer, wenn etwas passiert war. Tori hatte nicht die geringste Lust, sich dazuzustellen, sie wusste mehr als die anderen und hatte Angst, sich zu verraten.

»Tori!« Eine Männerstimme. Sie drehte sich um. Draußen vor dem Café von Francine saß eine vertraute Gestalt, ein schwerer Mann mit dunklen Haaren, die ihm in die Stirn fielen. Bert. Er deutete auf den Stuhl neben sich. »Ich habe auf dich gewartet, dein Nachbar meinte, du wärst meistens bis zur Mittagspause in der Bibliothek.«

Sie setzte sich neben ihn. Bert schwitzte. Wahrscheinlich schwitzte er immer, egal, wie heiß oder kalt es war.

»Ich habe nachgedacht«, sagte er. »Wegen Franco.«

»Ach?« Bert hatte sich nicht gerade als sehr gesprächig erwiesen, als sie mit Nico in Saint-Mélany aufgekreuzt war.

»Ich meine, man erzählt ja nicht gleich alles über einen Freund, nur weil einer fragt.« Er versuchte ein Lächeln.

»Vor allem, wenn ein ehemaliger Bulle fragt, oder?«

Bert nickte. »Dennoch – das beschäftigt einen schon, wenn der Freund verschwindet, ohne sich abzumelden. Wir haben natürlich gedacht, er ist in die Schweiz gefahren, wegen des Erbes. Aber ich glaube, er wollte das Erbe gar nicht.«

Er rührte in seinem Café crème. »Ich habe Franco immer gewarnt. Es hat nicht jedem gefallen, wie er lebte. Allein mitten in den *Gras,* in einem Wohnwagen, mit Papagei und Hund. Also ein bisschen durchgeknallt war das schon. All das Gerede über das einfache Leben und dass man der Natur etwas zurückgeben müsse. Und niemand wusste, womit er sein Leben finanzierte. Na ja, einige glaubten, es zu wissen: mit Drogen.«

»Hm.« Tori nickte Francine zu, die fragend hinübersah. »Ein Wasser bitte.«

»Er hatte guten Stoff und faire Preise. Er war der Meinung, jeder habe ein Recht auf Erleuchtung. Aber es gibt natürlich Leute, denen es nicht behagt, dass sich Fremde hier ansiedeln, die ihre Kinder verderben.«

»Wie Pierre Chalard. Der hat sich wohl nicht ganz ungern von Franco verderben lassen?«

Bert nickte. »Ja, es gab da eine Clique von Jungen, die ihn regelmäßig besuchten. Ihm machte das Spaß. Ich habe das für ein Risiko gehalten. Wütende französische Mütter sind kein Teekränzchen. Die Väter auch nicht.«

Bert trank, setzte die Tasse wieder ab und wischte sich mit dem Handrücken über den Mund. »Franco war ein seltsamer Mensch. Wir haben nie verstanden, warum er sich hierhin in die Einsamkeit verzogen hatte. Er sprach vier Sprachen, war gebildet, du konntest mit ihm über alles reden, sogar von Malerei verstand er etwas. Aus dem hätte doch alles Mögliche werden können. Alles andere als ein kiffender Freak mit einem Alkoholproblem, der sich selbst für die billige Plörre bei Marie-Theres noch einladen lassen musste.« Bert schüttelte den Kopf. »Einmal war er so betrunken, dass er mir seine Geschichte erzählen wollte. Weit kam er damit nicht.«

Francine brachte eine Flasche Wasser und ein Glas mit Eis. Tori goss sich ein und ließ das Eis in ihrem Glas kreisen. »Und wie weit kam er?«

»Aufgewachsen in Bern. Vater Anwalt, Mutter führte den Haushalt mit Kindermädchen und Haushälterin. Der kleine Franco wurde mit zwölf auf ein Elitegymnasium geschickt. Zweimal sitzengeblieben, zur Enttäuschung des Vaters. Jurastudium, das er irgendwann hingeworfen hat. Und dann das große Zerwürfnis mit den Eltern – also eine der allseits bekannten Geschichten.«

Tori musterte ihn. Der massige Mann wirkte plötzlich wie ein verlorener kleiner Junge, der sich große Mühe gab, nicht zu weinen.

»Und du? Auch das Übliche? Warum hast du die Niederlande verlassen?«

»Na, warum wohl?« Bert versuchte zu lachen. »Die Landschaft hier, das Licht. Die Berge. Holland ist zu flach für Abenteuer.«

Und das Vivarais ist geradezu ideal, wenn man vor irgendetwas oder irgendjemandem fliehen möchte, dachte Tori. Wer hatte sich hier nicht schon alles versteckt! Hugenotten. Schmuggler. Widerstandskämpfer. Verbrecher. Juden. Und nicht zuletzt alle möglichen Menschen, die der Zivilisation entkommen wollten. Oder, ganz banal, ihrer Familie.

Bert holte ein Päckchen Zigarillos aus der Brusttasche und legte es neben die Kaffeetasse. »Ich habe Franco in der letzten Zeit nicht allzu oft gesehen. Aber ich hatte das Gefühl, dass sich irgendetwas tat in seinem Leben. Er hielt sich zurück beim Trinken. Er trug saubere Klamotten. Er rasierte sich. Er sah endlich aus wie ein Vierzigjähriger und nicht wie ein verkommener Greis. Dafür gibt es eigentlich nur eine Erklärung.«

»Eine Frau«, sagte Tori.

»Genau.«

»Und weißt du, um welche Frau es sich handelt?« Plötzlich fielen Teile des Puzzles an die passende Stelle.

»Ich bin mir nicht sicher. Sie haben ein großes Geheimnis daraus gemacht. Aber ich glaube, er und Louise waren ein Paar.«

Das würde vieles erklären. Das eröffnete völlig neue Möglichkeiten.

»Ich weiß, wie Louise auf andere Menschen wirkt. Sie scheint auf den ersten Blick unverwüstlich zu sein, heiter, offen, unkompliziert. Aber sie war kein glücklicher Mensch. Das kann man mit ihrer Geschichte wohl auch nicht sein.«

Nein, dachte Tori. Louise war kein glücklicher Mensch. Ganz gewiss nicht.

»Sie ist auf einer Farm nördlich von Brisbane aufgewachsen. Ihre Eltern haben Baumwolle angebaut. Als Louise dreizehn war, wurde sie in ein Heim in Canberra gesteckt.«

»Mir hat sie erzählt, dass ihr Bruder gestorben ist und sie nie an seinem Grab war.«

»Er ist bei einem Brand ihres Elternhauses umgekommen. Sie hatte auf den Jungen aufpassen sollen. Ich kann mir vorstellen, dass die Eltern ihr die Schuld an der Tragödie gegeben haben, so ungerecht das sein mag. Nach den Jahren im Heim und einer gescheiterten Ehe wollte sie weg aus Australien. Ganz weit weg.«

»Vielleicht hat sie in Franco eine verwandte Seele gefunden?«

Bert wiegte den Kopf.

»Könnte es sein, dass Franco hier in der Nähe ist?« Und hatte er sich womöglich bei Louise versteckt?

Bert breitete die Hände aus. »Keine Ahnung. Das ist alles, was ich weiß.«

5

July lief voraus, im Schatten der Häuser rechts und links der Rue Victor Ruelle, Tori trödelte hinterher und wäre beinahe über den Hund gestolpert, der abrupt stehengeblieben war. July knurrte.

Tori blickte auf. Vor dem glyzinienblauen Tor zum Maison Sarrasine stand eine Gruppe Menschen, die meisten sportlich gekleidet, in kurzen Hosen und Wanderstiefeln, einige hielten Trekkingstöcke in den Händen.

»Alles gut«, flüsterte sie July zu, obwohl sie keine Lust auf Menschenansammlungen vor der Haustür hatte und auf Besuch erst recht nicht eingestellt war.

Doch um Besuch handelte es sich nicht, sah sie beim Näherkommen erleichtert. Inmitten der Gruppe stand ein großer, schlanker Mensch, nicht mehr ganz jung, gebräuntes Gesicht mit wachen grauen Augen. Ein Mann mit einer angenehmen, tragenden Stimme, dem die Wanderer, die meisten vom Typ rüstige Rentner, vital und durchtrainiert, konzentriert zuhörten.

»Das Haus heißt nach dem Wahrzeichen von Belleville, dem Cheminée Sarrasine. Es ist bekannt, dass die Sarazenen im 8. und 9. Jahrhundert bis in unsere Gegend vordrangen. Der Schornstein dürfte aus dem 10. oder 11. Jahrhundert stammen, als das Haus Teil einer Burganlage war. Es ist eines der ältesten im Ort.«

»Guten Tag«, sagte Tori, als sie bei der Gruppe angelangt war. Alle drehten sich zu ihr um und machten große Augen. »Man kann trotz seines hohen Alters darin wohnen.« Das war wohl ein Satz zu viel, sie sah im Gesicht der Frau, die direkt vor ihr stand, den dringenden Wunsch, ins Haus eingeladen zu werden.

»Frau Godon?« Der Mann mit der tragenden Stimme kam auf sie zu, mit ausgestreckter Hand. »Ich bin Julian, ich organisiere Wanderungen durch unsere schöne Landschaft, ich hoffe, es stört Sie nicht, wenn ich –« Er beendete den Satz nicht, denn sie hörte nicht zu. Ganz hinten, direkt vor dem Tor, sah sie einen markanten Kopf mit Bürstenhaarschnitt, der ihr vertraut war.

»Darf ich?« Sie drängte sich durch die Wanderer vor und wandte sich um. »Verzeihen Sie, wenn ich Sie nicht hereinbitten kann, aber ich habe Besuch bekommen.« Sie schloss auf, ließ July vorauslaufen und zog Jan Fessmann an der Hand hinter sich her, bevor sie das Tor wieder verriegelte. Aufatmend blieb sie stehen. »Hast du eine Wanderung durch Belleville gebucht?«

Er lachte. Sie musterte ihn. Spanien stand ihm, er war gebräunt und sah erholt aus. »Nein. Der Pulk hat mich erwischt, als ich das dritte Mal bei dir geklingelt habe.«

»Warum hast du nicht angerufen?« Sie steckte die Hand in die Tasche ihrer Jeans und holte ihr Handy hervor. »Oh. Du hast. Und ich habe es überhört.«

»Mich überhört? Du bringst mein Selbstbewusstsein auf den Nullpunkt.«

Ihr fiel keine wirklich schlagfertige Antwort ein und wenn July sich nicht vor Jan gesetzt hätte, um ihm feierlich die Pfote zu geben, hätten sie vor lauter Verlegenheit wohl noch länger auf der Treppe gestanden.

»Komm hoch, auf der Veranda ist es halbwegs kühl.«

Die Verlegenheit hielt nicht lange an, es gab zu viel zu erzählen: über Spanien und seine Kirchen, über den französischen Präsidenten und seine Versuche, Gewohnheiten zu revolutionieren, an denen die meisten Franzosen glühend festhalten wollten, über den viel zu heißen und viel zu trockenen Sommer. Tori glaubte nicht, dass das mit dem Klimawandel zu tun hatte, »Wetter ist nicht Klima«. Jan schloss einen Klimawandel nicht aus, bezweifelte allerdings, dass ein menschlich verursachter Anstieg von CO_2 daran schuld sein könnte, womit sie bei allgemeinen philosophischen Fragen wie der menschlichen Hybris gelandet waren.

»Nur der Mensch ist größenwahnsinnig genug, sich stets und ständig für die Ursache von allem Möglichen zu halten«, erklärte Jan.

»Ja. Nein. Oft genug ist er eben doch die Wurzel des Übels.«

Jan grinste. »Du bist zu vernünftig. Aber mal abgesehen von den ganz großen Dingen: Was macht das Leben in Belleville?«

»Es bleibt, wie es ist. Es verändert sich.« Sie erzählte von den beiden Bränden. »Es brennt ja nicht eben selten hier, zumal in einem derart heißen Sommer. Aber einer der Feuerwehrmänner sagte etwas, das mich beschäftigt: dass mangelnde Kontrolle eine der Ursachen für verheerende Brände sein könnte – wenn es nämlich nur noch Ferienhäuser gibt, wo früher eine dörfliche Gemeinschaft lebte. Der Tourismus als Fluch und Segen, verstehst du?«

»Ist er das nicht immer?« fragte Jan.

»Meine Französischlehrerin meint, Tourismus sei der neue goldene Baum für das Vivarais, etwas, was das Land wieder zur Blüte bringen könnte. Sie schreckt der Wandel nicht. Ich frage mich, wie viele Menschen so denken wie Simone.« Sie erzählte ihm von dem anonymen Brief.

»Das klingt sehr nach einem verbitterten Mitglied der demnächst aussterbenden Generation. Der möchte offenbar, dass alles bleibt, wie es ist«, meinte Jan. »Was bekanntlich nicht geht. Aber ich verstehe ihn irgendwie.«

»Ich auch. Aber ich scheine die Einzige zu sein, an der sich der Anonymus stört. Keiner der anderen Expats hat etwas Ähnliches erhalten. Warum also ich?« Sie blickte in den Himmel, über den ein paar hauchzarte Wölkchen glitten. Am Hang zogen zwei Greifvögel ihre Kreise und von Ferne hörte man den Esel des Bürgermeisters schreien. War es egoistisch, das alles einfach nur zu genießen?

»Ich frage mich, ob ich Teil des Problems oder Teil der Lösung bin. Davon hängt ab, ob ich hierbleiben kann.«

Jan griff über den Tisch nach ihrer Hand. »Zweifelst du daran?«

Sie erwiderte den Druck seiner Hand. Seine Wärme tat gut. »Manchmal ja. Aber das ist natürlich auch eine Form von Größenwahn. Jedenfalls – es geht das Gerücht, dass ein Investor auf der Colline de Rossignol eine Ferienhaussiedlung errichten will. Und dass es deshalb dort gebrannt hat, entweder, um das Projekt zu ermöglichen, oder, um es zu verhindern. Wenn das dahintersteckt – wenn ein touristisches Projekt dazu geführt hat, dass zwei Kinder sterben mussten, dann ist der neue goldene Baum ein Galgen.«

»Aber das weiß man alles nicht, oder?«

»Nein. Es könnte auch einen ganz anderen Zusammenhang geben. Bei beiden Bränden ist ein Mann namens Franco Jeger involviert. Im ersten Fall ist er beziehungsweise sein Besitz das Opfer. Im zweiten Fall gibt es eine Beziehung zum Brandort, jedenfalls zu einer Frau, die in der Nähe wohnt.«

Jan runzelte die Stirn. »Franco Jeger. Der Name kommt mir bekannt vor.«

»Ein esoterisch angehauchter Schweizer, der wie ein Einsiedler mit Hund und Papagei in seinem Wohnwagen auf den *Gras* gelebt hat und seit dem Brand verschwunden ist. Freund von Louise, die von Brand Nummer zwei nur knapp verschont geblieben ist. Das Seltsame dabei –«, Tori streckte die Hand nach July aus, die neben ihrem Stuhl lag und ihr die Schnauze entgegenstreckte. »Man könnte es den sonderbaren Vorfall mit dem Hund nennen, frei nach Sherlock Holmes. Weder schlug Jegers Hund an, als das Feuer ausbrach, noch scheint sich Louises Hund groß gewehrt zu haben, als jemand ihm die Kehle aufschlitzte.«

»Die Hunde kannten ihren Mörder.«

»Genau.«

»Und du schließt daraus, dass nur ihre Besitzer dafür infrage kommen?«

Tori nickte und schüttelte gleich darauf den Kopf. »Niemand tötet seinen Hund auf derart grausame Weise.«

»Ich bin mir da nicht sicher«, sagte Jan leise. »Mein Glauben an das Gute im Menschen hat im Laufe der Jahre ziemlich gelitten.«

»Wie wäre es mit folgender Erklärung: Louise tötet Francos Hund und Franco macht das Gleiche mit dem Hund von Louise?«

Jan starrte sie an. Dann schlug er sich mit der flachen Hand vor die Stirn. »Jetzt weiß ich, woher ich deinen Schweizer kenne. Er stand eines Nachmittags in der Kirche von Belleville und sah uns beim Arbeiten zu. Wir sprachen über das Verhältnis zwischen Christentum und Heidentum – viele Kirchen wurden ja an einem Ort gebaut, an dem vorher andere Kulte zelebriert wurden. Er glaubte, dass das auf ein Kraftzentrum schließen lasse, etwas, was die Alten noch spürten und das sie göttlich nannten. Ich kenne solche abgehobenen Theorien – aber davon abgesehen schien er mir ein sehr gebildeter Mann zu sein.«

»Umso eigenartiger das alles, nicht?«

Tori holte Brot und Käse und Oliven aus der Küche und öffnete eine Flasche Wein. Die Mauersegler flogen tief, der Wind frischte auf und am Horizont türmten sich dunkle Wolken.

»Da ist noch etwas. Es betrifft mein Haus.«

Jan zog die Augenbrauen hoch. »Bist du schon wieder auf ein Geheimnis gestoßen?«

Gemeinsam mit Jan hatte sie im vergangenen Frühjahr einen Hohlraum hinter einer Wand entdeckt, in dem die Bibel des Kamisardenführers Balazuc versteckt worden war – und die Kartentasche eines niederländischen Soldaten aus dem Zweiten Weltkrieg mit einem Gedichtband und dem Foto einer Frau namens Solange.

Sie lachte. »Nicht unbedingt. Ich war im Château Montréal und habe dessen Wappen mit den Wandmalereien auf meinem Dachboden verglichen. Willst du mal sehen? Ich verstehe von Heraldik nur das, was ich im Internet gefunden habe.«

Das war nicht wenig, aber es ließ sie umso ratloser zurück. Was musste man unter gekrönten, gekrüpften, widerstehenden und dreileibigen Löwen verstehen? Wie sahen Balken-, Schlüssel- und Tatzenkreuze oder giebellose, verschränkte und zusammenstoßende Sparren aus?

Jan folgte ihr ins Kaminzimmer. Sie hatte die Fotos vergrößert und ausgedruckt. »Ein Greif. Hintergrund blau.

Darunter drei schwarze und drei rote Pfähle. Das erinnert in der Tat an die Reste der Wappen an deiner Giebelwand.«

»Ist vielleicht nicht verwunderlich. Die Balazucs haben im 14. Jahrhundert auch Montréal erworben.«

Vor dem großen Spiegel über dem Kamin blieben sie stehen. Jans Blick war weich, als er seine Arme um sie legte. Links ging es die Treppe hoch zum Schlafzimmer, rechts zurück zur Veranda und zum Ausgang. Das waren zwei Möglichkeiten, zwischen denen man sich entscheiden musste.

Sie ließen das Wetter bestimmen. Es stürmte draußen, der Himmel war bleiern und als Jan sie küsste, begann es zu schütten. Keine Frau würde einen Mann bei diesem Wetter auf die Straße schicken. Jan bedankte sich auf eine Weise, die sie alles andere vergessen ließ.

6

Alle spürten den Wetterumschwung. Pierres Mutter war schon den ganzen Tag gereizt gewesen, klagte über Kopfschmerzen, trat auf die Katze, ließ die Kartoffelsuppe anbrennen und bekam noch schlechtere Laune. Bei den ersten Anzeichen ihrer Reizbarkeit hatte Pierres Vater irgendetwas von einer wichtigen Verabredung gemurmelt und geschaut, dass er fortkam. Pierre verzog sich auf die Veranda und versuchte, zu lesen. Aber auch da draußen war alles voller Unruhe. Mystère patrouillierte mit gesenktem Schweif über den Hof, Bruno war nebenan auf der Koppel bei den Schafen, die unruhig blökten und meckerten, statt gemütlich zu fressen. Am Himmel kein Wölkchen. Pierre kniff die Augen zusammen. Das Blau sah nicht so aus wie sonst, es schimmerte rötlich. Er kannte die Zeichen, und wenn es nur die Laune seiner Mutter war: da war was im Anzug. Das, was das Barometer seit gestern Abend anzeigte. Und Vater war nicht da, bequemerweise.

Seufzend legte Pierre sein Buch beiseite, auf das er schon seit Tagen keine Lust hatte. Er verstand nicht, warum er Heidegger lesen sollte. Schopenhauer und Nietzsche, sicher, klar, das las auch Michel Houellebecq. Aber Heidegger, dieser deutsche Rauner und Deuter? »Warum ist überhaupt Seiendes und nicht vielmehr Nichts?« Gute Frage, aber unpraktisch. Wenn wir nicht wären, könnten wir sie nicht stellen.

Und wenn kein Sturmtief im Anzug wäre, müsste man jetzt nicht alle Fensterläden sichern und alles andere, was klappern oder sich losreißen könnte.

Er machte sich auf den Weg durchs Haus. Eigentlich ging er gern durch das alte Gemäuer, um nach dem Rechten zu sehen. Es roch in jedem Zimmer anders: Im Bad und im Schlafzimmer der Eltern nach Lavendel und Citronella. In seinem eigenen Zimmer nach nassem Hund und feuchten Socken. Im Kaminzimmer nach kaltem Holzfeuer, Staub in den Bücherregalen und dem Pfeifentabak seines Vaters. In der Küche nach Knoblauch, angebrannter Kartoffelsuppe und den Kräutern, die zum Trocknen am Kaminsims hingen. In der Waschküche nach Waschpulver, Gummistiefeln und Katzenklo.

Mystère war ihm gefolgt, noch immer unruhig, mit hängender Rute. »Komm, wir schauen nach den Schafen«, sagte Pierre zu seinem Hund, als alle Läden geschlossen waren. Mystère lief voraus.

Seit dem Feuer hatten sie die Tiere nicht wieder hoch auf die *Gras* getrieben, das frische Grün musste erst noch etwas wachsen. Die Koppel in der Nähe des Hauses war allerdings bald abgegrast. Er ging die paar Schritte den Feldweg hinunter. Ein jäher Schreck: Kein Schaf war zu sehen. Doch dann sah er sie: Sie hatten sich Kopf an Kopf unter dem einzigen Baum auf der Wiese aneinandergedrängt. Die Tiere wussten es zuerst – es dürfte eine ungemütliche Nacht werden. Er öffnete das Gatter.

»Auf, Bruno, Mystère.«

Mit Hilfe der beiden Hunde trieb er die Herde in die Scheune. Als er wieder herauskam, hatte der Himmel sich schwefelgrau verfärbt. Pierre rief nach Mystère und ging zurück ins Haus.

Der Sturm rollte heran wie ein beschleunigender *TGV*. Bö um Bö orgelte ums Haus, das wie ein Schiff auf hoher See in Bewegung geriet: Balken knarrten, Läden klapperten, es fauchte durch den Kamin. Pierre tat einen Blick durch die Lamellen der Fensterläden. Büsche und Bäume beugten sich dem Ansturm, die beiden hohen Kiefern ächzten und knarrten und noch immer fiel kein einziger Regentropfen.

Die Lampe im Kaminzimmer flackerte und ging aus. Stromausfall. Kurz fragte sich Pierre, wo sein Vater war und ob er sich bei diesem Wetter etwa draußen aufhielt. Dann begann der Regen zu trommeln. Er lief in die Küche, versuchte, nach draußen zu sehen, aber der Regen stand vor dem Fenster wie ein eisgrauer Vorhang.

Er suchte in den Schubladen des Küchenbüfetts nach Kerzen, steckte drei in Eierbecher und zündete sie an. Im Kaminzimmer hatte sich Mystère hinter das Sofa verkrochen, nur sein Schwanz war zu sehen.

»Nerven bewahren und abwarten«, sagte er zu seinem Hund und meinte auch sich selbst.

Blitz und Donner, ohne Pause. Wie ein Echo auf einen gewaltigen Donnerschlag hörte er Holz kreischend bersten, das Rauschen von Zweigen und einen dumpfen Schlag, der das Haus erzittern ließ. Es musste eine der Kiefern erwischt haben.

Das Gewitter neckte. Es tat, als ob es abzog, aber es kehrte gleich wieder. Es kreiste stundenlang über Haus und Hof.

Pierre saß bei flackerndem Kerzenlicht auf dem Sofa und dachte über die philosophische Grundfrage nach. Ihm schien, man könne sie nur im Kantschen Sinne stellen: Was kann ich wissen?

Darüber schlief er ein. In den frühen Morgenstunden wurde er wach und schleppte sich ins Bett. Es gewitterte nicht mehr, aber es regnete und stürmte. Als er Stunden später aufwachte, blitzte Sonnenlicht durch die Fensterläden. Er öffnete sie weit. Der Himmel strahlte blau und blankgeschrubbt.

»Es hat oben reingeregnet«, sagte seine Mutter zur Begrüßung. »Und dein Vater ist nicht da.« Als ob Pierre schuld daran wäre.

»Darf ich trotzdem erst einen Kaffee trinken?«

Sie blickte überrascht auf. Dann lächelte sie. »Entschuldige bitte, aber ich habe schlecht geschlafen. Die Kaffeemaschine tut es nicht, wir haben keinen Strom. Aber ich habe die Espressokanne auf den Herd gestellt.«

Das war die bewährte Strategie hier auf dem Land: sich niemals von einer Energiequelle abhängig machen. Wenn es keinen Strom gab, dann hatten sie immer noch Flüssiggas und Holz, und im Schuppen stand ein benzinbetriebener Generator.

Er lächelte zurück. »Den Regen konnten wir gut gebrauchen. Den Sturm eher nicht. Es hörte sich gestern so an, als ob es eine der Kiefern erwischt hätte.«

»Ich hab mich nicht getraut, nach draußen zu gehen und nachzuschauen.« Sie stellte die silberne Espressokanne auf den Tisch und setzte sich zu ihm. »Vielleicht solltest du auf Vater warten, bevor du dir die kleineren und größeren Katastrophen antust.«

»Wo ist er überhaupt?«

»Er wollte nach Les Vans zu Gaston und Marie. Wahrscheinlich hat er dort übernachtet.« Sie machte eine kleine Pause. »Ich hoffe es jedenfalls.«

Sie klang gleichgültig. Manchmal fragte sich Pierre, was seine Eltern miteinander verband: seine in sich gekehrte, grüblerische Mutter mit dem aufbrausenden Vater, der immer zu wissen schien, was sich gehörte und was nicht.

Er goss Milch in den Kaffee, der viel zu stark war, und bestrich ein Stück selbstgebackenes Brot mit Butter und Marmelade. »Ich habe die Schafe gestern noch in die Scheune getrieben, sicher ist sicher.«

Seine Mutter legte ihm die Hand auf die Schulter. »Ich wusste immer, dass so ein Philosophiestudium von praktischem Nutzen ist, Kleiner.« Er lachte mit ihr. Sie verstand ihn.

Auf dem Dachboden zeigten die Pfützen, wo der Sturm Dachziegeln heruntergefegt hatte: auf der Westseite, direkt über dem Schlafzimmer seiner Eltern. Er zählte nach. Mindestens zwölf Ziegel fehlten. Es hätte schlimmer kommen können.

Die Hunde hatten ihre Näpfe leergefressen und standen schweifwedelnd vor der Tür. Er ließ sie vorauslaufen. Der Hof war mit Zweigen und Blättern übersät. Mutters Kletterrose lag flach, er würde sie wieder hochbinden müssen. Durch den Hof zur Scheune. Er öffnete das Scheunentor weit. Friedliche Schafsgesichter blickten ihn an, die meisten Tiere lagen im Stroh und malmten. Keines schien es eilig zu haben, hinaus auf die Wiese zu laufen. Er ließ das Tor offen, Bruno würde auf seine Herde aufpassen.

Schlimmer stand es um den Schuppen neben der Scheune, dort, wo Vaters Werkstatt war. Die umgestürzte Kiefer hatte einen dicken Ast beinahe liebevoll auf das Dach des Schuppens gelegt und ihm eine tiefe Delle verpasst. Er schob den Riegel zurück. Die Tür ließ sich öffnen, immerhin. Ein Regal mit Werkzeug war umgefallen, das musste er wegräumen, wenn er in die hintere Ecke gelangen wollte, wo, wenn er sich recht erinnerte, ein Haufen Ziegeln und Teerpappe lagen.

Mystère fand es offenbar lustig, den Schuppen auszuräumen, jedenfalls stand er dauernd im Weg, schweifwedelnd und fröhlich japsend. »Aus dem Weg, du Töle«, schimpfte Pierre, während er Vaters Werkzeugsammlung nach draußen schleppte. Charles Chalard hob alles auf, was nicht gänzlich auseinandergefallen war, auch Werkzeug, das nicht mehr funktionierte: einen Schlagbohrer, der vor der Erfindung des Rads gebaut worden sein musste. Einen Bandschleifer, ebenfalls eine Antiquität. Verbogene Spachtel, abgebrochene Schraubenzieher, Eimer mit Loch, Kanister mit eingetrockneten Farbresten, verklebte Farbrollen und Pinsel, alles von einer Rost- und Schmutzschicht konserviert.

Erst als Pierre den Müll aus dem Weg geräumt hatte und

das Regal wieder aufgestellt war, konnte man sich den Weg zum hinteren Teil des Schuppens bahnen, dorthin, wo er die Ziegeln vermutete. Auf dem Weg dahin Pappkartons mit Fliesen, die bei der Renovierung des elterlichen Bades übrig geblieben waren, und ein altes Waschbecken, eines, wie man sie früher hatte, dazu die passenden Armaturen.

Mystère zerrte gutgelaunt an einem alten Bettlaken. Darunter ein aufgerissener Sack Zement, steinhart, daneben eine Klobrille und ein leerer Terpentinkanister. Sein Inhalt war, nach allem, was er im Schuppen gefunden hatte, nicht zum Pinselsäubern benutzt worden.

»Was ist hier los?« Charles Chalard stand in der Schuppentür.

Pierre hielt noch immer den Kanister in der Hand. »Wofür hast du das denn gebraucht?«

»Das geht dich gar nichts an. Was hast du hier überhaupt zu suchen?«

»Der Sturm hat einen Teil vom Dach abgedeckt. Ich brauche ein paar neue Ziegeln, ganz einfach.«

»Da liegen sie doch, direkt hinter dir! Bist du blind?«

Pierre wusste, wann man mit seinem Vater nicht mehr reden konnte. Er packte drei Ziegeln auf einmal und reichte sie weiter. Dann machten sie sich daran, gemeinsam das Dach zu reparieren.

Als sie fertig waren, setzten sie sich in den Schatten vors Haus. Marie brachte zwei Flaschen Bier hinaus, eiskalt. Zu Pierres Verwunderung stieß sein Vater mit ihm an – eine Geste von großer Seltenheit. Als Pierre sich eine Zigarette gedreht und angezündet hatte, zog auch sein Vater Tabak und Pfeife aus der Hosentasche. Dabei fiel ihm etwas silbern Glänzendes aus der Tasche, das Pierre sofort erkannte: Es war das in Alufolie eingewickelte Stückchen Haschisch, das er auf seinem Nachtschrank hatte liegenlassen.

Sein Vater sah ihn mit zusammengezogenen Augenbrauen an, dann beugte er sich hinunter, hob das Päckchen auf und reichte es Pierre. »Das wirst du brauchen, jetzt, wo es deinen Lieferanten nicht mehr gibt.«

Pierre nahm ihm das Päckchen aus der Hand und steckte es ein. Ein Friedensangebot, wenn auch ein erzwungenes. Also hatte es auch nichts zu bedeuten.

Sein Vater hatte endlich seine Pfeife in Gang gebracht. Er hatte nie einen anderen Tabak geraucht als Scaferlati Caporal, den Duft hatte Pierre sozusagen mit der Muttermilch eingesogen, aber er war ihm nicht sympathisch.

»Ich habe eine Mordswut auf deinen Schweizer gehabt«, sagte sein Vater plötzlich. »Ich hätte ihm Prügel angedroht, wenn er da gewesen wäre.«

»Wovon redest du?« War heute der Tag der Geständnisse?

»Vielleicht hatte ich ein Glas zu viel getrunken, ich weiß es nicht mehr genau.« Der Alte kicherte und Pierre schwante etwas.

»Warst du das?« fragte er mit belegter Stimme. »Hast du das Feuer gelegt?«

»Ach was.« Pierres Vater war plötzlich verlegen. »Ich habe höchstens meine Pfeife ausgeklopft, das war alles.«

Pierre sah die Gestalt vor sich, die er in der Brandnacht vom Crag du Diable hatte kommen sehen, und wusste plötzlich, was er gerochen hatte – und warum Bruno nicht mehr geknurrt, sondern sogar mit dem Schweif gewedelt hatte. Er hatte sein Herrchen erkannt.

»Und der Hund? Hast du Francos Hund umgebracht?«

Charles Chalard sog an seiner Pfeife und blickte dem Bussard nach, der über ihnen seine Runden zog. »Da war kein Hund.«

»Natürlich war da ein Hund, das wissen wir.«

»Ich habe keinen Hund gehört. Ich dachte, der wäre mit seinem Herrchen unterwegs.«

Entweder log sein Vater. Oder Schümli war bereits tot, als Charles Chalard die *Gras* anzündete. Keine der beiden Möglichkeiten war angenehm, aber die erste war das größere Problem. Er musste mit jemandem reden.

7

Tori fühlte sich federleicht. Jan hatte sich auf die zärtlichste Weise verabschiedet, was nicht viel Zeit für ein Frühstück ließ, da er nach Valence musste. Aber er hatte versprochen, abends wieder zurück zu sein. Sie staunte über die Wirkung, die ein paar Stunden mit einem liebevollen Mann entfalten konnte: Sie dachte nicht mehr dauernd an das, was sie nicht ändern konnte. Sollte die Polizei sich um die Katastrophe auf der Colline kümmern.

Nach einer Runde mit July ging sie hinüber zur Bibliothek.

»Das ist unglaublich! Es ist ein Skandal!« Tori hörte Monique, noch bevor sie die Tür hinter sich geschlossen hatte. Die Bibliothekarin stöckelte zwischen ihrem Schreibtisch und dem Regal mit den Zeitungen hin und her. »Wir haben keine Juden ausgeliefert! Wir haben sie beschützt! Wir haben sie versteckt! Was maßt der Mann sich an?« Sie zeigte mit dem Finger auf die Zeitung, die ganz oben auf dem Zeitungsstapel lag. »Lies!«

Tori nahm das Blatt hoch, *Le Figaro,* die konservativere der beiden großen französischen Tageszeitungen. Der französische Staatspräsident bekenne sich zur Kollaboration der Franzosen bei der Auslieferung von Juden an die deutsche Besatzungsmacht. Kein Deutscher habe dabei helfen müssen, stand da. Das sagte er nicht zum ersten Mal.

»Ist das denn ganz falsch? Die Vichy-Regierung –«

»Vichy!«, fauchte Monique. »Das waren Marionetten! Das waren nicht wir! Wir sind anders! Hier ist das Land der Zuflucht! Denk an Le Chambon-sur-Lignon!«

Wahrscheinlich sah man Tori an, dass sie nicht wusste, wovon die Rede war. Monique seufzte und lehnte sich an das Regal. »Le Chambon liegt weit oben in den Cevennen, so weit bist du bei deinen Ausflügen wahrscheinlich noch nie gekommen. Ein Ort der Kinder Gottes. Sie haben während der deutschen Besetzung Hunderte von Juden versteckt, Erwachsene und Kinder. Nicht nur in Chambon selbst, auch in der ganzen Umgebung, in den kleinsten Dörfern, bis hinunter zu uns. Soll das neuerdings vergessen sein?«

Tori fühlte sich hilflos. Was sollte sie dazu sagen? Es war ja sicher beides richtig: Es hatte Kollaboration ebenso gegeben wie selbstlose Hilfe. Noch nicht einmal in Deutschland war das anders gewesen.

»Lies Romain Gary, *Les Cerfs-volants,* ein großartiger Roman, an dem kannst du ganz nebenbei dein Französisch üben. Es ist die Geschichte vom Drachenbauer Ambroise, der sieben gelbe Drachen aufsteigen lässt, für sieben Judensterne, für sieben Sterne der Schande.« Monique wandte sich ab. Sie hatte Tränen in den Augen und schniefte. »Wir haben sie immer aufgenommen, die

Flüchtlinge aus aller Herren Länder. Noch heute geben wir ihnen eine neue Heimat. Allen. Selbst Deutschen.«

Tori wusste auch darauf nichts zu sagen. Aber wahrscheinlich erwartete Monique keine Antwort.

»Er enttäuscht mich, unser Präsident.« Monique straffte sich und setzte sich wieder an den Schreibtisch. Sie hatte ihr Urteil gesprochen.

»Die Franzosen entflammen leicht und wenden sich ebenso schnell wieder ab. Dies ist nicht der erste Präsident, der schon nach kürzester Zeit in Ungnade fällt.« Eine tiefe Stimme hinter Tori. Sie drehte sich um. Simone war in den Raum gekommen, gefolgt von Louis, der ihr charmant lächelnd die Tür aufhielt. Was für ein großzügiger alter Herr, dachte Tori, er konnte sich doch ausrechnen, dass seine Konkurrentin um *Le Monde* durch so viel Zuvorkommenheit wieder schneller bei der Zeitung sein würde als er. Doch offenbar hatten sich die beiden Streithähne versöhnt, jedenfalls wies Simone mit damenhafter Geste zum Regal mit den Zeitungen, woraufhin Louis mit glücklichem Lächeln, *Le Monde* unter dem Arm, an seinen Platz ging.

»Ich empfehle als Lektüre Arthur Koestler, *Abschaum der Erde*. Dort beschreibt er detailliert seinen Aufenthalt im Lager Le Vernet, du weißt, das liegt in den Pyrenäen, gar nicht so furchtbar weit von hier. Dort haben die Franzosen alles interniert, was das gute Einvernehmen mit den Deutschen hätte stören können.«

»Du bist zynisch«, sagte Monique.

»Und dann ist da das Camp de Gurs, ebenfalls in den Pyrenäen, aber Richtung Atlantikküste. Dahin wurden die Juden verfrachtet. Ganz ohne deutsche Nachhilfe.«

Monique rang die Hände. »Simone. Ich weiß ja. Du als Jüdin.«

»Ich als vernunftbegabter Mensch, Monique. Wir wollen über ein paar guten Taten die Realität nicht vergessen. Du denkst zu sehr in Gut und Böse.« Simone schritt trotz Gehstock majestätisch an ihr vorbei. »Menschen sind beides. Und nebenbei – mal ganz ehrlich: Du möchtest doch sicherlich nicht sämtlichen Menschen hier Zuflucht anbieten, oder? Wir haben nicht mit allen gute Erfahrungen gemacht.«

Monique richtete sich kerzengerade auf. »Simone, ich weiß, du meinst das nicht so.«

»Doch, genau so«, murmelte die alte Dame.

»Was immer du denkst: Wir heißen alle willkommen, auch die, die du nicht magst.«

»Leider.« Simone legte ihre Hand mit den rot lackierten Nägeln auf Toris Arm und drückte ihn. »Aber wenn sie alle so brav Französisch lernen würden wie Madame Godon, wäre ich schon zufriedener. Madame, folgen Sie mir bitte.«

Tori lächelte Monique um Verzeihung bittend an und folgte der alten Dame. Widerstand war zwecklos.

»Es schadet natürlich nicht, wenn Sie Romain Gary lesen, meine Liebe.« Simone setzte sich umständlich, nachdem sie ihren Stock an den Tisch gelehnt hatte. »Aber vielleicht sollten Sie erst einmal mit Ihrer allernächsten Umgebung beginnen, wenn Sie begreifen wollen, in welcher Tradition Sie sich befinden. Wussten Sie etwa, dass unsere Gegend bereits in *De Bello Gallico* Erwähnung findet?«

Tori suchte alles zusammen, was sie über die Geschichte des Vivarais wusste. Erst die Gallier, dann die Römer, dann das Heilige Römische Reich Deutscher Nation, dann …

»Sie wissen ja sicher auch, dass die Familie des Kamisardenführers Henri Balazuc einst in Ihrem Haus gelebt hat. Balazuc ist ein weitverbreiteter Nachname, Sie haben doch bestimmt schon einmal das gleichnamige Städtchen besucht?«

Natürlich, Balazuc war einer der schönsten Orte der Umgebung, auf einem Felsplateau hoch über der Ardèche gelegen, mit mittelalterlichen Steinhäusern und Gässchen, mit Burgfried, Schloss und Kirche.

»Die Stadt soll als gallische Festung gegen die römischen Eroberer gegründet worden sein, genannt Baladnum, also Felsen oder Anhöhe. Im frühen Mittelalter von den Mauren erobert, von Karl Martell zurückgewonnen. Im 11. Jahrhundert begleitete Pons de Balazuc den Grafen von Toulouse auf dem Kreuzzug nach Jerusalem, wovon er nicht zurückkehrte. Und Ihr Henri Balazuc: Wer weiß, vielleicht war er ein Nachfahre des berühmten Minnesängers Guilhem de Balaun, des Kastellans von Balazuc? Kennen Sie seine tragische Geschichte? Nein? Nun, es ist ja bloß eine Legende. Aber immerhin.«

Simone verfiel in einen raunenden Tonfall, diesen »Es war einmal«-Singsang, den Tori von ihrem Geschichtslehrer am Gymnasium kannte. Der Minnesänger verehrte die Gattin des Peire von Jaujac und stellte seine Liebe zu ihr auf die Probe, indem er sie abwies. Als sie daraufhin nichts mehr von ihm wissen wollte, bereute er bitterlich, doch sie ließ ihn ein ganzes Jahr schmachten.

»Endlich versprach sie, ihn zu erhören, wenn er den Nagel seines längsten Fingers entfernen und ihr bringen ließe. Er schritt sofort zur Tat und sie versöhnten sich wieder.«

»Ein Blutopfer als Liebesbeweis?«

Simone wiegte den Kopf auf dem dürren Hals. »Es war ja nur ein Fingernagel. Aber es stimmt schon – Blutopfer von Menschen oder Tieren dienten vordem nicht nur der Besänftigung der Götter, sie dienten auch dazu, einen Schwur oder ein Urteil bindend zu machen.«

Sie schloss die Augen. »Schmerz dient der Erinnerung. Die Germanen, sagt man, haben ihre Söhne an die Grenzen ihrer Ländereien geführt und ihnen dort eine Ohrfeige verpasst, damit sie den Ort nie vergaßen. Manchmal muss es wehtun, wenn etwas ernst genommen werden soll.«

Toris Blickfeld verengte sich, während sich in ihrem Kopf die Bilder wie im Kaleidoskop drehten und zusammenfügten und wieder auseinanderflogen. Wie Chintz dagelegen hatte auf dem weißen Bettüberwurf – auf dem Rücken, alle Gliedmaßen ausgestreckt: So legte man das Opfer auf die Schlachtbank.

»Victoria?« Simone musterte sie aus dunklen Vogelaugen. »Geht es Ihnen gut?«

Tori atmete tief ein und wieder aus und versuchte, zu lächeln. Simone konnte man nicht hinters Licht führen. »Wir sind die Grausamkeiten nicht mehr gewohnt, die bei unseren Vorfahren üblich waren. Daran musste ich denken. Und dass ich froh bin, heute zu leben.«

Simone nickte langsam. »Ja, das geht mir ähnlich. Aber täuschen wir uns nicht: Die Vergangenheit ist nicht so weit entfernt, wie wir glauben. Und jetzt gehen wir wohl besser an Ihre Französischlektion.«

Tori bezweifelte, dass Louis die ganze Zeitung bereits ausgelesen hatte, als Simone sie ihm unter den Händen wegzog. »Lassen Sie uns über dieses gewiss bemerkenswerte Porträt von Michel Houellebecq sprechen, Madame Godon. Ich denke, es zeigt auf zwingende Weise, in welchem Dilemma sich unser Land heute befindet.«

»Mesdames!«, sagte eine helle Stimme hinter ihnen.

»Pierre!« Ein dunkler Lockenkopf beugte sich über sie. Simone streckte beide Arme nach ihm aus und ließ sich umarmen. »Du warst aber lange nicht mehr hier!«

»Es ist immer was zu tun auf dem Hof. Aber du weißt ja: Schafehüten ist auch eine Form von Philosophie. Darf ich dir Tori kurz entführen?«

Simone schlug ihm spielerisch auf den Arm. »Sicher. Wenn es so wichtig ist? Houllebecq dann beim nächsten Mal.«

Tori folgte ihm hinaus. July begrüßte Mystère, der draußen vor der Tür wartete.

»Kaffee?«

»Gern.«

Sie folgten den beiden Hunden zum Maison Sarrasine. Tori schaltete die Kaffeemaschine ein und ließ die Tiere hinaus auf die Terrasse, wo sie übereinander herfielen wie verspielte Welpen.

Sie stellte zwei Becher Kaffee auf den Tisch, setzte sich zu Pierre und schaute den Hunden zu.

»Ist alles in Ordnung bei dir zu Hause?«, fragte sie nach einer Weile behutsam.

»Ja.« Mit gesenktem Kopf. »Nein.« Pierre schaute auf, sein Blick suchte Halt an einem Schmetterling, der durch die Luft taumelte.

»Der Brand auf den *Gras* kürzlich. Wie kann der entstanden sein? War es Brandstiftung? Gibt es irgendwelche Erkenntnisse?«

Tori wunderte es nicht, dass ihn das noch immer beschäftigte. Solange man nicht wusste, wo Franco war, würde die Sache rätselhaft bleiben. »Nein. Soweit ich weiß, kann man keine Brandstiftung nachweisen.«

»Aber man kann sie auch nicht ausschließen?«

»Richtig.« Auf dem Jungen lastete etwas, man sah es ihm an. Sie musste ihm Zeit geben.

Pierre legte die Hände um den Kaffeebecher, als müsste er sich selbst bei diesem Wetter noch wärmen. Nach einer Weile holte er tief Luft. »Reicht ein bisschen Pfeifenglut aus, um einen Brand auszulösen?«

Tori blickte auf seinen gesenkten Kopf. Was wusste der Junge? Und was fürchtete er? »Ich denke, nach so langer Trockenheit war das Gras wie Zunder«, sagte sie langsam. »Ein Funke hätte wahrscheinlich genügt. Warum fragst du?«

»Mein Vater hat gestern etwas angedeutet und ich weiß nicht, was ich davon halten soll.« Pierres braune Augen blickten Tori an, ein Blick wie ein Hilferuf.

»Dein Vater«, murmelte Tori. »Hat der sich nicht mal mit Franco gestritten, weil du bei ihm das Haschischrauchen gelernt hast?«

Wieder seufzte Pierre. »Ich habe in der Nacht jemanden gesehen, der aus Richtung Crag du Diable kam. Mir war die Gestalt vertraut vorgekommen, ich dachte, ich hätte vielleicht Franco erkannt. Aber ich fürchte, sie war mir aus ganz anderen Gründen vertraut.«

Er schluckte, griff umständlich in seine Hosentasche und legte ein Päckchen Zigaretten auf den Tisch. »Darf ich?«

»Natürlich«, sagte Tori und lächelte ihn an. »Hier liegt kein brennbares Material, es ist also völlig ungefährlich.«

Pierre lächelte nicht.

»Also die Gestalt war dir vertraut.«

»Ja. Und Bruno hat zwar geknurrt, aber nur ganz kurz und dann mit dem Schwanz gewedelt.«

»Das heißt: der Hund kannte – die Gestalt.«

Pierre nickte. »Außerdem habe ich etwas gerochen. Den Pfeifentabak, den mein Vater bevorzugt. Ich habe das nur in meinem Tran nicht gleich gemerkt.«

»Das würde erklären, warum Francos Hund nicht angeschlagen hat. Er kannte deinen Vater ja sicher.«

Pierre schüttelte den Kopf. »Nein, Schümli hätte auf jeden Fall Laut gegeben. Er würde sich daran erinnert haben, dass mein Vater Franco einmal beinahe verprügelt hätte. Und das wollte er auch in der Brandnacht wieder tun.«

»Das hat dein Vater dir erzählt? Also hat er den Hund auf dem Gewissen?«

»Nein.« Pierres Hände zitterten, als er versuchte, eine Zigarette aus dem Päckchen zu holen. »Mein Vater behauptet, der Hund sei nicht da gewesen, er habe ihn jedenfalls nicht gehört.«

Sie schwiegen. Nach einer Weile brach es aus dem Jungen heraus. »Entweder lügt er oder –«

»Oder?«

»Er meint, er habe Franco gesucht, ihn aber nicht vorgefunden. Auch den Hund nicht. Und dann hat er wohl seine Pfeife ausgeklopft vor Francos Wohnwagen. Nicht, dass er das zugegeben hätte, aber er hat es angedeutet.«

Die Tiere spielten noch immer miteinander. Über den strahlend blauen Himmel zog ein zweimotoriges Flugzeug, dahinter ein Banner, auf dem für das »Cochon grillé« geworben wurde, ein Restaurant, in dem jede Woche samstags ein ganzes Schwein gegrillt wurde.

»Was soll ich tun? Ich kann doch meinen Vater nicht anzeigen!«

Tori dachte nach. Konnte es sein, dass der Tod des Hundes und der Brand nichts miteinander zu tun hatten?

Sie griff nach Pierres Hand. »Danke, dass du mir das anvertraut hast. Aber ich glaube nicht, dass du deinen Vater anzeigen musst. Wir wissen nicht, ob er den Brand mit Pfeifenglut ausgelöst hat.«

»Aber wenn er – Franco umgebracht hat?«

Tori sah die Angst in seinen Augen. »Glaubst du wirklich, dass dein Vater dazu fähig wäre?«

Erst nickte Pierre. Dann schüttelte er den Kopf. »Du hast recht. Ich trau dem Alten alles Mögliche zu, aber das nicht. Und wann und wie und wo hätte er die Leiche verschwinden lassen können?«

»Um einen Mord ohne Leiche aufzuklären, braucht man mehr als nur ein paar Indizien.« Außerdem glaube ich nicht, dass Franco tot ist, dachte Tori. »Vielleicht gibt es ja für alles eine ganz einfache Erklärung.«

»Ja«, sagte Pierre mit hängendem Kopf. »Vielleicht.«

8

Tori ließ July auf ihrem schattigen Platz auf der Veranda zurück und nahm das Fahrrad nach Lablachère. Jungs wie Pierre wussten immer, wo man ein gebrauchtes Auto fand. Bei der Garage Vivarais, hatte er gesagt, stand ein Pick-up zum Verkauf.

Kurz hatte sie daran gedacht, Karim zu fragen, den Autoschrauber, der eine Straße unter ihr wohnte. Sie nahm ihm zwar noch immer übel, dass July damals von ihm misshandelt worden war, aber er hatte immerhin um Entschuldigung gebeten – und ihr angeboten, ihr in allen Dingen, die mit Autos zu tun hatten, zu helfen. Doch eine richtige Werkstatt war ihr lieber, zumal sie den Wagen ja wieder loswerden musste, wenn das neue Auto käme. Das neue Auto? Sie hatte sich noch immer nicht entschieden, was und wie sie künftig fahren wollte. Diesel? Benzin? Hybrid? Sie neigte zu einem stabilen Geländewagen und Diesel.

Die »Garage Vivarais« war für Männer offenkundig das, was das Café neben der École maternelle für die Frauen bedeutete: ein Treffpunkt für den lebhaften Austausch von Neuigkeiten und Meinungen. In benzin- und ölgeschwängerter Luft, beim anheimelnden Geräusch von Kompressoren und Schlagschraubern, akzentuiert von fallenden Schraubschlüsseln, redete man aufeinander ein, die einen in Blaumännern mit ölverschmierten Händen, die anderen in Jeans und Handwerkerwesten. Niemand nahm von ihr Notiz, das gab ihr Gelegenheit, sich umzuschauen. Zum Verkauf standen Peugeots und Renaults, die älteren Modelle. Eine Ente. Ein Kleinlaster. Und dazwischen tatsächlich ein Pick-up, ein dunkelgrüner Ford Ranger, Erstzulassung 2007, 150000 Kilometer, für 7800 Euro.

Sie marschierte auf einen kleinen Kerl mit Schnurrbart und zurückgegeltem Haar zu, der ganz so aussah, als ob er mehr mit der Buchhaltung als mit der Werkstatt zu tun hätte.

»Ich brauche ein Auto«, sagte sie zur Begrüßung. Er unterbrach sein Gespräch, blickte zu ihr hoch und schenkte ihr ein breites Grinsen.

»Sehr gern! Wir bekommen morgen ein Cabrio rein, das ist vielleicht etwas für Sie?«

Seh ich so aus? Sie grinste zurück. »Ich nehme den Ranger. Ich brauche ihn sofort.«

Der Mann schien nachzudenken. Dann holte er sein Handy aus der Hosentasche. »Ich rufe den Besitzer an. Ich denke, das lässt sich machen.«

Wenig später fuhr ein nachtblauer Audi A7 vor und Leon stieg heraus, der Versicherungsmann aus Largentière, der aussah wie ein Holzfäller aus Idaho.

»Tori! Ich hab ja gesagt: ich helfe gern.« Er reichte ihr einen Autoschlüssel.

»Das ist dein Auto, der Ranger?«

»Genau! Alles Weitere erledigen wir später, ja?« Leon stieg wieder in seine Luxuskarosse und rauschte davon. Die Männer blickten ihm hinterher, neidisch, sehnsüchtig, keinen ließ die Erscheinung kalt. Tori blickten sie nicht hinterher, als sie das Fahrrad auf die Ladefläche legte, den Pick-up startete und losfuhr. Sie musste zu Louise fahren, sie durfte nicht vergessen, den Landrover abzumelden, und dafür brauchte sie das Nummernschild.

Die Kiste hatte 143 PS und tat, was sie tun sollte. Tori nahm den Weg von Joyeuse aus an der Beaume entlang. Nach fünf Kilometern stieg die Straße steil an, Richtung Vernon und Versas, mit atemberaubendem Ausblick auf die Beaume, die nach dem letzten Unwetter wieder ordentlich Wasser führte. Die D 303 führte an einem Schlösschen und einer Farm vorbei und an zwei Häusern, denen man ansah, dass sie zur Zeit des Seidenbooms gebaut worden waren und als Magnanerien gedient hatten. Kurz vor dem Tour de Brison bog sie ab.

Louise stand, auf einen Spaten gelehnt, im Garten und sah ihr entgegen.

»Ach, du bist es. Und du hast schon einen neuen Wagen? Prima. Was machen wir jetzt mit deiner ausgebrannten Kiste? Es ist kein wirklich schöner Anblick.«

Das Gerippe ihres Wagens sah in der Tat zum Gruseln aus. »Ich muss das Nummernschild abmontieren. Und dann bestelle ich einen Abschleppwagen. Hast du eine Zange?«

»Einen Abschleppwagen? Ach, das hat Zeit.«

Eben war der Anblick noch unschön gewesen und jetzt hatte es Zeit?

»Wie du willst. Dann also eine Zange.«

Louise ging ins Haus, kam mit einem Werkzeugkoffer zurück, setzte sich auf eine Mauer und sah Tori dabei zu, wie sie die Schilder entfernte, auf denen wundersamerweise noch etwas zu erkennen war.

»Weiß man mehr über den Brand? Es ist ja wohl dieses Holzhaus abgebrannt, der Prototyp für die neue Ferienanlage. Ob es da einen Zusammenhang gibt?«

»Ich weiß auch nicht mehr als du«, sagte Tori und hockte sich neben Louise auf die Mauer.

»Ich wünschte, die Sache wäre bald aufgeklärt. Ich habe keine Lust, bei jedem Feuerchen ganz oben auf der Liste zu stehen.« Louise hatte die Wangenmuskeln angespannt und das Kinn vorgeschoben, als ob sie sich zur Wehr setzen müsste. »Das verfolgt mich. Immer, wenn es irgendwo brennt, bin ich dran schuld.«

»Aber wer behauptet denn das?«

»Alle. Seit ich lebe. Seit ich verstehe, was die Leute sagen. Seit ich weiß, woher ich stamme.« Louise stieß einen tiefen Seufzer aus. »Meine Mutter hat das ›schlechtes Blut‹ genannt. Die hatte gut reden. Mein Vater war der mit dem falschen Stammbaum. Was weißt du über Australien?«

»Es ist groß und weit weg«, sagte Tori, aber Louise lachte nicht über den matten Scherz.

»Du weißt doch aber, dass die Engländer vor allem Verbrecher in ihre Kolonien schickten? Als man sie nicht mehr nach Amerika verfrachten konnte, war Australien dran. Millionen Australier sind Nachkommen von Sträflingen. Die wenigsten waren Mörder oder Schwerverbrecher. Doch der Makel bleibt.«

»Noch heute?« Soweit sie wusste, war es mit solchen Deportationen in der zweiten Hälfte des 19. Jahrhunderts vorbei gewesen.

»Die Familie meines Vaters stammt von einer englischen Brandstifterin ab. Sie hieß Agnes, geboren im März 1821, arbeitete als Magd auf einer Farm in Ashburton, Devon. Sie war erst fünfzehn, als sie wegen Brandstiftung verurteilt wurde. Angeblich hat sie die Stallgebäude der Farm angesteckt und dabei Pferde und Kälber getötet. Die Todesstrafe hat man ihr erspart, sie war ja noch so jung. Als ein Akt der Gnade setzte man sie auf die ›Elizabeth‹ und schickte sie zusammen mit 160 anderen Verurteilten nach New South Wales. Mit Glück hat sie das überlebt, diese Transporte müssen furchtbar gewesen sein. Ein Sohn aus ihrer ersten Ehe ist mein Urahn.«

»Und daher kommt dein schlechtes Blut?« Was für eine absurde Idee.

»Oh ja. Immer, wenn ich etwas ausgefressen hatte, vermuteten meine Eltern den Einfluss des schlechten Blutes von Agnes Biddle. Dabei war das nur ein armes Mädel vom Land, und dass sie den Brand wirklich gelegt hat, bezweifle ich. Ich habe mal versucht, mehr über ihre Geschichte zu erfahren. So seltsam das klingt: Für sie war die Strafkolonie Australien womöglich die Rettung. Sie heiratete dreimal, bekam acht Kinder von zwei Männern und starb im Alter von vierundachtzig Jahren.«

Louise zupfte am Verband ihrer Hand, der sich aufzulösen begann.

»Benny war bei uns zu Hause der Engel. Der hatte wie durch ein Wunder nur sauberes Blut abbekommen.«

»Benny?«

»Mein Bruder. Er war ein so süßes Baby. Ich habe ihn den ganzen Tag im Puppenwagen durch die Gegend geschoben. Ich war völlig vernarrt in ihn. Später war er dann nicht mehr ganz so süß. Wie kleine Jungs halt sind. Stellen immer was an. Stören dauernd.«

»Und wie ist er gestorben?«

Louise senkte den Kopf. »Es hat gebrannt. Das ganze Haus brannte, lichterloh, es ging alles so schnell. Benny war in seinem Zimmer, eingeschlossen. Ich dachte, dann passiert ihm nichts.«

Tori verschlug es den Atem. Was für eine grauenhafte Geschichte.

»Ich war dreizehn. Ich war schuld. Ich hatte eben böses Blut!« Louise verzog das Gesicht zu einem bitteren Lächeln. »Meine Eltern wollten mich nicht mehr sehen. Sie haben mich nach Canberra geschickt, in ein Heim für schwererziehbare Kinder. Es war die Hölle.«

Tori sagte nichts. Die Geschichte war in jeder Hinsicht fürchterlich, was immer sich Louise hatte zuschulden kommen lassen.

»Ich weiß, ihr denkt alle, Australien ist das Paradies auf Erden. Ich wollte nichts als weg, weit weg. Ich habe das Land verlassen, sobald ich konnte. Und jetzt holt mich das alles ein. Es brennt. Und wer ist schuld? Louise!«

Die Kinder. Eingeschlossen in der Hütte. Wie damals

der kleine Benny. Tori spürte, wie es ihr wieder die Luft nehmen wollte, allein die Vorstellung, eingesperrt zu sein, nicht hinauszukönnen, ließ ihren Puls rasen. Konnte es sein, dass Louise etwas wiederholt hatte?

Andererseits: Wer hatte sie denn beschuldigt? Wer wusste von ihrer Vergangenheit? Warum erzählte sie das alles? War das ein Geständnis? Oder war es der Aufschrei einer gequälten Seele? Tori streckte den Arm aus und legte Louise die Hand auf die Schulter.

Louise schüttelte die Hand ab.

9

Zu Hause wurde Tori überschwänglich von July begrüßt. Es war noch Zeit für einen Spaziergang, bevor Jan kam. Der Gedanke an ihn half ihr, wenigstens sekundenlang alles andere zu verdrängen: vor allem den Gedanken an die gequälten Kinder, an die, die aufs Grässlichste sterben mussten, aber auch an eins, das überlebt hat, nicht weniger gequält von Schuldgefühlen. Böses Blut? Welche Eltern redeten ihren Kindern so etwas ein?

Und dennoch – sie zweifelte an Louises Unschuld. Offenbar war sie es gewesen, die den Jungen eingesperrt hatte. Warum? Und woher kam das Feuer?

Sie waren rechtzeitig zurück, sodass Tori Wasser und Wein kaltstellen konnte. Sie nahm den Käse aus dem Kühlschrank, stellte einen Teller mit Oliven und getrockneten Tomaten auf den Tisch, heizte den Backofen an, für das Brot.

July war nur wenig schneller am Tor als sie, sie hatte Jans Anwesenheit wahrgenommen, bevor er noch die

Klingel hätte drücken können. Auf halbem Weg, mitten auf der Treppe, nahm er Tori fest in den Arm. Es tat so verdammt wohl, endlich wieder von einem Mann umarmt zu werden, dass sie fast vor Rührung geweint hätte.

Auch der Wein schmeckte so gut wie schon lange nicht mehr. Sie saßen einander gegenüber und lächelten sich wortlos an, in dieser stummen Seligkeit, zu der Verliebte neigen. War sie verliebt? Aber ja. Schuldgefühle hatte sie deshalb nicht. Und sie dachte auch nicht daran, die Stimmung zwischen ihnen zu verderben, indem sie ihm grässliche Geschichten von bösem Blut und toten Kindern erzählte.

»Mir ist übrigens noch etwas eingefallen, was die Wappen betrifft, die in deinem Haus und das von Château Montréal«, sagte Jan irgendwann. »Kann ich mir die Bilder noch einmal ansehen?«

»Natürlich.« Sie standen auf und gingen hinüber ins Kaminzimmer.

Es war, dachte sie manchmal, der schönste Raum im Haus, eine etwas größer geratene sechseckige Pralinenschachtel. Das Fenster ging zur Terrasse hinaus, es lag direkt gegenüber dem Kamin und dem großen Spiegel, der darüber hing. Wieder nahm Jan sie in den Arm, er stand mit dem Rücken zum Spiegel, sie sah darin seine breiten Schultern, den gebräunten Nacken, die kurzen blonden Haare – und ihr eigenes Gesicht, angestrahlt vom Licht, das durchs Fenster strömte und vom Spiegel reflektiert wurde.

Plötzlich zersplitterte das Bild. Vor ihren Augen zersprang der Spiegel. Jan gab einen Laut von sich, der nach Überraschung klang und nach Schmerz, er fasste sich an den Hals und ging langsam in die Knie. July bellte und sprang am Fenster hoch. Tori drehte sich um. Die mittlere der sechs Fensterscheiben war zersprungen, die Scherben lagen auf dem Boden, und eine Sekunde lang machte sich Tori mehr Gedanken über die Pfoten ihres Hundes als um den Mann, der mit weißem Gesicht auf dem Boden vor dem Kamin saß.

Der Krankenwagen kam verblüffend schnell. Aber man ließ sie nicht mitfahren.

Kapitel III

1

»Es geht schon«, hatte Jan gemurmelt, nachdem die Sanitäter ihn versorgt und auf die Trage gelegt hatten. »Mach dir keine Sorgen.«

Aber das war unmöglich. Sie hörte das Glas des Spiegels zersplittern, sie sah sein Gesicht, mit einem Mal totenblass, fühlte ihn hinab auf die Knie sinken, hörte sich aufschreien. Durchlebte die entsetzlich langen Minuten erneut, während derer sie auf den Krankenwagen warten mussten, Jan immer wieder einer Ohnmacht nah.

Und später? Sie musste das viele Blut aufwischen, das er verloren hatte. Musste July beruhigen, die noch lange nach Abfahrt des Krankenwagens vor Aufregung zitterte. Als der Hund sich endlich auf seinem Lager zusammengerollt hatte, schlich Tori davon. Sie musste unter Menschen.

Sie nahm den Ranger hinunter nach Joyeuse zu Marie-Theres, obwohl sie ziemlich sicher war, dass sie heute nicht nüchtern bleiben würde, aber für das Fahrrad fühlte sie sich nicht stark genug. Nico war kurz angebunden und schwer zu verstehen gewesen am Telefon, er war mit dem Auto irgendwo unterwegs, aber er hatte versprochen, so bald wie möglich dazuzukommen.

Auf der Terrasse vor der Bar waren alle Tische besetzt. Eine Gruppe von Engländern hatte drei zusammengeschoben, man war schon ziemlich erleuchtet und sang, eher schräg als schön. Neben dem Eingang saß ein deutsches Pärchen, die beiden stritten sich, sie mit scharfer, erhobener Stimme, er verlegen murmelnd. Tori fühlte eine tiefe Dankbarkeit, dass sie und Carl sich in einem Alter zusammengetan hatten, in dem man sich so nicht mehr stritt, so dumm, so unnötig, so quälend. Wahrscheinlich glaubten die beiden, hier könne sie keiner verstehen. Auf die Franzosen traf das natürlich zu. Aber wie viele Franzosen waren schon da heute Abend? Tori sah vor allem Touristen. Hinzu kamen Expats, Leute wie sie und Nico und Louise und all die anderen. Frankreich den Franzosen, wie es der Autor des anonymen Briefs offenbar wollte? Das war lange her.

Nico saß bereits an der Theke. Sie schob sich durch den vollbesetzten Raum, ohne nach rechts oder links zu schauen, voller Angst, vor aller Augen in Tränen auszubrechen.

»Was ist los, um Himmels willen?« Nico nahm sie in den Arm. Er roch wie die Männer aus der Autowerkstatt, nach etwas Gutem und Solidem, nach Heimat. Nach Trost. Jetzt liefen die Tränen von ganz allein. Sie brachte kein Wort heraus.

»Ruhig, Mädel. Ist schon gut. Du musst nicht immer stark sein.«

Sie schmiegte sich fester an ihn. An Nico. Wegen Jan. Die Welt war verrückt.

Nico streichelte ihren Rücken, bis sie sich halbwegs beruhigt hatte. Sie befreite sich aus seiner Umarmung und wischte sich mit dem Handrücken über die Augen.

»Man hat auf ihn geschossen. Dabei war eigentlich ich gemeint.« Wieder drückte es ihr die Kehle zu.

Wahrscheinlich konnte sich Nico keinen Reim auf ihr Gestammel machen, aber er schien der Meinung zu sein, dass Alkohol gegen alles half, jedenfalls orderte er bei Marie-Theres ein ziemlich volles Glas Cognac, an dem Tori unter den besorgten Blicken der beiden anstandshalber nippte.

»Geht schon wieder.« Sie versuchte zu lächeln und wartete, bis Marie-Theres sich wieder hinter die Theke zurückgezogen hatte.

»Und jetzt noch mal von vorn«, sagte Nico. »Wer hat wie und wo und warum auf wen geschossen?«

»Wo kann ich dir sagen, wen auch, alles andere weiß ich nicht. Wir standen im Kaminzimmer, etwas flog durch die Fensterscheibe und traf Jan am Hals.«

»Jan. Aha.«

»Jan Fessmann, er hat mich besucht, wir haben uns die Wappen angesehen, vom Maison Sarrasine und vom Château Montréal.«

»Verstehe.«

»Und plötzlich zerplatzte der Spiegel und er saß blutend auf dem Boden.«

»Bist du sicher, dass es ein Schuss war?«

»Was denn sonst?«

»Hast du die Polizei geholt?«

Schon war Nico wieder im Verhörmodus, dabei hätte sie durchaus noch ein wenig Trost gebrauchen können. »Natürlich nicht. Ich konnte Jan ja nicht verbluten lassen, also habe ich einen Krankenwagen gerufen. Aber du kannst dir gern die Reste der Fensterscheibe ansehen und nach dem Projektil suchen. Ich hatte andere Sorgen.«

»Verstehe.«

Von wegen. Sein Gesicht drückte klar aus, dass er ihre Prioritäten für falsch hielt. Erst Polizei, dann Lebensrettung! Fast hätte sie gelacht, wenn ihr nicht so elend zumute wäre.

»Hm. Wer könnte es auf Jan abgesehen haben? Was weißt du über ihn?«

»Er ist gerade erst aus Spanien zurückgekommen, ich glaube nicht, dass jemand überhaupt mitgekriegt hat, dass er wieder in Belleville ist. Ich denke, der Schuss galt mir.«

»Warum sollte jemand auf dich schießen wollen?« Er schien das so unverständlich zu finden, dass es beinahe beleidigend war.

»Was weiß ich«, sagte sie, mit einem Mal müde. »Weil ich fremd bin? Weil ich mich am heiligen vaterländischen Erbe vergriffen habe?«

»Komm, Tori, also wirklich.«

»Also wirklich! Du meinst, ich bilde mir das ein?« Langsam wurde sie wütend. »Hast du den anonymen Brief vergessen?«

»Meine Erfahrung sagt mir, dass Leute, die so einen Mist zusammenkleben, selten Talent zum Scharfschützen haben. Vielleicht galt der Schuss keinem von euch beiden? Vielleicht waren Jäger am Hang gegenüber, sie gehen auf Wildschweine, einer verzieht sein Gewehr beim Schuss – et voilà.«

»Klar. Deine Erfahrung«, sagte Tori leise. »Alles nur Einbildung. Alles nur ein Zufall.« Ihr Kopf schmerzte, als ob die Gedanken Krallen hätten. »Aber ich sage dir: Irgendjemand will mich hier nicht.«

»Komm, Tori. Kein junger Mensch würde sich die Mühe machen, so einen Brief zu basteln, die schicken eine anonyme Mail, die man nicht zurückverfolgen kann, über Maildienste wie dead fake oder anonymailer.« Er hob die Hand und zählte ab. »Wer Buchstaben ausschneidet und aufklebt und wer richtige Briefe verschickt, ist alt. Alte Menschen werden unbeweglich. Sie sind starrsinnig, aber nicht schießwütig.«

»Du nimmst mich nicht ernst«, sagte sie leise.

Endlich begriff er und nahm sie in den Arm. »Natürlich nehme ich dich ernst. Um Himmels willen, ich wollte dich nicht kränken, ich denke nur an alle Möglichkeiten und zu denen gehört eben auch der banale Zufall.«

»Schluss mit der Streiterei.« Marie-Theres schien sie schon seit einiger Zeit im Blick zu haben. Sie hob die Weinflasche. »Trinkt aus. Oder vertragt ihr nichts mehr?«

Nico leerte folgsam sein Glas und Tori schob das Cognacglas zur Seite. Für Autofahrer war der dünne Rosé, den Marie-Theres ausschenkte, entschieden geeigneter.

Tori hob das Glas und wartete, bis Marie-Theres wieder außer Hörweite war. »Nico, meine Freundin Eva ist sechsundsiebzig und gründet gerade eine Bürgerinitiative. Sie will eine Ferienanlage bei Fayet verhindern. Geplant von einem Belgier. Was, wenn die Leute hier den zunehmenden Tourismus satthaben?«

»Du meinst, fanatische Verteidiger des angestammten Patrimoine schießen auf die Witwe eines braven Hugenottenabkömmlings? Das glaube ich nie und nimmer.«

»Mach dich nicht lustig, verdammt! Hier stimmt doch etwas nicht. Zwei Brände. Ein abgeschlachteter Hund. Ein anonymer Brief. Ein Schuss. Und tote Kinder in einer Ferienhütte.«

»Schhh.«

»Ist das noch immer nicht öffentlich?«

»Nicht, solange der alte Martin nicht ansprechbar ist.« Nico legte den Arm um ihre Schultern und zog sie an sich. »Wie auch immer: Du musst die Polizei holen.«

»Kannst du das nicht machen?« Tori hörte ihre Stimme schwanken. Jetzt nicht schon wieder flennen, dachte sie, aber es half nichts. Die Tränen flossen von allein.

»Klar kann ich. Ich komme mit und bleibe heute Nacht bei dir.« Er sah sie an, plötzlich unsicher. »Wenn es dir recht ist.«

Um zehn Uhr morgens wurde Tori von July geweckt, die ein dringendes Bedürfnis verspürte. Stunden zuvor war die örtliche Polizei gekommen und gegangen und dann hatten Nico und sie noch viel zu lange beisammengesessen und eine Flasche Wein geleert.

Noch immer etwas benommen schlurfte sie in die Küche. Nico war bereits auf und davon, er hatte einen Zettel auf dem Küchentisch hinterlassen: »Ich kümmere mich um die Ermittlungsergebnisse.« *Bise*, von einem Herzchen umrandet.

Zeit für einen Kaffee ließ der Hund ihr nicht.

Draußen hockte brütende Hitze zwischen den Häuserreihen, es roch nach Kanalisation und gärendem Müll. Sie hatte Mühe, July zu folgen, jeder Schritt bedeutete eine ungeheure Anstrengung, als ob sie Blei an den Füßen hätte.

Jan und der Schuss gingen ihr nicht aus dem Kopf. Das Ergebnis der polizeilichen Ermittlung würde auf sich warten lassen, aber sie musste wenigstens wissen, wie es Jan ging. Sie hatte ihn heute früh auf dem Handy angerufen, noch bevor sie mit July rausmusste, hatte es lange klingeln lassen, aber er war nicht drangegangen. Was war da los? Er war doch noch bei Bewusstsein gewesen, als sie ihn abholten, der Schuss hatte ihn am Hals getroffen, doch die Schlagader musste er verfehlt haben, das hätte man gemerkt. Und jetzt? Ob sich die Verletzung als weit schwerer erwiesen hatte?

Sie versuchte, sich zu beruhigen, ohne Erfolg. Das Gefühl, in Belleville zu Hause zu sein, war in den letzten Tagen immer schwächer geworden. Sie wusste, dass sie eine Fremde war, die nie hoffen konnte, dazuzugehören, doch das hatte sie bislang nicht gestört. Solange man sich gegenseitig respektierte, musste das Zusammenleben gelingen, hatte sie gedacht. War das eine Illusion?

Simone glaubte, der nächste goldene Baum für die krisengeschüttelte Region würde der Tourismus sein. Doch nicht alle dachten so. Von Hugo, ihrem Nachbarn aus dem Haus direkt gegenüber, war sie Spott und Hohn gewöhnt, was Zugezogene und andere Fremde betraf, Tori, naturellement, ausgenommen. Er hielt Touristen für eine Landplage. Ganz falsch war das nicht, wenn man an die Massen dachte, die im Sommer Straßen und Märkte verstopften.

Sie war so in Gedanken versunken, dass sie beinahe über July gestolpert wäre. Die enge Straße war blockiert. Vor dem Haus von Jérôme stand ein Transporter. Sie kannte das schon, der stand dort alle zwei, drei Wochen, eine Firma für medizinisches Gerät füllte den Tank für das Sauerstoffgerät von Jérômes alter Mutter auf. In Belleville wurden die Menschen alt, manche sehr alt, und nicht immer lag das allein an der guten Luft, dem Essen und dem Wein. Moderne Medizin half auch.

Tori und July wichen auf die Calade du Lavoir aus. Im

Waschhaus, das der Toufache speiste, weichte eine dunkelhaarige Frau in weitem Rock und mit Kopftuch Handtücher und Laken ein. Tori fragte sich, seit sie hier lebte, ob die Frau sich keine Waschmaschine leisten konnte oder ob sie keine wollte. Sie wäre nicht die Einzige in dieser Gegend, wo manch einer seinen Garten nach dem Mondkalender bestellte und jeden technischen Fortschritt als gesundheitsschädlich ablehnte. Allerdings sah das Wasser des Toufache beim besten Willen nicht wie eine gesunde Alternative aus.

Zwei dunkelhaarige Buben fetzten auf ihren Mountainbikes über die Straße und lachten, als July sie aufgebracht anbellte. Alles war wie immer und alles war anders. Als ob man aus dem Paradies verstoßen wäre, dachte Tori. Aber ein Paradies war selbst Belleville nie gewesen. Sie hielt es durchaus für möglich, dass es ein Dorf von Mördern war.

Nach dem Spaziergang hatte July Hunger und Tori Durst. Sie öffnete dem Hund eine Dose und schaffte es endlich ins Bad, um sich die Zähne zu putzen. Danach machte sie sich einen Kaffee, setzte sich an den Küchentisch, atmete tief durch und rief ein weiteres Mal Jans Mobiltelefon an. Diesmal kam die automatische Ansage, dass der Anschluss nicht erreichbar sei. Sie rief im Krankenhaus an. Es dauerte minutenlang, bis endlich jemand abnahm.

»Monsieur Fessmann?« Eine Frauenstimme. »Einen Moment.«

Die junge Frau am Telefon klang hektisch. Tori schwor sich, geduldig zu warten, bis das Gespräch wieder aufgenommen und sie weitergeleitet würde, zu wem auch immer. Wieder nervender Elektropop in der Warteschleife, aber diesmal hielt sie durch, was nichts half, denn nichts geschah, bis jemand am anderen Ende den Hörer aufnahm und die Verbindung abbrach. Mit vor Zorn zitternden Händen drückte Tori auf Wahlwiederholung. Der Anschluss war besetzt, und das blieb er, sooft sie die Taste auch drückte.

Das regte auf sehr unerwünschte Weise ihre Fantasie an. Was, wenn sich Jans Zustand verschlechtert hatte? Wenn er im Koma lag? War sie dazu verdammt, jeden Mann zu verlieren, der ihr nahekam?

Unruhig lief sie zum Bad, wusch sich die Hände und kämmte sich die Haare. Mittlerweile war es nach zwölf, da stand in Frankreich normalerweise das Leben still, weil alle beim Mittagessen saßen, das galt sicher auch für ein Krankenhaus. Außer einem Attentat oder wenigstens einem Flugzeugabsturz brachte die Franzosen wohl nichts von ihren geheiligten Bräuchen ab.

Um sich abzulenken und weil es ja doch irgendwann erledigt werden musste, räumte sie den Geschirrspüler ein und wechselte die Handtücher in Badezimmer und Küche. Nico hatte auf der Terrasse geschlafen, auf der Liege, nur in ein Laken gewickelt, es war auch nachts noch heiß genug. Das bereitgelegte Handtuch hatte er nicht benutzt.

July folgte ihr überall hin, als wüsste sie, dass es ihrem Menschen nicht gut ging. Sie schaute aufmerksam zu, wie Tori Handtücher und Laken nach unten in die Waschküche brachte, in die Maschine legte, das Programm wählte, Waschpulver einfüllte. Die Nase an die Scheibe gepresst beobachtete sie, wie Wasser in die Trommel lief und sie zu rotieren begann. Was dachte sich der Hund dabei? Hielt July die Waschmaschine für ein lebendiges Wesen oder für den Fernseher? Fragen, dachte Tori, die sicher alle Hundebesitzer beschäftigten. Sie hatte gelesen, dass Hunde nur blaue und gelbe Farbtöne erkennen können und beim Fernsehen am ehesten an anderen Hunden interessiert sind. »Es sind doch nur Handtücher, July«, sagte sie und ging nach oben.

Schon auf der Treppe hörte sie das Telefon. Mit klopfendem Herzen lief sie hoch, wäre fast gestolpert. Jan? Nein. Nur das Freizeichen. Sie war nicht schnell genug gewesen.

Als es kurze Zeit später wieder klingelte, war es Nico.

»Weißt du, wie es Jan geht?«, fragte sie müde. »Ich bin nicht zum Krankenhaus durchgedrungen.«

»Die Kollegen waren bei ihm und haben versucht, etwas aus ihm herauszuholen, aber er war noch ziemlich unter Wasser.«

Er lebte. Das war die gute Nachricht.

»Du solltest ihn besuchen.« Nico machte eine Pause. Sie spürte, dass er etwas sagen wollte, es aber nicht herausbekam. »Dir liegt an ihm, nehme ich an«, sagte er schließlich steif.

»Er ist ein Freund«, antwortete sie ausweichend.

»Klar. Verstehe. Sicher.«

Da war etwas in Nicos Stimme, das sie von ihm nicht kannte. War er eifersüchtig?

»Wie auch immer. Kommen wir zu den Fakten: Das Projektil hat Kaliber 8 x 57 IS und ein Kollege, der sich mit alten Waffen auskennt, meint, dass es mit großer Wahrscheinlichkeit aus dem Standardgewehr der deutschen Wehrmacht abgeschossen wurde. Mauser K 98.«

Tori ließ sich aufs Sofa fallen und holte tief Luft. »Deutsche Waffen scheinen hierzulande weit verbreitet zu sein.«

»Wundert's dich? In einer Höhle ganz in der Nähe hatte die Wehrmacht damals ein großes Waffendepot angelegt, das ist nach dem Abzug der Deutschen unter begeisterter Anteilnahme der Bevölkerung geplündert worden. Natürlich sollte die Beute brav abgegeben werden, aber hier in dieser Gegend hält sich niemand an irgendwelche Anordnungen aus Paris. Mit dem Gewehr kann man im Übrigen prima jagen.«

»Also doch ein kleiner – Jagdunfall?« Zufall, das hatte Nico ja gleich vermutet.

»Schwer zu sagen. Die Waffe ist den Kollegen nicht bekannt. Und wenn, wäre sie längst kassiert worden.« Er grinste spöttisch. »Militärkaliber zu benutzen, ist ja fast noch schlimmer als Wilderei.«

»Aber es muss doch irgendjemand mitbekommen haben, dass geschossen wurde.«

»Der Hang gegenüber ist nur zum Teil in Privatbesitz und der Eigentümer des Jagdrechts hat nichts gesehen und nichts gehört und schon mal gar nicht selbst geschossen, der Herr ist dreiundneunzig und sitzt im Rollstuhl.«

Tori stand auf und blickte aus dem Fenster auf den Hang, auf diesen wunderbaren Streifen kultivierter Natur, eine Parklandschaft aus Palmen, Lorbeerbäumen, Oliven und Steineichen. »Ich kann das alles nicht glauben«, sagte sie. »Wir haben doch bislang friedlich zusammengelebt, warum passieren diese Dinge ausgerechnet jetzt?«

»Das ist die Frage aller Fragen.«

2

July liebte Ausflüge. Sie würde sich noch mehr freuen, wenn sie wüsste, dass es zum Krankenhaus ging. Man kannte sie dort noch immer, sie war als Therapiehund ein großer Erfolg gewesen, und manchmal dachte Tori, dass es im Grunde unfair war, den Menschen die Dienste des Tieres zu entziehen – und July eine Aufgabe zu nehmen, die sie ganz offensichtlich genossen hatte.

Die Schnellstraße nach Aubenas gab es noch nicht lange, sie führte durch eine betörend schöne, mit niedrigen kugelförmigen Büschen betupfte Steinwüste, deren sanfte Dünung in der Sonne goldfarben glänzte. Tori fuhr langsamer als die erlaubten neunzig Stundenkilometer, sie musste sich an den Ranger erst gewöhnen. Deshalb hatte sie viel Raum vor sich, während hinter ihr ungeduldige Franzosen drängelten. Ihr Blick ging hinüber zu der halbverfallenen Grange, einer malerischen Ruine, die zwischen zwei Bodenwellen stand.

Ein Aufblitzen, eine Farbe, eine Bewegung – etwas kam hinter der Ruine hervor, lief, sprang, hob ab und landete auf der Straße. Es war weit genug von ihr entfernt, das noch sehr junge Reh, und sie musste nur leicht bremsen. Das Tier kam bis zur Mitte der Straße. Womöglich hatte es gedacht, die ganze Straße sei frei und es könne sie gefahrlos überqueren, hin zur anderen Seite, wo es vielleicht noch etwas zu äsen gab. Aber trafen Rehe rationale Entscheidungen? Dieses hier offenbar nicht.

Denn auf der Gegenfahrbahn brauste ein Van heran.

Das Tier wurde von der Stoßstange erfasst, es wirbelte hoch, taumelte durch die Luft und fiel reglos in den Straßengraben.

Mit zitternden Händen fuhr Tori weiter. Das Leben war nur ein kurzer Augenblick. Die Angst um Jan stieg bitter in ihr hoch.

July kannte den Weg und lief selbstbewusst voraus durch die geöffnete Tür in die Halle. Heute begrüßte sie keiner, die Halle war leer, nur ein Pfleger eilte auf knarzenden Sohlen zum Fahrstuhl. Die Frau an der Rezeption telefonierte, legte den Hörer auf, wurde wieder angerufen, antwortete hektisch. Dann, endlich, hatte sie Zeit für Tori, verstand aber Jans Nachnamen nicht. Tori buchstabierte erst, dann schrieb sie den Namen auf. Man schickte sie in den fünften Stock – in die gerontologische Abteilung, wie sich zeigte. Nein, hier lag kein Fessmann, so viel immerhin konnte die Stationsschwester sagen, der es erst nach vielen Telefonaten und langem Herumblättern im Stationsbuch gelang, eine Vermutung darüber abzugeben, wo sich Jan befinden mochte.

Tori folgte der Wegbeschreibung, hatte aber schon hinter der nächsten Glastür die Orientierung verloren. Mit wachsender Verzweiflung irrte sie durch die Flure, über mattglänzende Fliesen in ungesundem Gelb, unter fahlem Deckenlicht, vorbei an grünlich gestrichenen Wänden, an denen ungemachte Betten standen. Treppe hoch, Treppe runter. Es roch nach Desinfektionsmittel und Bettpfanne, nach kaltem Essen und toten Blumen. Pädiatrie. Orthopädie. Radiologie. Alles gleich trostlos.

Ein junger Mann im blauen Krankenhausoverall schob ein leeres Bett durch den endlosen Flur der chirurgischen Abteilung. Er verwies sie auf das Schwesternzimmer am Ende des Ganges. Durch die Glasscheibe sah sie zwei junge Frauen mit streng zurückgebundenen dunklen Haaren vor einem Computerbildschirm kichern. Erst als Tori an die Scheibe klopfte, blickten die beiden auf.

»Fessmann?« Man kannte den Namen. Ein Wunder. Sie war offenbar endlich in der richtigen Abteilung gelandet.

»Oh, ich sehe, der ist gerade bei der Sonografie, möchten Sie warten?«

Was blieb ihr anderes übrig. Sie setzte sich auf einen der wenig einladend aussehenden roten Plastikstühle, July neben sich, legte den Kopf in den Nacken und versuchte, an nichts zu denken, was immer dann unmöglich ist, wenn man es sich vornimmt.

»Verzeihen Sie, wenn ich Sie störe, meine Liebe.« Eine dunkle, raue Stimme, die klang, als hätte ihre Besitzerin Zeit ihres Lebens das Richtige getrunken und ausreichend gelacht.

Tori öffnete die Augen. »Simone! Was machen Sie hier? Sind Sie krank?«

»Das Gleiche könnte ich Sie fragen, liebe Victoria.« Die alte Dame musterte sie aus hellwachen Augen. Ihre Anteilnahme löste den Kloß in Toris Kehle. Mit gedämpfter Stimme erzählte sie ihrer Französischlehrerin die ganze Geschichte.

Simone schüttelte den Kopf mit den weißen Haaren, als sie am Ende angekommen war. »Was für ein Schock. Ich hoffe, dass es Ihrem Freund besser geht.«

»Das hoffe ich auch. Wenigstens scheint er noch zu leben. Er ist zur Sonografie, wurde mir gesagt.«

»Ach! Deshalb muss ich hier warten.« Auf Toris fragenden Blick hin sagte sie: »An meinen kaputten Rücken bin ich gewöhnt. Aber die Beine, wissen Sie. Die Gefäße. Die machen mir zu schaffen. Und da man nicht weiß, wie lange man leben muss, ist es besser, man kümmert sich rechtzeitig, damit der Körper nicht vorzeitig aufgibt und der Geist das Siechtum hellwach miterleben muss.«

»Das ist weise«, sagte Tori und lächelte.

Simone lächelte zurück, ein wenig kokett. »Dafür bin ich bekannt, ma chère.«

Der Mann im blauen Kittel kam wieder mit einem Bett vorbei, diesmal lag jemand drin, ein junger Kerl, dessen Beine bis zum Oberschenkel eingegipst waren.

»Wie unbequem«, murmelte Simone.

»In dem Alter heilt so was noch schnell«, bemerkte Tori.

Simone nickte und seufzte. »Das Gewehr«, sagte sie nach einer Weile. »Mit dem auf Ihren Freund geschossen wurde. Was, sagten Sie, war das für eins?«

»Ein Mauser, das Standardgewehr der deutschen Wehrmacht.«

»Verstehe. Ja, viele von uns haben sich bei den Deutschen mit Waffen versorgt. Das konnten sie ja gut, die Deutschen: Maschinen und Waffen bauen. Unsere können beides nicht.«

Tori wollte nicht allzu enthusiastisch beipflichten, aber es stimmte ja: Maschinen kaufte man besser in Deutschland. Was Waffen betraf, kannte sie sich nicht aus.

»Leute von der Résistance haben damals regelmäßig Waffentransporte überfallen. Bei Uzer wurde nach dem Krieg ein ganzes Arsenal mit Waffen und Munition entdeckt, das die deutschen Soldaten während der Besatzungszeit angelegt hatten. Es ist viel in Umlauf gekommen. Ich persönlich kenne niemanden, der mit einem solchen Gewehr auf die Jagd gehen würde. Aber möglich ist alles.«

Eine Tür am Ende des Flurs öffnete sich, eine Schwester schaute heraus und machte die Tür wieder zu. Der Pfleger rollte ein weiteres Bett durch den Flur, diesmal wieder leer.

»Ich werde mich kundig machen, mal sehen, was ich herausfinden kann«, sagte Simone und tätschelte Toris Arm.

»Madame Simone Joannot, bitte.« Eine Frau mit dunklen Locken und im weißen Ärztekittel lugte aus einer Tür.

»Ah, das bin ich!« Die Alte griff nach ihrem Stock, viel zu hastig, er rutschte ihr aus der Hand und fiel zu Boden. Tori versuchte mit der einen Hand den Stock zu greifen und mit der anderen Simone zu stützen.

»Immer mit der Ruhe«, sagte die Ärztin und fasste mit an.

»Wer alt werden will, darf kein Feigling sein«, seufzte Simone.

»Danke für die Warnung«, murmelte Tori. Dann fragte sie die Ärztin nach Jan.

»Monsieur Fessmann?« Die Frau zog die Augenbrauen hoch.

»Er sei bei der Sonografie, sagte man mir.«

»Ach, das haben wir doch heute früh schon erledigt. Sie finden ihn da drüben, in Zimmer 121.« Sie lächelte, bot Simone den Arm und verschwand.

Zwei Stunden verschwendet. Zwei Stunden voller Sorge. Zeit, die sie mit Jan hätte verbringen können. Zwei Stunden verlorene Zeit.

Sie öffnete die Tür zu Zimmer 121.

July, die gestern noch auf Jan zugestürmt war, blieb in

der Tür stehen. Jan lag im Bett am Fenster, sie sah seinen Kopf über einem weißen Verband auf einem weißen Kissen. Er sah sie nicht. Er lächelte. Glücklich, dachte Tori. Er lächelte eine Frau an, die neben ihm am Bett saß und seine Hand hielt. Man sah nur ihren schmalen Rücken, sie trug ein ärmelloses Kleid und hatte die Haare hochgesteckt.

July blieb noch immer stehen. Du lieber, taktvoller Hund, dachte Tori, ging einen Schritt zurück und zog die Tür leise hinter sich zu.

Das Leben war ein einziger Irrtum.

Sie ging immer schneller, sie lief, durch den Flur, zum Treppenhaus, die Treppen hinunter, July hinterher. Nichts wie raus hier.

3

Nico hatte das zerschossene Fenster ausgehängt und auf den Terrassentisch gelegt. Mit dem Messer entfernte er die letzten Glassplitter aus dem Rahmen und kratzte den mürbe gewordenen schmuddlig-gelben Kitt ab.

»Danke, dass du gekommen bist. Ich kenne sonst niemanden, der noch weiß, wie man alte Fenster repariert.«

»Die können heute nur noch Doppelverglasung, ich weiß.« Nico passte das neue Glas in den Rahmen und öffnete die Tube mit Fensterkitt. »Wie geht's Jan?«

»Ich müsste das Fenster neu streichen. Hätte ich schon letzten Sommer machen müssen.«

»Gute Idee. Und Jan?«

Tori seufzte. »Ich glaube, es geht ihm gut.«

»Glaubst du.«

»Es geht ihm gut.«

»Keine bleibenden Schäden?«

»Kaffee? Ich mach schnell die Maschine an.« Sie flüchtete in die Küche.

»Hast du Küchenkrepp?«, tönte es von der Terrasse her.

Sie hob die Rolle aus der Halterung und ging wieder hinaus. Es hatte keinen Sinn, die Antwort zu verweigern. Sie wusste ja, dass Nico sich wie ein Terrier festbiss, wenn jemand mauerte. Sie hielt ihm die Rolle hin.

»Danke. Also was ist mit Jan?«

»Ich war im Krankenhaus. Ich habe ihn gesehen. Er hatte Besuch. Ich wollte nicht stören.«

»Soso.« Nico schabte mit einem schmalen Spachtel den überschüssigen Kitt vom Glas und wischte den Spachtel mit Küchenkrepp ab. »Er hatte Besuch.«

»Ja.«

»Und dieser Besuch war von einer Art, die es dienlich scheinen ließ, nicht zu stören?«

»Rede Deutsch mit mir«, fauchte Tori.

»Deutscher kann man es wohl kaum ausdrücken, meine Liebe. Aber ich kann die Frage auch anders stellen: War der Besuch männlich oder weiblich?«

Er drückte mit dem Daumen den Kitt fest und sah nicht auf, aber ihr entging nicht, dass er grinste.

Tori ging zurück in die Küche und ließ Kaffee in zwei Becher laufen. Für Nico mit Milch und Zucker, stets zu Diensten. Sie trug die Becher auf die Terrasse und setzte sich zu ihm.

»Neben seinem Bett saß eine Frau. Schlank, dunkle Haare, hochgesteckt. Mehr habe ich nicht gesehen. Aber er hielt ihre Hand und sah ziemlich glücklich aus dabei.«

»Wie schön für ihn.« Nico ließ sich auf den Stuhl neben

sie fallen. »Den Kitt lässt du durchtrocknen, das dürfte bei diesem Wetter nicht lange dauern. Dann kannst du das Fenster wieder einhängen.«

Sie legte ihm die Hand auf den Arm. »Ich danke dir, du bist ein Schatz«, sagte sie leise.

»Klar. Dafür erzählst du mir jetzt, warum du dich diskret zurückziehst, nur weil eine Frau an seinem Bett sitzt. Ich dachte, du und Jan wärt Freunde?«

Tori atmete tief ein und nahm einen Schluck vom Kaffee. »Ja. Auch. Vielleicht mittlerweile ein bisschen mehr.« Nach einer Nacht? Ja. Nach einer solchen Nacht jedenfalls. »Er lebt getrennt von seiner Frau, hat er mir erzählt.«

»War das denn seine Frau, die da neben ihm saß?«

»Keine Ahnung. Ich kenne sie ja nicht.«

Nico zog die Augenbrauen hoch, blickte sie aus großen Augen an, verzog den Mund und begann zu lachen. Tori sah ihm ein paar Sekunden lang zu und verspürte eine irrsinnige Lust, mit dem Kaffeebecher auszuholen.

»Tori! Meine Güte, du bist doch keine siebzehn mehr!«

July, die sich auf den herabgefallenen Blüten unter dem Topf mit dem Liguster gewälzt hatte, schreckte hoch und kam angelaufen.

»Das kann seine Zahnärztin gewesen sein oder seine Großmutter oder seine Assistentin. Oder seine Chefin, wir sind ja modern.« Nico war alles Mögliche, aber modern ganz gewiss nicht. »Mal abgesehen davon: Was stört dich eine andere Frau, wenn ihr doch nur ein bisschen mehr als gute Freunde seid?«

Tori senkte den Kopf und ließ den Kaffee in ihrem Becher kreisen. »Ein bisschen sehr viel mehr«, sagte sie leise. »Dachte ich jedenfalls.«

»Komm.« Nico war aufgestanden, nahm ihr den Kaffeebecher aus der Hand, stellte ihn auf den Tisch und zog sie hoch. »Ich möchte, dass es dir gut geht.« Er nahm sie fest in den Arm. »Glücklich wäre sicher zu viel verlangt. Aber ich will nicht, dass du leidest, hörst du? Wir fahren jetzt zu ihm.«

Sie war froh, dass ihn sein Handy unterbrach und sie sich aus seiner Umarmung befreien konnte.

»Serge? Danke, dass du anrufst. Ich bin gerade bei Tori, irgend so ein Idiot hat auf sie geschossen und einen Freund getroffen … Aha. Das hilft jetzt auch nicht weiter, oder? Danke. Ich richte es aus.«

Er steckte das Handy zurück in die Hosentasche. »Schöne Grüße von Serge.«

»Und?«

»Martin Magot ist zwar wieder ansprechbar, aber offenbar komplett durcheinander. Er scheint irgendetwas von einer Versicherung und einem Vertrag erzählt zu haben.«

»Eine Versicherung.« Leon, dachte Tori. Der Holzfäller von der Versicherung in Largentière. Der bei Eva erzählt hatte, dass Martin das Grundstück und die Hütte bei ihm hatte versichern lassen. Dessen Auto sie jetzt fuhr.

»Auf Fragen nach den Kindern hat er nicht geantwortet. Der Alte steht noch immer unter Schock.«

»Wen wundert das«, sagte Tori leise.

»Mich nicht.« Nico schüttelte sich und stand auf. »Dennoch. Jetzt fahren wir zu Jan.«

Tori stand ebenfalls auf. »Nein. Erst einmal brauche ich deine Hilfe. Mein ausgebrannter Landrover muss abgeschleppt werden.«

4

Natürlich kannte Nico einen Kerl mit Abschleppwagen, der ihm einen Gefallen schuldete und Zeit hatte.

»Ruf Louise an und fahr schon mal hoch. Ich komme mit Jean-Bernard nach.«

»Louise kann man nicht anrufen. Sie lehnt Mobiltelefone ab, sie glaubt an geheimnisvolle Wellen, die das Hirn zerstören.«

»Ach, man kann sich mit so vielen Sachen das Hirn zerstören«, grummelte Nico. »Vor allem mit dummen Gedanken. Ein Handy scheint mir noch das geringste Problem zu sein. Also fahr halt auf Verdacht los.«

Tori war froh, dass sie den Moment hinauszögern konnte, an dem sie Jan wiedersehen würde. Sie wusste nicht, wie sie sich verhalten sollte. So tun, als ob nichts gewesen wäre? Nicht die Nacht mit ihm, nicht die Frau am Krankenbett? Nico hatte ja recht, sie verhielt sich kindisch, aber sie fühlte sich noch immer verletzlich wie ein rohes Ei. Da lässt man sich seit Jahren wieder auf jemanden ein, und dann …

Und dann. Was sollte sie tun? Vernünftig sein? Wie ging das in diesem Fall?

Vor einer schmalen Steinbrücke gab es eine Bucht zum Ausweichen, dort hielt sie an und wählte Jans Nummer. »Der Teilnehmer ist zur Zeit nicht erreichbar.« Wahrscheinlich war sein Akku leer, auch ihr Handy hatte kaum noch Saft. Egal: Dass Jan in kritischem Zustand war, musste sie jetzt wohl nicht mehr befürchten.

Sie fuhr in die Einfahrt von Louises Magnanerie und parkte. Louises Auto stand nicht, wo es sonst stand. Entweder parkte es noch immer unten in Fayet oder Louise war unterwegs. Als Tori aufs Haus zuging, war er plötzlich wieder da, der Geruch, den sie schon vor ein paar Tagen in der Nase gehabt hatte, an jenem Tag, an dem sie Louises Hund begraben hatten. Ein Geruch wie in einem schwer gechlorten Schwimmbad. Ihre Hand lag bereits auf dem Türklopfer, als die Luft zu schimmern begann, der Geruch schwebte über ihr wie eine bleiche Wolke.

Halluzinationen. Sie schloss die Augen. Das kannte sie nur zu gut. Geruchs- und Wahrnehmungsstörungen. Schizophrene Psychose, hatte ein Seelendoktor einmal diagnostiziert. Ein anderer hatte das für die Folge eines frühkindlichen Traumas gehalten und sich nach Missbrauchserfahrungen im Kindesalter erkundigt. Sie hatte beide Ärzte nie wieder konsultiert und niemandem davon erzählt. Eine Anwältin mit einer unerklärlichen Geistesstörung war nicht gut für den Umsatz.

Sie öffnete die Augen und ließ den Klopfer gegen die Tür fallen. Im ersten Stock öffnete sich ein Fenster und Louise schaute heraus. Heute hatte sie ihre Haare nicht zum Zopf gebunden, sie fielen um ihr Gesicht, rahmten es ein, machten es weich. Sie sah nicht mehr wie eine Getriebene aus, wie noch vor wenigen Tagen. Plötzlich merkte man, wie lebendig und attraktiv sie sein konnte.

»Tori! Was ist los? Es passt gerade wirklich ganz schlecht!«

July an Toris Seite knurrte leise, ihre Rückenhaare hatten sich aufgestellt. Tori legte beruhigend die Hand auf den Kopf des Hundes.

»Ich wollte dir nur sagen ... Mein Auto ... der Abschleppdienst ...« Es war idiotisch, diese schlichte Botschaft nach oben brüllen zu müssen.

Louises Kopf füllte noch immer das Fenster aus. »Brauchst du mich dazu?«

»Nein.« Natürlich nicht.

Sie musste nicht allzu lange auf Nico und seinen Kumpel warten. Jean-Bernard sah, ganz im Unterschied zu Leon, wie ein Versicherungsvertreter aus, wenn auch ohne entsprechende Kleidung, und musterte den ausgebrannten Landrover mit bedauernder Anerkennung. Dann fuhr er seinen Abschleppwagen auf Louises Wiese.

Tori sah mit gemischten Gefühlen zu, wie er das ausgebrannte Wrack an den Haken nahm und langsam auf die Ladefläche zog. Da der Landrover keine Reifen mehr hatte – das geschmolzene Gummi klebte als dunkle Pfütze auf dem Boden –, bewegte er sich nur langsam voran. Louise würde sich über die tiefen Furchen im Boden freuen. Als das ausgebrannte Gerippe endlich geladen war, standen Nico, Jean-Bernard und sie davor, als ob sie ihm ein letztes Gebet hinterherschicken wollten. Und tatsächlich fühlte Tori so etwas wie Rührung. Die Kiste hatte ihr lange Jahre gut gedient, sie und Carl waren damit über Stock und Stein gefahren, das Auto hatte alles mitgemacht. Vorbei.

»Jean-Bernard lässt fragen, wer seine Rechnung übernimmt«, sagte Nico mit gedämpfter Stimme.

»Ich weiß nicht.« Sie hatte die Versicherung noch immer nicht angerufen. War nicht der ADAC für so etwas zuständig?

Nico begriff und nickte seinem Kumpel zu. »Ich sag

dir Bescheid, wenn Madame alle Informationen beisammen hat, ja?«

Jean-Bernard ging zum Führerhaus und kam mit einem Ordner zurück.

»Du musst was unterschreiben, wenn er die Kiste verschrotten soll.«

Sie setzte ihre Unterschrift unter ein langes Dokument, dessen Bedeutung sie nicht verstand. Jean-Bernard lächelte, umarmte Nico, schüttelte ihr die Hand, startete den Motor und fuhr langsam an. Sie sah ihm hinterher. Das nackte Skelett des Landrovers hüpfte und quietschte bei jeder Bodenwelle.

Nico nahm sie in den Arm. »Und jetzt fährst du nach Hause und rufst Jan an.«

Sie nickte wie ein braves Kind.

Ihr Telefon hatte erst wieder Empfang, als sie die Colline de Rossignol heruntergefahren war. In der Zwischenzeit hatte es vier Anrufe auf ihrem Handy gegeben, drei von einer ihr unbekannten Nummer, einen aus dem Krankenhaus. Mit klopfendem Herzen parkte sie den Ranger und lief nach oben ins Haus.

Zum Krankenhaus durchzudringen war so schwierig wie beim ersten Mal. Doch diesmal landete sie nicht in der Zentrale, sondern direkt in der chirurgischen Abteilung, und die Frau, die das Gespräch entgegennahm, wusste sofort, worum es ging. »Monsieur Fessmann? Der hat sich entlassen. Die junge Frau hat ihn mitgenommen.«

Die junge Frau. War Jans Angetraute noch so jung oder war die Krankenschwester lediglich höflich? Als Tori das Telefon aus der Hand legte, merkte sie, dass ihre Hand zitterte.

So war das also.

Warum hatte er keine Nachricht hinterlassen? Keine SMS geschickt? Weil die andere davon nichts wissen durfte? Tori zwang sich zur Ruhe. Ihre Gedanken entwickelten eine beängstigende Eigenbewegung, sie kreisten immer nur um das eine. Sie schalt sich kindisch. Liebesblöd. Albern. Versuchte sich abzulenken. Räumte die Geschirrspülmaschine aus, ließ ein Glas fallen, schnitt sich mit den Scherben in den Daumen. Lief ins Bad, hinterließ eine Spur von Blutstropfen, fand nicht gleich ein Pflaster, machte July nervös.

Verband sich den Daumen. Ging auf die Terrasse und schnitt die abgeblühten Rosen von den Sträuchern. Setzte sich auf die Liege, starrte in die Luft, verbat sich, an die Nacht mit Jan zu denken, dachte an nichts anderes. Stand wieder auf. Fegte die abgeschnittenen Rosenköpfe zusammen. Ermahnte sich, vernünftig zu sein. Nun stell dich nicht so an!

Endlich konnte sie sich dazu überwinden, die Nummer des Mobiltelefons zu wählen, von dem aus sie dreimal angerufen worden war. Sie hielt das Telefon ein wenig entfernt von ihrem Ohr, so, als ob etwas aus dem Hörer heraus- und in ihr Ohr hineinkriechen könnte. Hörte eine gutgelaunte Frauenstimme »Fessmann« sagen. Drückte den Anruf weg und war froh, dass sie daran gedacht hatte, die Nummernübertragung auszuschalten.

Schade, Jan.

Sie legte sich wieder auf die Liege, schloss die Augen und konzentrierte sich auf ihren Atem, ganz so wie damals, in den letzten Tagen mit Carl. Oder wie im vergangenen Frühjahr, als sie in den Schacht gefallen war und auf den sicheren Tod wartete. Einatmen. Eins und zwei und drei und vier. Halten. Ausatmen. Eins und zwei und drei und vier. Und wieder einatmen. Bis sie eine beruhigende Leere im Kopf spürte und einschlief.

Sie wachte auf, als sich der Himmel zu röten begann. July hatte sich neben sie gekuschelt, gähnte ausgiebig, streckte sich und lief voraus zur Küche. Tori belohnte sie mit ein paar Hundekeksen, goss sich ein Glas Wein ein und ging hinüber auf die Veranda. Dort konnte man am besten dabei zusehen, wie die Mauersegler ihre letzten Runden vor dem schimmernden Himmel zogen und wie kurze Zeit später die Fledermäuse aus den *Caves* flatterten, um ihre Abendmahlzeit zu beginnen. Ihr Handy hatte sie auf dem Küchentisch liegengelassen und als es sich meldete, wartete sie, bis es wieder verstummt war.

Der Blick in den Sternenhimmel tat ebenso gut wie der Wein, der Alkohol weitete die Gefäße und machte alles ein wenig leichter. Wäre es besser gewesen, Jan wäre an jenem Abend nicht bei ihr geblieben? Nein. Auch wenn der Abschied von ihm wehtat.

Sie saß lange auf der Veranda, bis ein milchiger Schleier über den Sternenhimmel zog, der nach und nach jedes Sternenfunkeln ausknipste. Wind kam auf. Donner grollte, noch in der Ferne. Tori wartete. Ganz verhalten klopften erste Tropfen auf das Dach über ihr. Dann wurden es mehr, immer mehr, bis der Regen rauschte und ein kühler Luftzug durch die Veranda streifte.

Wie eine Erlösung. Jetzt konnte sie ins Bett gehen.

5

Der Morgen lockte hell und frisch. Tori war längst angezogen, hatte den Hund gefüttert und den ersten Kaffee getrunken, als es vom Kirchturm her zu läuten begann. Das war nicht das Siebenuhrläuten, das war längst vorbei, das hier war etwas anderes. Der erste Ton verwehte. Ihm folgte ein zweiter, tieferer, der eine Weile stehenblieb, bis der erste Ton ihn ablöste. Der melancholische Klang wirkte wie ein eisiger Luftzug. So klang die Totenglocke. Sie ahnte, wem sie galt.

July stand bereits am Tor. Tori nahm Einkaufskorb und Portemonnaie und folgte dem Tier. Das halbe Dorf würde Schlange stehen – vor dem Bäcker und vor dem Metzger. Beinahe fürchtete sie sich vor der Begegnung mit den Nachbarn.

Da waren sie, die meisten standen auf der Grande Rue, nur wenige vor dem Metzger oder Bäcker, viele am Aufgang zur Kirche. Kaum einer sprach. Dany vom Zeitschriftenladen weinte, Hugo hielt den Rücken gekrümmt und sah aus, als ob ihm etwas auf den Magen geschlagen wäre.

Dany suchte ihre Nähe, was ungewohnt war. »Hast du das gehört?«, flüsterte sie. »Bei dem Brand oben auf der Colline sind zwei Buben ums Leben gekommen, der Enkel von Martin Magot und sein Freund. Kinder! Sie hatten das ganze Leben vor sich.« Sie wischte sich die Tränen aus den Augen. »Die Eltern sind am Boden zerstört. Und Martin –«

»Um Himmels willen.« Tori tat, als ob sie überrascht wäre. »Wie ist das passiert? Wie geht es Martin?«

Martin Magot wohnte zwar nicht in Belleville, sondern ein paar Kilometer weiter Richtung Rosières, aber man kannte ihn, die Älteren schon seit Jahren. Gewiss waren seine Kinder in Belleville auf die Schule gegangen.

»Er liegt noch im Krankenhaus. Seine Tochter war bei ihm. Er ist verwirrt, hat sie erzählt.«

»Man lässt Kinder nicht unbeaufsichtigt, erst recht nicht nachts!« Eine scharfe Frauenstimme hinter Dany. »Was ist bloß los mit den Menschen? Der Junge von unserer portugiesischen Aushilfe hat sich den Arm ausgekugelt, weil er mit etwas gespielt hat, das nicht in Kinderhände gehört!«

Tori mochte die Stimme nicht und ging hastig weiter zum Metzger. Dort wurde nicht viel gesprochen. Jean-Claude schnitt Tori ein Stück Pastete ab. »Ein trauriger Tag«, sagte er, als sie bezahlt hatte, und reichte ihr einen Plastikbeutel mit Fleisch für July. Tori nickte. Es war wahrhaftig eine in jeder Hinsicht traurige Zeit.

»Wann ist die Beerdigung?«, fragte Jérôme, der hinter ihr in den Laden getreten war.

Jean-Claude hob die Schultern und ließ sie wieder fallen. »Ich glaube, die Eltern müssen die Toten erst einmal – du weißt, was ich meine.«

Identifizieren, dachte Tori. Eine grauenhafte Vorstellung.

»Ja, natürlich«, sagte Jérôme hastig, dem das wohl auch gerade eingefallen war.

Als sie aus dem Laden trat, stand das hölzerne Pult mit dem Kondolenzbuch am Aufgang zur Kirche, davor eine Traube von Menschen. Alle wollten sich eintragen. Tori mochte sich nicht in die Schlange einreihen, sie gehörte nicht dazu – und was halfen schon all die Bekundungen von Anteilnahme und Mitgefühl? Doch was wären wir ohne Rituale? Sie stellte sich hinzu, und als sie an der Reihe war, schrieb sie: *Dieu pleure avec nous.* Für alle, die daran glauben konnten.

Zu Hause rief sie Nico an.

»Ja, man konnte es nicht weiter geheim halten, nachdem die Eltern eingetroffen waren. Die fragen natürlich, wieso die Kinder nachts in der Hütte waren, warum Martin nicht auf sie aufgepasst hat, ob es Brandstiftung war. Und ob Rico und Noa sehr gelitten haben. Das geht sogar einem altgedienten Bullen ans Gemüt. Serge ist mit den Nerven völlig fertig.«

»Ist Martin denn vernehmungsfähig?«

»Seine Tochter sitzt seit Stunden bei ihm. Sie weinen gemeinsam, sagt Serge.«

»Macht sie ihm denn keine Vorwürfe? Weil ihm nicht aufgefallen ist, dass die beiden nicht zu Hause in ihren Betten lagen?«

»Ach, Adrienne kennt ihren Vater, nehme ich an. Der dürfte sein übliches Quantum Wein intus gehabt haben. Auf die Idee, nach den Kindern zu sehen, kam er nicht, das hat er mit Sicherheit auch bei den eigenen nie getan. Und was sagt man einem alten Mann, der halb verrückt vor Selbstvorwürfen ist?«

Tori schwieg und hörte Nico beim Atmen zu. »Er tut mir leid«, sagte sie nach einer Weile.

Nico antwortete nicht. Dann atmete er geräuschvoll aus. »Ja. Davon wird er sich nicht mehr erholen.«

»Und – das Feuer?«

»Serge meint, man könne Brandstiftung weder nachweisen noch ausschließen. Das Einzige, was man weiß: Das Feuer ist nicht in der Hütte ausgebrochen, die Kinder sind nicht schuld. Kurz: Es gibt keinen Verdächtigen.«

Louise, dachte Tori.

Tori hätte den Besuch in der Bibliothek heute am liebsten ausfallen lassen, aber sie war mit Simone zum Französischunterricht verabredet. Sie fürchtete sich vor Monique, vor heißen Tränen und tiefer Verzweiflung. Doch Monique war nicht da. Nur Simone saß, wo sie immer saß, als Tori mit July im Schlepptau den kühlen Raum hinter der Glastür betrat.

»Wir sind allein«, sagte Simone sachlich. »Alle anderen flattern wie kopflose Hühner durchs Dorf und stellen Fragen, die niemand beantworten kann. Fragen, die mit ›warum‹ beginnen.«

»Das kann man doch verstehen, oder? Wer will schon den Tod von zwei vierzehnjährigen Jungs als Gottes wundersamen Ratschluss hinnehmen?«

»Das meine ich nicht. Der Tod ist uns fremd geworden«, sagte Simone, plötzlich leise und behutsam. »Ich erinnere mich an ein Leben, in dem er allgegenwärtig war. In dem er nicht nur die Alten und Kranken traf, sondern alle, auch die Kinder. Wir waren nicht abgebrüht, damals. Oder vielleicht ein bisschen. Wir rechneten einfach nicht damit, ein langes Leben zu erreichen. Verstehen Sie?«

Tori nickte, obwohl sie am liebsten den Kopf geschüttelt hätte.

»Heute ist der Tod nicht mehr vorgesehen und wir erwarten eine Antwort auf unser ›Warum?‹, wenn er dennoch eintritt. Es sei denn, wir sind schon so alt wie ich.« Sie setzte sich auf dem Stuhl zurecht.

Tori stand noch immer. »Warum hat jemand auf mich geschossen? Diese Frage halte ich für ganz und gar nicht müßig«, erklärte sie mit einem gewissen Trotz. »Und ich will mich auch nicht auf die Allgegenwart des Todes in Belleville einstellen.«

Simone seufzte und nickte. »Sie haben ja recht. Und nun setzen Sie sich endlich. Ist es denn nicht möglich, dass der Schuss auf Sie ein Zufallstreffer war?«

»Sicher. Alles ist möglich.«

»Es ergab sich eine Gelegenheit. Der Schütze nutzte sie. Das Gewehr stand in der Garage, Munition lag in der Nähe, wie das halt so ist, hier auf dem Land – et voilà.«

»Et voilà.« Tori spürte, wie ihr die Galle die Kehle hochstieg. So einfach war das. So leicht geriet ein Leben in Gefahr. So nah war der Tod. Auch heute noch.

Simone fuhr sich mit der Zunge über die trockenen Lippen, griff nach der Handtasche, die neben ihr auf dem Stuhl stand, holte einen Lippenstift und einen Schminkspiegel heraus und zog sich die Lippen nach. Ihre Hände zitterten, nicht stark, aber unverkennbar.

»Sie wissen also, wer es war?«

»Sagen wir es so: Ich kenne jemanden, der ein solches Gewehr besitzt.« Sie legte Lippenstift und Spiegel zurück in die Tasche und schloss sie. »Olivier ist ein alter Freund. Er hat mich versteckt, als man mich im September 1943 in Vals-les-Bains festnehmen wollte, zusammen mit anderen Juden oder wen man dafür hielt. Keiner der 135 aus der Ardèche deportierten Juden kam jemals zurück. Ich habe Olivier zu verdanken, dass ich lebe.«

Eine solche Geschichte verbot kritische Fragen. Tori

fühlte sich von Simone entwaffnet, erst recht, als sie die Hand mit den knochigen Fingern auf ihrem Arm spürte.

»Er besitzt ein deutsches Gewehr aus einem Beutezug der Résistance. Olivier hat es gewiss seit Jahren nicht mehr benutzt, nicht, seit er im Rollstuhl sitzt. Er ist in diesem Frühjahr dreiundneunzig Jahre alt geworden.«

»Gut. Er hat nicht geschossen. Aber er hat das Gewehr nicht weggeschlossen.«

Simone seufzte. »Vielleicht ist der Schwiegersohn damit ab und an zur Jagd gegangen.«

»Und der hat auf mich geschossen?«

»Das habe ich nicht gesagt.« Simone faltete erst die Hände und begann dann, ihre Knöchel zu massieren. »Es könnte natürlich Patrice gewesen sein«, murmelte sie. »Oder Michel. Oliviers Urenkel. Aber dann war es gewiss ein Versehen. Ein dummer Zufall. Ein Streich. Ohne böse Absicht.«

»Wie bitte? Ein Streich? Jan hätte sterben können!« Tori blieb die Luft weg vor Zorn – und vor Enttäuschung. Simone gehörte also auch zu denen, die am liebsten alles unter den Teppich kehren würden, was den Frieden in Belleville stören könnte. Das war das Gesetz des Dorfes: Man hielt zusammen um fast jeden Preis – damit die Lebenslüge nicht aufflog. Die Lüge, dass man zusammengehörte.

Tori wollte dabei nicht mehr mitmachen. Sie stand auf. Sie musste nachdenken.

Simone wirkte beinahe erleichtert darüber, dass die Französischstunde nun ausfallen musste.

6

July hatte auf ihrem Lager hinten in einer Ecke der Bibliothek gelegen und trabte nun mit hocherhobenem Kopf herbei, eine Art nacktes Plastikhuhn im Maul. Ein Geschenk von Nico, das Tori nicht sehr ansprechend fand, bei July aber Begeisterungsstürme ausgelöst hatte. Es wurde in die Luft geschleudert, apportiert, angekaut, herumgeschleppt, totgeschüttelt, vergraben, wieder ausgebuddelt, kurz: Chicken war Julys bester Freund.

Sie liefen die Straße aus Belleville heraus. Es war noch immer heiß, aber nach dem Regen gestern ging ein angenehm weicher Wind, der die Wolken wie flatternde Gänseküken über den blassen Himmel trieb. Erst als Tori die vielen Autos vor einem Steinhaus hinter einer Kurve sah, merkte sie, dass sie ohne zu überlegen den Weg zum Haus von Martin Magot eingeschlagen hatte. Auf dem Hof standen schwarzgekleidete Menschen, offensichtlich Trauergäste. Würden Magots Tochter und ihr Mann den Sohn auf dem Friedhof von Belleville begraben oder würden sie ihn in Montpellier beerdigen, wo sie wohnten? Und was würde mit dem alten Herrn geschehen?

Sie packte Chicken, zog die knurrende July daran vorwärts, die nicht daran dachte, ihr Spielzeug loszulassen, und lief hastig am Haus vorbei. Sie wollte nicht gesehen werden, wollte nicht grüßen und etwas sagen müssen, sie fand nie die passenden Worte, wenn jemand einen Verlust erlitt. Was sollte man schon sagen? Herzliches Beileid? Dabei war die abgedroschene Phrase womöglich noch das Passendste, jeder wusste, was gemeint war, und honorierte die gute Absicht.

Ihre Gedanken kreisten um den alten Herrn, während sie vor dem Haus abbog Richtung Colline de Rossignol. Was war geschehen an diesem letzten Tag eines bis dahin wahrscheinlich weitgehend ruhigen Lebens?

Es hat Abendbrot gegeben für den Enkel und seinen Freund, bestimmt. Brot, Butter, Wurst und Käse. Die Knaben sind alt genug, um sich danach allein zu beschäftigen. Das ist gut, so muss der alte Herr seine Gewohnheiten nicht ändern. Er hat wahrscheinlich, wie die meisten älteren Menschen, beizeiten die Läden vor den Fenstern geschlossen, eine Flasche Wein geöffnet und sich vor den Fernseher gesetzt. Das Programm ist egal, er nickt sowieso zwischendrin ein.

Die beiden Jungs kennen das schon. Sie haben ihr Abenteuer sorgfältig geplant: Zigaretten organisiert und was zu trinken. Was mögen Vierzehnjährige? Schnaps? Eher nicht. Wein? Wohl erst recht nicht. Hochprozentiges mit Fruchtsaft vielleicht? Schon eher. Sie packen alles in einen Rucksack und schleichen aus dem Haus.

Vorher nehmen sie den Schlüssel vom Schlüsselbrett. Sie wissen, wo er hängt, sie sind mit Ricos Großvater ja schon öfter oben auf seinem Grundstück gewesen, haben die Hütte bewundert und sich belustigt angelächelt, wenn der Alte zum zigsten Mal erklärte, dass die Hütte immer, immer verschlossen sein müsse. Wegen der Versicherung.

Sie haben sich vorgenommen, rechtzeitig vor dem Frühstück zurück zu sein, er würde gar nichts merken. Kichernd machen sie sich auf den Weg.

Tori blieb stehen. Diesen Weg hier mussten sie genommen haben: eine schmale Gasse an ein paar Steinhäusern vorbei und dann durch die Weinberge und am Wald entlang. War der Mond hell genug gewesen? Zunehmender Mond, halb voll, wenn sie richtig gerechnet hatte. Hatten sie Taschenlampen dabei? Waren sie furchtsame Stadtjungs, die bei jedem Käuzchenruf zusammenschreckten, oder versuchte einer dem anderen zu beweisen, dass er sich vor gar nichts fürchtete?

July blieb abrupt stehen und ließ Chicken fallen. Dann war sie mit einem Satz im Gebüsch am Wegesrand. Knatternd stieg ein Rebhuhn auf, dem sie nur noch mäßig interessiert hinterherschaute. Tori hob Chicken auf und schleuderte das Ding in weitem Bogen in die Luft. July galoppierte gutgelaunt kläffend hinterher.

Wann sind die beiden Burschen losgezogen? Man braucht von Martins Haus aus eine gute Stunde bis hoch zu seiner Wiese und der Hütte. Wie lange haben sie dort noch gesessen, auf der Bank vor der Hütte, getrunken und geredet, bevor sie sich in die Betten legten? Wann hat das Feuer die Hütte erreicht, wann sind sie aufgewacht?

Wie lange haben sie verzweifelt versucht, die Tür aufzubekommen? Warum sind sie nicht aus einem der Fenster gesprungen?

Es muss schnell gegangen sein, dachte Tori, schon, um sich zu beruhigen. Sie sind am Rauch gestorben. Sie haben das Feuer nicht mehr gespürt.

July war vorausgelaufen, stand dort, wo der Weg auf die Straße mündete, und wartete auf sie. Jenseits der Straße begann die schwarze Aschelandschaft. Tori war sich nicht sicher, wo genau Magots Grundstück lag, aber sie hörte Stimmen hinter einer Wegbiegung und eine davon kannte sie.

Serge Masson stand mit seinem Assistenten neben dem Skelett einer Hütte, die Balken schwarz und blasig. Er zog die Augenbrauen hoch, als er sie sah. »Madame.« Eine kaum angedeutete Verbeugung in ihre Richtung. Sie nickte ihm zu. »Mein Beileid.«

Er hob den Kopf mit den grauen Augen, die so viel dunkler und weicher schienen als sonst. Es war das erste Mal, dass Tori ihn so sah, den etwas steifen Mann, auf den sie sich bislang keinen rechten Reim machen konnte. »Danke«, sagte er leise.

»Was wir uns nicht zu erklären vermögen« – er nickte seinem Assistenten zu, der Bernard hieß, wenn sie sich recht erinnerte –, »worauf wir uns beim besten Willen keinen Reim machen können, ist die Sache mit dem Schlüssel.«

Auch, dass er sie ins Vertrauen zog, war neu. Und dass er Deutsch mit ihr sprach.

»Die Hütte musste immer abgeschlossen sein, wegen der Versicherung. Der alte Magot hat kaum von etwas anderem gesprochen im Krankenhaus. Die Kinder dürften also den Schlüssel mitgenommen haben, sie wussten ja, wo er hing: am Schlüsselbrett. Ein Zylinderschlüssel an einem Ring mit hellblauem Plüschbär.«

Tori bemerkte plötzlich, dass July durch die verkohlten Reste der Hütte schnoberte, und wollte sie zurückrufen.

»Ach, das darf sie ruhig«, sagte Masson mit müdem Lächeln. »Die Spurensicherung hat alles gesichert, was noch zu sichern war. Nur einen Schlüssel hat sie nicht gefunden. Nicht in der Hütte und nicht vor der Hütte.«

Es ist dunkel draußen, der halbe Mond ist längst untergegangen. Die Kinder schlafen, vom Alkohol betäubt. Jemand nähert sich, sieht den Schlüssel im Schloss, dreht ihn um, zieht ihn ab, geht davon. Und legt Feuer? Unfassbar.

Masson seufzte tief auf. »Vorsatz? Zufall? Keine Ahnung. Jemand hat abgeschlossen und wissentlich oder unwissentlich die Kinder eingeschlossen.«

»Aber wer?« Die Frage rutschte ihr raus, bevor sie sich bremsen konnte. Wenn Masson die Antwort darauf wusste, dann war auch alles andere klar. Die Rolle von Louise, zum Beispiel.

»Die Frage aller Fragen. Vor allem, seit wir den Schlüssel gefunden haben. Kennen Sie die Geschichte vom entwendeten Brief?«

»Von Edgar Allan Poe?«

»Genau. In dieser Geschichte wird ein Brief gesucht, aber er wird nicht gefunden, weil er gar nicht versteckt worden ist – er liegt vor aller Augen dort, wo Briefe nun einmal liegen. Genauso ist es uns mit dem Schlüssel zur Hütte gegangen. Er hing an Martin Magots Schlüsselbrett. Wir haben das Offensichtliche erst Tage später gesehen.«

»Aber das hieße ja …« Sie verstummte.

»Ich weiß nicht, was das heißt.«

»Dass der Täter den Schlüssel zurückgebracht hat?«

»Möglich wäre das. Aber wie wäre er ins Haus gekommen? Es sei denn – hm.« Masson überlegte. »Das Haus stand offen, nachdem die Nachbarn Martin gefunden hatten und während alle auf den Krankenwagen warteten.«

»Es muss doch herauszufinden sein, wer da anwesend war?«

»Sicher.« Er fuhr sich mit den Händen über die müden Augen. »Ich fürchte nur –«

»Was?«

Massons Gesicht war weiß und nackt. »Ich fürchte,

dass die Sache noch viel tragischer ist, als wir zunächst gedacht haben.«

Tori streckte die Hand nach ihm aus. Das war sonst nicht ihre Art, sie wunderte sich über sich selbst, aber er nahm ihre Hand und drückte sie.

Der Assistent sagte etwas. Masson schüttelte erst den Kopf und nickte dann. »Wir müssen weitermachen.«

»Ich weiß, tut mir leid, dass ich einfach so hier reingeplatzt bin.«

Er lächelte. »Ganz im Gegenteil. Danke. Jedenfalls: Die Ferienhütte war hoch versichert. Die Versicherung zahlt allerdings nur, wenn die Hütte stets abgeschlossen war. Und sie zahlt nicht, wenn Brandstiftung vorliegt. Das ist eine Spur, der wir folgen werden.«

Tori rief nach July und ging weiter. Wer kam nachts per Zufall an der Hütte vorbei, sah den Schlüssel im Schloss, drehte ihn um, nahm ihn mit und hängte ihn irgendwann später wieder an seine angestammte Stelle? Ein ziemlich unwahrscheinliches Szenario.

Und wie wahrscheinlich war es, dass Martin Magot nach seiner üblichen Dosis Wein auf die Idee kam, nach dem Schlüssel zu sehen und, als er ihn nicht fand, hoch zur Hütte zu laufen? Man brauchte eine Stunde dazu. Hin und zurück machte das zwei Stunden. Ebenfalls extrem unwahrscheinlich. Wer, außer Martin Magot, wusste überhaupt von der Versicherungsklausel?

Natürlich: Leon, der die Hütte versichert hatte. Aber was hatte der Mann mitten in der Nacht auf der Colline zu suchen? Versicherungsbetrug? Davon hatte er nichts. Das Geld ginge ja an den Besitzer des Holzhauses.

Und dann war da noch eine weitere gute Frage, nämlich die, wer, sofern es überhaupt Brandstiftung war, das Feuer gelegt haben könnte?

Louise? Immer wieder Louise.

Sie hatte die Grillparty gegen dreiundzwanzig Uhr verlassen. Um vier Uhr früh war Tori zu ihr hochgefahren, zu diesem Zeitpunkt war das Feuer bereits voll entbrannt. Wie schnell breitete sich so ein Feuer aus? Hätte Louise die Strecke von ihrem Haus zu Magots Grundstück hin und zurück in dieser Zeitspanne bewältigen können?

Die Glocken von Bellevilles Kirche läuteten in der Ferne. Tori blickte auf die Uhr. Es war zwölf Uhr, Mittagszeit, und es war heiß geworden. Der Weg führte durch das, was einst ein Wald gewesen war. Kein Vogel rührte sich. Halb verkohlte Zweige knirschten unter ihren Füßen. Je höher sie kamen, desto öfter hob ein Windstoß weiße Ascheschleier empor, ließ sie schweben, federn, fallen. Das Feuer hatte alles vernichtet, was der Aussicht im Weg gestanden hatte. Von hier oben aus blickte man jetzt direkt hinunter ins Tal der Beaume und von da aus wieder hoch zu den Bergketten am Horizont.

Man sah die Landschaft so, wie sie vor Hunderten von Jahren ausgesehen haben mochte. Ohne Bäume und Buschwerk erblickte man eine Terrasse unter der anderen, viele der einst kunstvoll hochgezogenen Trockenmauern waren noch gut erhalten.

Sie hatte mit Carl oft genug darüber gesprochen: »Waldsterben« war kein Phänomen des 20. Jahrhunderts. Die Gallier hatten einst den Wald zu ihrem Heiligtum erklärt und damit der römischen Flotte unabsichtlich eine nützliche Ressource geschenkt. Für den Bau von Kriegsschiffen brauchte man dicke Stämme alter Bäume. Im

Mittelalter drängten Bevölkerungswachstum und der gestiegene Bedarf an Anbauflächen den europäischen Wald weiter zurück, denn nur ein von Wald befreiter Grund war für den Anbau von Nahrung geeignet. Die beginnende Industrialisierung schließlich bedeutete steigenden Feuerholzbedarf. Weit über zweitausend Jahre lang war der Waldbestand stetig zurückgegangen, bis heute – seither war Europa noch nie so waldreich gewesen wie jetzt.

Tori blieb auf einer Kuppe stehen und atmete tief ein. Das Feuer hatte die Landschaft wieder geschichtlich werden lassen, hatte sie nicht etwa in den Naturzustand zurückversetzt, sondern als Kulturlandschaft kenntlich gemacht. Es hatte das alte Frankreich bloßgelegt.

Nach einer knappen Stunde waren sie bei Louises Haus angekommen. Hätte Louise den Brand legen können? Ja, zeitlich kam das hin. Doch hatte sie es auch getan?

Selbst July legte ein langsameres Tempo vor, als sie zurück nach Hause gingen, über den steilen Fußweg die Colline hinunter nach Fayet. Dort war alles ruhig, ganz wie es sich gehörte, wenn noch Mittagszeit war. Nur der Esel schrie und der Hund bellte, als sie an einer Weide vorbeigingen.

Das Filmteam war offenbar abgereist, der große Van fehlte. Schade – sie hätte sich gern von den dreien verabschiedet. Ihr fiel wieder ein, dass Pelle sich lange mit Louise unterhalten hatte, beim Grillfest, am Abend vor dem Brand. Worum war es noch gegangen? Um die Gründe, aus denen Pelle Vegetarier geworden war? Warum Louise kein Handy besaß?

Zu Hause fiel July erschöpft auf ihr Lager auf der Veranda. Tori hockte sich neben sie und kraulte ihr die Ohren. »Hab ich dich endlich mal müde gekriegt, meine Kleine?« Sie ließ den Hund schlafen, holte Portemonnaie, Einkaufszettel und Einkaufskorb und fuhr zum Supermarkt nach Aubenas, der wöchentliche Großeinkauf war fällig.

7

Die Autos, die ihr entgegenkamen, blendeten auf und wieder ab. *Vive la fraternité!* Man warnte einander vor einer Verkehrskontrolle. Seit einigen Jahren war es auch in Frankreich vorbei mit der Lässigkeit im Straßenverkehr; es wurde etwa regelmäßig geprüft, ob man brav seinen Sicherheitsgurt angelegt hatte. Am Fahrverhalten hatte sich dadurch nicht viel geändert. Franzosen mussten noch immer geradezu zwanghaft überholen, vor allem, wenn im Auto vor ihnen eine Frau am Steuer saß. Es war überall hochriskant, einen Zebrastreifen zu überqueren, da kaum jemand – außer, natürlich, einer Deutschen – rechtzeitig bremste. Die Mehrzahl der Verkehrsopfer stellten, wie gehabt, junge Männer.

Sie selbst war einen Sicherheitsgurt so gewohnt, dass sie sich nackt fühlte, wenn er nicht angelegt war, sie hatte also nichts zu befürchten und fuhr entspannt weiter. Schon von Weitem sah man die Flics am nächsten Kreisel stehen, bei dem es ab nach Largentière ging. Polizeiautos an allen drei auf den Kreisel einmündenden Straßen, daneben Männer und Frauen in blauen Uniformen. Man trug hier die Stiefel über den Hosen, was den Gendarmen eine Note pikanter Militanz verlieh. Beim Näherkommen sah sie, dass sechs der Gendarmen eine Maschinenpistole vor der Brust hielten. Es schien sich also um mehr als nur um eine Verkehrskontrolle zu handeln. Sie ging vom Gas.

Drei der Männer traten vor. Hinter ihnen fuhr ein Polizeiauto an und blockierte die Straße. Tori bremste, ließ das Fenster auf der Fahrerseite herunter und wollte fragen, wie sie behilflich sein könnte. Doch die wortlose Gestik und die Richtung, in die die Maschinenpistolen zeigten, waren unmissverständlich. Sie hatte auszusteigen und den Autoschlüssel abzugeben. Einer der drei, die sie umringten, sagte etwas, das sie nicht verstand, während man ihr die Hände auf dem Rücken fixierte. Man nahm sie rechts und links am Arm, ohne auf ihre Fragen zu antworten und ließ sie in einen der Wagen steigen. Mit Blaulicht und Martinshorn fuhr der Wagen los, Richtung Largentière, zur Gendarmerie.

Man half ihr nicht aus dem Wagen, man hob sie geradezu heraus, beinahe schwebte sie über die Treppe nach oben ins Revier. Der Griff um ihre Arme war bestimmt, aber nicht schmerzhaft. Keiner lächelte, keiner sagte etwas, alle waren höflich, ohne auch nur eine Miene zu verziehen.

Sie konnte sich nicht beklagen, sie wahrten die Form: der Beamte, der ihre Personalien aufnahm, ein anderer, der ihr ein Glas mit Wasser reichte, die Polizistin, die ihr Telefon, Portemonnaie, Schlüsselbund abnahm und sie zum Klo begleitete, der Mann, der sie in einen fensterlosen Haftraum brachte. Die Polizeiwache in Largentière war ein Neubau aus den Achtzigern, kein zugiges altes Steinhaus, das machte sich angenehm bemerkbar. Nur die stählerne Tür klang, wie man es aus dem Kino kannte: sie fiel schwer hinter ihr zu, der Riegel knallte und der Schlüsselbund schepperte. Sie setzte sich auf das schmale

Bett und schloss die Augen. Was machte sie hier? Was warf man ihr vor?

Sie hatte keine Antwort auf ihre Fragen erhalten und es war offenbar auch nicht vorgesehen, ihr zu erlauben, einen Freund oder Anwalt zu benachrichtigen.

Unruhig stand sie wieder auf, ging hin und her, es war nicht weit von einer Wand zur Tür und wieder zurück. Leider gab es nichts Interessantes zu sehen, keine Graffiti an den Wänden oder andere Spuren vergangener Dramen. Das war der Nachteil eines Neubaus. Die gefliesten Wände wirkten makellos blankgeputzt.

Irgendwann spürte auch sie die Wirkung der langen Wanderung vom Vormittag und sie gab ihren müden Beinen nach. Erst saß sie, dann lag sie auf der Pritsche. Und dann musste sie eingeschlafen sein.

Sie erwachte vom Geräusch des Schlüssels im Schloss und von einer wohlbekannten Stimme.

»Tut mir leid. Die Kollegen hatten Anweisung, das Auto anzuhalten, nicht Sie.« Serge Masson stand in der Tür. »Ich habe zu spät davon erfahren. Kommen Sie, ich fahre Sie nach Hause, den Ranger bekommen Sie morgen früh zurück.«

Sie lächelte ihn müde an. »Was ist mit dem Auto? Worum geht es überhaupt? Keiner hielt es für nötig, mir den Grund für das ganze Theater zu erklären.«

»Der Grund ist ganz einfach. Wir suchen nach Leon – und Sie fahren sein Auto.«

Masson hielt ihr mit steinernem Gesicht die Tür zu seinem Wagen auf, sein Zorn strahlte aus wie eine Hitzewelle. Und so fuhr er auch Auto. Sie verließen den Parkplatz vor der Gendarmerie mit quietschenden Reifen. Ein Hindernis – und schon hieb er mit der Handfläche auf die

Hupe. Der alte Herr, der vor ihnen über den Zebrastreifen vor dem Supermarkt gehen wollte, sprang erschrocken zurück.

Tori räusperte sich und sah ihn von der Seite an. Der Commandant de Police mochte ja durchaus sensibel sein, aber am Volant entpuppte er sich als stinknormaler Franzose.

»Also. Was ist mit dem Auto. Leon will es mir verkaufen, aber er ist wohl noch nicht dazu gekommen, es abzumelden. Bezahlt habe ich es auch noch nicht.«

»Das wundert mich nicht. Er ist verschwunden. Und wir haben einen ganzen Katalog von Fragen an ihn.«

Durch Prends-toi-Garde fuhr er endlich etwas langsamer. »Sind Sie sicher, dass Sie gleich nach Hause wollen, Tori? Ich würde Sie gern auf ein Glas einladen. Auch wenn der Rosé von Marie-Theres keine wirkliche Entschädigung für all die Unannehmlichkeiten ist.«

Tori lachte und nickte.

»Schön. Aber wir sollten in der Bar nicht mehr über die Fahndung nach Leon sprechen.«

»Meinetwegen. Aber ich finde, ich habe durchaus ein Recht darauf, zu erfahren, weswegen er gesucht wird.«

Gleich hinter dem Ortsausgang drückte Masson wieder auf die Tube. »Leon hat, wie er ja selbst gesagt hat, die Ferienhütte des belgischen Investors auf Martins Grundstück versichert. Die Versicherungssumme ist außergewöhnlich hoch.«

»Aha. Und was hat er davon?«

»Genau das würde ich ihn gerne fragen.«

»Und Martin? Konnte er sich die Raten für so eine Versicherung überhaupt leisten?«

»Eher nicht. Die Abschlusssumme und die ersten zwei

Raten hat Leon für ihn ausgelegt, schon das ist ziemlich ungewöhnlich. Man fragt sich im Übrigen, woher Leon das Geld dafür hatte.«

»Er scheint nicht ganz arm zu sein. Als er mir seinen Ranger anbot, kam er in einem nagelneuen Audi A7 vorgefahren. Keine Ahnung, wie teuer so eine Kiste ist, aber billig sicher nicht.«

»Ganz sicher nicht.« Masson lächelte mit schmalen Lippen. »Im Übrigen wüssten wir gern Näheres über seine Geschäftsbeziehung zu diesem Belgier, der die ominöse Feriensiedlung bauen will.«

»Gibt es da eine?« Das war interessant.

»Ja. Leon ist der Mann, der die Lage vor Ort klären, ein geeignetes Grundstück finden und alle Voraussetzungen für eine Baugenehmigung recherchieren sollte. Dafür scheint er gut bezahlt worden zu sein.«

»Verstehe.«

Serge Masson fuhr vor dem Supermarkt rechts ab, hinunter an den Fluss, der nach der langen Regennacht gestern wieder ordentlich Wasser führte, und parkte gegenüber der Bar, wo es bereits hoch herging.

Nico erwartete sie mit finsterem Blick an der Theke. »Seit wann, mon très cher Commandant de Police, haben deine Leute den Auftrag, unbescholtene Bürgerinnen zu behelligen?«

Masson verzog den Mund zu einem freudlosen Lächeln. »Ich habe Tori bereits erklärt, dass es nicht um sie, sondern um ihr Auto ging, also plustere dich nicht auf.« Marie-Theres hörte mit großen Augen zu, die Flasche im Anschlag. »Sag mir lieber, was du über Leon weißt, falls er deiner Aufmerksamkeit nicht entgangen sein sollte.«

Tori stöhnte innerlich auf. Sie waren schon wieder am Zanken, die beiden Kerle.

Nico hob das von Marie-Theres bis zum Anschlag gefüllte Glas und nippte. »Es geht also um unseren Versicherungsvertreter.«

»Genau. Leon Rémy, geboren 1982 in Saint-Christol bei Alés, seit zweiundzwanzig Jahren wohnhaft in Faugères, elf Kilometer von hier.«

»Ja. Sieht aus wie ein Naturbursche, kann aber gut rechnen. Ich hatte mal mit ihm zu tun, wegen eines Wasserschadens, da hat er sich als sehr zuverlässig erwiesen. Netter Kerl. Wahrscheinlich schwul.«

»Woher willst du das wissen?«

Er zuckte mit den Schultern. »Hab ich im Gefühl.«

Nico würde sich nie erlauben, über die sexuellen Neigungen anderer Leute auch nur ein böses Wort zu verlieren, aber Tori kannte ihn gut genug, um zu wissen, dass er für diese Art der Neigung keinerlei Verständnis aufbrachte.

»Gefühle werden überbewertet.« Serge drehte sich eine Zigarette, die er, wie immer, erst später rauchen würde. »Leon kümmerte sich bis zu ihrem Ableben vor zwei Monaten um seine Mutter, die den frühen Tod des Vaters nie verkraftet hat. Der Mann ist vor einundzwanzig Jahren bei einem Verkehrsunfall mit Fahrerflucht ums Leben gekommen. Er war nicht versichert. Das hat die Familie fast in den Ruin getrieben. Leon musste früh ans Geldverdienen gehen.«

»Was lag da näher als das Versicherungswesen?«

»Genau.«

»Und was liegt näher, als dass er sich nach dem Tod seiner Mutter wie befreit fühlte?« Toris Ärger über die

Selbstgerechtigkeit der beiden ließ sie sogar Leon verteidigen, den sie nicht sonderlich mochte. »Wahrscheinlich hatte sie eine hohe Lebensversicherung – und davon hat er sich ein neues Auto gekauft. Ist das etwa verwerflich? Und was das Schwulsein betrifft: eine pflegebedürftige Mutter ist keine gute Voraussetzung für eine Liebesbeziehung, egal, ob mit Mann oder Frau.«

Nico und Serge schauten sie an, als ob sie soeben eines der sieben Welträtsel gelöst hätte.

»Hm«, machte Masson.

»Da könnte was dran sein«, assistierte Nico. »Aber warum ist er dann verschwunden?«

»Hätte er sich vielleicht vorher bei euch abmelden müssen?«, fragte Tori gereizt. Die Aufregungen der letzten Stunden hatten sie vergessen lassen, wie erschöpft sie war, aber jetzt merkte sie, dass ihr die Beine schwer wurden.

»Könnte mich einer von euch bitte nach Hause fahren? Ich muss nach meinem Hund sehen. Und dringend ins Bett.«

8

Tori hatte alles erledigt, was morgens zu erledigen war, selbst mit July war sie bereits gelaufen. Doch noch immer war sie voller Unruhe.

Es hatte keinen Sinn, mit so jemandem wie Nico über Louise zu reden. Der alte Macho schien Frauen so sehr zu unterschätzen, dass er sie noch nicht einmal für potenzielle Täterinnen hielt. Ihr ging das anders.

Ja, Louise hätte den Brand auf der Colline de Rossignol legen können. Ihr verwirrter Zustand, ihre Angst, vielleicht auch der tote Hund – all das würde dazu passen.

Allerdings hätte sie in der Brandnacht keine Zeit gehabt, auch noch den Schlüssel wieder hinunter zu Martin Magot zu bringen, jedenfalls nicht ohne Auto.

Kurz entschlossen rief Tori nach July und fuhr hoch zur Colline.

Wieder stand sie vor der Tür zu Louises Haus und betätigte den Klopfer. Und wieder stand ein opaker Schimmer in der Luft, es stank durchdringend nach Marder und sie fühlte, wie es in ihrem Kopf pochte.

Über ihrem Kopf ging ein Fenster auf. »Es passt gerade gar nicht«, rief Louise herunter. »Ist es wichtig?«

»Es gibt Neuigkeiten«, rief Tori nach oben. »Keine guten, fürchte ich.«

Louises Kopf verschwand. Kurze Zeit später hörte Tori sie die Treppe hinunterlaufen. Dann öffnete sich die Tür.

Louise sah aus, als ob sie zu einer Fotosafari im Busch aufbrechen wollte: kakifarbene Cargohose, darüber Wanderstiefel, ein kariertes Hemd über einem ärmellosen Top, das sie vor dem Bauch zusammengeknotet hatte. Über der Schulter hing eine geräumige Ledertasche, eine klassische Messengertasche mit Gebrauchsspuren.

»Komm rein«, sagte sie. »Ich habe nicht viel Zeit, aber für einen Kaffee reicht es.«

Ein eigenartiger Duft hing im Raum, auch July merkte das und roch neugierig an einem Stuhlbein.

»Weg da«, zischte Louise und verscheuchte sie. »Nun lass doch den Hund nicht überall herumschnüffeln, Tori.«

Nanu? Das hatte sie bislang noch nie gestört. Überhaupt schien Louise noch nervöser zu sein als sonst, sie ließ den Kaffeefilter fallen und schüttete das Wasser daneben.

»Lass nur. Ich habe heute schon genug Kaffee intus,

mach dir meinetwegen keine Umstände. Willst du wandern gehen?«

»Wandern?«

»Du sieht so aus. Die Hose. Die Stiefel.«

»Ach so.« Louise lächelte. »Ja, ich wollte eine Runde drehen. Ohne Hund wird man schlagartig faul.« Ihr Gesicht veränderte sich.

»Du vermisst Chintz.«

»Ja.«

Über ihnen plumpste etwas auf den Boden, rollte, blieb liegen. Tori lauschte nach oben. »Tut mir leid, ich störe wohl, du hast Besuch.«

Louise war aufgesprungen. »Der Waschbär. Das Biest ist schon wieder im Haus. Wenn man nur einmal ein Fenster auflässt!« Sie lief nach oben. Tori hörte sie in die Hände klatschen und geräuschvoll ein Fenster schließen. July war hinüber zur Treppe gelaufen und hockte angespannt davor.

»Komm her, Kleine«, flüsterte Tori. »Die Hausherrin möchte nicht, dass hier herumgeschnüffelt wird.«

Louise kam polternd die Treppe heruntergelaufen. »Sie sind ja niedlich, die Viecher, aber die reinste Landplage. Klettern alle Mauern hoch, steigen überall ein, öffnen mit ihren frechen Fingern sogar den Mülleimer. Ich sollte eine Falle aufstellen.«

Sie setzte sich zu Tori an den Tisch, stand gleich wieder auf, sagte: »Ein Wasser?« und ging zum Kühlschrank, ohne auf Toris Antwort zu warten.

»Ich weiß nicht, ob du es schon mitbekommen hast«, begann Tori.

»Hast du dein Auto abgeschlossen? Oder steckt der Schlüssel noch?«

»Ach, ich glaube nicht, dass hier jemand vorbeikommt, um einen alten Ford Ranger zu klauen. Der Schlüssel steckt. Wie immer.«

Louise stellte eine Flasche Wasser und zwei Gläser auf den Tisch. »Ich sollte mal langsam runter nach Fayet laufen und meine Kiste wieder hochholen.«

»Ich kann dich vorbeifahren, wenn du willst.«

Wieder ein Geräusch von oben. Louise schien nichts wahrzunehmen, doch July knurrte leise. Tori fühlte sich unbehaglich.

Louise beugte sich hinunter zu July, die ihr Knurren einstellte, matt mit der Rute wedelte und sich die Ohren kraulen ließ. »Wie konnte ich das vergessen. Natürlich habe ich etwas für dich.« Sie griff in ihre Hosentasche und hielt July einen Brocken hin, den der Hund ihr vorsichtig aus der Hand nahm.

Nicht, July, dachte Tori und konnte den Impuls gerade noch unterdrücken, sie zurückzurufen. Sie räusperte sich. »Also beim Brand kürzlich. Dabei ist ja der Prototyp eines dieser Ferienhäuser abgebrannt, du weißt schon.«

Louise richtete sich auf, ihr Gesicht verzog sich. »Geht das schon wieder los? Bin ich immer noch verdächtig?«

»Ach was, nein, es geht um –«

»Was ich dir längst schon sagen wollte: Mir geht das auf den Wecker, dass du hier immer und immer wieder aufkreuzt und mit irgendwelchen absurden Anschuldigungen kommst. Ich hab es satt!« Ihre Stimme war scharf geworden.

Anschuldigungen? Tori erinnerte sich nicht daran, welche gemacht zu haben.

»Steh ich unter Beobachtung? Bist du der Hilfssheriff? Hast du nichts Besseres zu tun, so als reiche Witwe?«

Das war ein Stachel, der saß. »Ich wollte dir nur sagen, dass … Du weißt es wahrscheinlich noch nicht.«

Louise seufzte tief auf. Ihr Gesicht wurde wieder weich. »Verzeih, aber ich glaube, ich will einfach nichts Negatives mehr hören. Ich sehe das positiv: Feuer hat reinigende Kräfte, es beseitigt Überflüssiges, all das Nutzlose, was Menschen der Natur hinzufügen. Hast du gesehen, wie es draußen aussieht, seit es kein Gebüsch und keine Bäume mehr gibt? Man erblickt das ursprüngliche Frankreich. Die Terrassen. Die Mauern. So hat es einmal ausgesehen hier.«

Doch das war Kultur, nicht Natur. Der schwärmerische Ton, den Louise anschlug, irritierte Tori. Es war so typisch für die Aussteiger aller Art: Die Heiligsprechung der Natur auf der einen und das Böse, der Mensch, auf der anderen Seite.

Wieder war da ein Geräusch über ihren Köpfen. Louise reagierte darauf nicht. Auch July nicht, sie hatte den Kopf auf die Pfoten gelegt und döste.

Louise stand auf, immer noch unruhig, so, als ob sie sich zu einem Entschluss durchgerungen hätte, der ihr nicht gefiel. »Komm, ich zeig dir was.« Sie stand auf und ging voraus in den hinteren Teil der Küche, zu einer Tür.

»Auf, July«, sagte Tori und wartete, bis das Tier sich hochrappelte. »Bewegung, du verpennte Fellnase.« July schüttelte sich, als ob sie aus einem tiefen Traum aufwachen müsste, und trabte hinter Tori her.

Die Tür öffnete sich in eine Art Abstellraum: ein Raum, eher lang als breit, noch schmaler durch die Regale, die an seiner Längsseite standen. Am Ende des Schlauchs befand sich ein Fenster, besser gesagt: eine etwas breiter geratene Schießscharte, darunter ein einfacher Holzstuhl. Louise hielt die Tür einladend auf, Tori betrat den Raum, gefolgt von July, und wunderte sich. Was gab es hier zu sehen?

Sie drehte sich um. Louise stand im Türrahmen, ein Gewehr in der Hand. Sie starrte erst Louise an und dann auf das Gewehr. Es sah dem Karabiner ähnlich, mit dem auf sie und Jan geschossen worden war. Das Standardgewehr der Wehrmacht. Mauser K 98, sie hatte danach gegoogelt.

Ihr wurde kalt. Sie hatte Louise unterschätzt. War sie es gewesen, die den Schuss auf das Maison Sarrasine abgegeben hatte? Der Jan getroffen hatte, obwohl Tori gemeint war? Aber warum?

»Es tut mir leid«, flüsterte Louise. Dann ging sie rückwärts hinaus und schloss die Tür hinter sich.

»Louise!« Tori hörte, wie ein Riegel vorgeschoben wurde. »Was soll das?« Sie schlug in plötzlicher Panik gegen die Tür, trat dagegen, rief, schrie, brüllte. »Es sind zwei Kinder gestorben im Feuer! Weißt du das?«

Stille. Dann hörte sie es flüstern. »Sobald ich das Land verlassen habe, sage ich jemandem Bescheid.«

Schritte entfernten sich. Die Haustür fiel zu. Durchs Fenster wehte wie aus der Ferne das Geräusch eines Automotors.

Jetzt gab Tori auf. Sie hatte keine Chance. Ihr Handy hatte hier oben keinen Empfang, sie konnte niemanden benachrichtigen. Im Licht, das durch das schmale Fenster fiel, sah sie, dass July auf dem Boden lag und sich nicht rührte.

»July!« Sie kniete sich neben ihren Hund, hob seinen Kopf an, schob ein Augenlid hoch, flüsterte ihm ins Ohr, aber der Pitbull reagierte nicht. Noch lebte das Tier, der Pulsschlag war zu spüren, schwach, aber gleichmäßig.

Sie fühlte den federleichten Hauch von Atem auf ihrem Handrücken. Das war alles.

July war gesund und lebendig gewesen – bis Louise ihr etwas zugesteckt hatte. Ein Betäubungsmittel? Gift? Beißende Angst stieg ihr die Kehle hoch. Zwei tote Hunde – sollte July der dritte werden?

Sie bettete sie auf ihren Schoss, wiegte sie wie ein Kind und weinte.

Es war ihr plötzlich egal, dass sie eingesperrt war. Sie spürte keine Panik mehr. Sie dachte nicht an kindliche Ängste. Sie verschwendete keinen Gedanken daran, wie sie hier wieder herauskäme oder wann man nach ihr suchen würde oder ob und wann Louise ihr Versprechen wahr machte. Sie dachte nur an das warme, atmende Wesen auf ihrem Schoß und wie furchtbar es wäre, es zu verlieren.

Vor über einem Jahr war der Hund ein Ärgernis gewesen. Erinnerst du dich noch, July? Sie strich über das glänzende, dunkel gestromte Fell. Nächtelang hatte das Tier verzweifelt gejault und geheult. Seine Besitzer hatten es im Hof angekettet, vernachlässigt, alleingelassen. Du wärst erstickt, wenn ich nicht vorbeigekommen wäre, July.

Sie sah den stinkenden, vollgemüllten Hof vor sich, dieses bizarre Stillleben aus leeren Flaschen, Kinderspielzeug, aufgerissenen Mülltüten, Hundeexkrementen. Sah die verbeulte Wasserschüssel, den verdreckten Fressnapf und den Hund, der langsam stranguliert wurde, weil sich die Kette, an der er lag, an einem Haken in der Wand verfangen hatte.

Weißt du noch, July? Ich habe dich von der Kette gelassen, habe dir zu fressen und zu trinken gegeben. Und dir

Freiheit geschenkt, wenn auch erst nur für wenige Stunden. Tori schloss die Augen. July hatte beinahe ungläubig vor dem offenen Gartentor gestanden und war dann pfeilgerade hinausgeschnellt, im hellen Mondlicht, an den Schrebergärten und dem Flüsschen entlang, hoch zum Waldhang. Es war furchtbar gewesen, das Tier nach einer langen Wanderung wieder einsperren zu müssen. Sie hatte July danach jeden Abend besucht, gefüttert, war mit ihr gewandert, bis Karim ihr auf die Schliche gekommen war.

Immerhin hatte er ihr July überlassen und um Entschuldigung gebeten: Er hatte geglaubt, ein Pitbull müsse ein scharfer Kampfhund sein. Was für ein Irrtum. July war ein ausgebildeter Therapiehund, klug und einfühlsam. Wieder kamen ihr die Tränen.

Jean-Claude Estevenon wird eine Tüte im Kühlraum stehen haben mit Fleischresten, meine Kleine, die wir jetzt nicht abholen können.

Es war dunkel geworden. Durch den Fensterschlitz sah man schwarzen Himmel. Tori kauerte über ihrem Hund. Verlass mich nicht, flüsterte sie.

Sie rollte sich auf dem nackten Boden zusammen, fiel in einen unruhigen Schlaf, wachte immer wieder auf, überprüfte, ob July noch atmete, schlief wieder ein. Als es draußen langsam wieder heller wurde, überfiel sie lähmende Angst.

July lag noch immer da wie tot. Tori fühlte sich entsetzlich allein. So allein wie nach dem Tod von Carl. Nein: schlimmer noch. Auf Carls Sterben war sie vorbereitet gewesen.

Kapitel IV

1

Tori hatte Durst, furchtbaren, quälenden Durst. Sie wanderte schon unendlich lange durch die Wüste, es war noch morgendlich kühl, aber schon bald würde die Luft in der brennenden Sonne zu glühen beginnen. Endlich schimmerte vor ihr unter sanft wehenden Palmenwipfeln eine Oase. Auf müden Beinen lief sie zum Wasser, nein, sie lief nicht, sie kroch, so schwer waren ihre Beine und so weit war der Weg und er schien immer weiter zu werden und die Oase rückte immer ferner. Endlich fühlte sie warme Nässe auf ihren Wangen, etwas fuhr ihr feucht über das Gesicht.

Sie schreckte hoch. July hockte über ihr, wackelte vor Freude mit dem Hinterteil und leckte sie noch leidenschaftlicher ab, jetzt erst recht. Sie nahm den Hund in den Arm, wich der nassen Zunge aus, stammelte Liebesbekundungen, lachte und weinte. (Das wurde hoffentlich nicht zur Gewohnheit.)

Der Traum verdunstete und entschwand, aber sie hatte Durst, noch immer hatte sie entsetzlichen Durst, das war nicht bloß ein Traum. Im Morgenlicht sah sie sich in ihrem Gefängnis um. Es war vielleicht acht Quadratmeter groß, lang und noch schmaler durch die Regale, in denen Lebensmittelvorräte und Putzzeug standen.

July zappelte in ihren Armen und gab einen Laut von sich, der nach Hunger klang.

Tori ließ sie los und musterte die Vorräte. Gestern hatte sie an alles Mögliche gedacht, aber nicht daran, nach etwas zu essen oder zu trinken zu suchen. Hundefutter gab es reichlich, Louise hatte für Chintz vorgesorgt. Die Dosen hatten eine Lasche, an der man den Deckel hochziehen konnte, man brauchte also keinen Dosenöffner. Sie suchte die Regalbretter nach einer Schüssel ab, fand einen Blumenuntersetzer, öffnete eine Dose, die Lachs in Soße versprach, schüttete den Inhalt in den Untersetzer und sah zu, wie July sich auf ihr Fressen stürzte.

Louises Vorratshaltung ließ nicht auf Haute Cuisine schließen, es gab vor allem Eingedostes, weiße Bohnen, Kichererbsen und Ravioli mit Tomatensoße. Dazwischen stand ein Glas mit eingemachten Sauerkirschen. Tori drehte den Deckel auf und setzte das Glas an. Der Saft war süß, aber er stillte den ersten Durst.

Während July fraß, ging sie zur Tür und rüttelte an ihr. Die schwere Holztür gab keinen Millimeter nach. Sie hatte gehört, wie Louise draußen einen schweren Riegel vorgeschoben hatte. Es war sinnlos, auch nur zu versuchen, die Tür mit Gewalt zu öffnen.

Sicher, es gab ein Fenster, eine schmale Öffnung, nur wenig breiter als eine Schießscharte. Sie stieg auf den Stuhl, um hinauszuschauen. Doch man konnte das Fenster nicht öffnen, es bestand lediglich aus einer in die Wände eingelassenen Glasscheibe, verklebt von Staub, Fliegendreck und Spinnweben. Tori zog ihr Hemd aus der Hose, feuchtete es mit Spucke an und wischte ein Guckloch frei. Der Blick ging auf Louises Wiese, auf der sich unter der Asche ein schwacher grüner Schimmer zeigte.

Die Natur ging souverän mit der Zerstörung durch den Brand um, so etwas hielt sie nicht lange auf. Bei Menschen war das nicht so einfach.

Sollte sie um Hilfe rufen? Schreien? Aber wer würde sie hören können? Louises Haus stand allein, die nächsten Nachbarn wohnten kilometerweit entfernt.

Sie stieg vom Stuhl herunter. July hatte den Blumenuntersetzer sauber geleckt und sah erwartungsvoll hoch. Einer Auferstandenen von den Toten gebührte natürlich eine weitere Dose, diesmal pries das Etikett Hühnchen mit Nudeln an. Tori riss den Deckel auf, füllte den Blumenuntersetzer, setzte sich auf den Stuhl und sah ihrem Hund zu, der die Brocken herunterschlang, bis er endlich so satt war, dass er langsamer fressen musste.

Es gab rein gar nichts, was sie tun konnte. Sie konnte nur darauf hoffen, dass Louise ihr Versprechen einhielt: jemanden zu benachrichtigen, sobald sie das Land verlassen hatte. Sie war natürlich mit dem Ranger gefahren, Tori hatte ja bequemerweise den Schlüssel stecken lassen. Welche Strecke würde sie genommen haben, wann angekommen sein?

Spanien? Zum Grenzübergang waren es gut dreihundert Kilometer, dafür würde sie etwa vier Stunden brauchen. Nach Italien fuhr man entweder am Mittelmeer entlang oder über Grenoble. Sicher sechs Stunden, wenn sie sich richtig erinnerte. Ähnlich weit war es in die Schweiz. Doch wo auch immer: Louise musste längst angekommen sein und hätte bereits jemanden alarmieren können, was sie ganz offenkundig nicht getan hatte. War etwas anderes zu erwarten gewesen? Wahrscheinlich nicht. Dennoch war Tori gekränkt und enttäuscht.

Andere werden uns suchen, sagte sie sich zur Beruhigung. Sie stand auf. »Nico findet uns immer, nicht wahr, meine Kleine?«

Unruhig lief sie durch den Raum, den man mit wenigen Schritten durchmessen konnte. July sprang auf den Stuhl, stellte sich auf die Hinterbeine und versuchte ebenfalls hinauszuschauen. Tori sah ihr zu, und langsam nahm ein Gedanke Form an. Vielleicht war das die Lösung. July war kompakt, aber es sah so aus, als ob sie schmal genug für die Fensteröffnung wäre. Man müsste nur das Glas entfernen.

»Wie« war keine Frage. Tori wartete, bis July genug gesehen hatte und heruntergesprungen war. Dann nahm sie eine Konservendose mit Hundefutter – die mit einem besonders schönen Etikett, das jedem Hundefutterkäufer Appetit machte: Forelle mit Gartengemüse –, stieg wieder auf den Stuhl und stieß die Dose gegen das Glas. Die Scheibe zersplitterte schon beim zweiten Schlag. Warme, aber wenigstens frische Luft strömte herein. Die größeren Glasscherben stieß sie mit der Dose nach draußen, dann machte sie sich daran, die verbliebenen Splitter aus dem Fensterrahmen zu entfernen. Zweimal schnitt sie sich in die Finger, und obwohl sie das Blut immer wieder an der Hose abwischte, klebte es an ihren Fingerspitzen, sodass sie die feineren Splitter nicht mehr richtig packen konnte. Die Vorstellung ließ sie fast verzweifeln, dass July sich daran verletzen könnte, wenn sie sich durch die Öffnung zwängte.

Aber vielleicht würde sie sich sträuben? Würde sie begreifen, was von ihr erwartet wurde?

Als sie glaubte, die meisten Splitter entfernt zu haben und July hochhob, schob der Hund ohne zu zögern Kopf und Schultern durch den Spalt. Kurz hing er kopfüber im Fensterrahmen, doch als Tori sanft nachhalf, sprang July in hohem Bogen hinaus.

»Lauf«, rief Tori hinunter, als July zu ihr hochblickte.

Sie wirkte unschlüssig.

»Hol Hilfe!«

Das verstand sie. Tori blickte ihr hinterher. Sie hatte allen Grund, auf Julys Findigkeit zu setzen und darauf, dass sie auf Menschen traf, die sie verstanden. Und doch fühlte sie sich jetzt erst recht von aller Welt verlassen.

Sie war eingesperrt. Und niemand würde sie schreien hören.

2

Tori hatte schon in der vergangenen Nacht gespürt, wie wenig ihr Rücken es schätzte, wenn sie auf nacktem Boden liegen musste. Dennoch war sie eingeschlafen, in diesem elendig kleinen Raum, der mittlerweile nach Hunde- und Menschenurin stank. Das Warten machte müde.

Von Hundegebell und einer bekannten Stimme erwachte sie. Sie stand hastig auf, stieg auf den Stuhl und spähte durchs Fenster. »Jan!«

»Wo bist du?«

Da stand er, wohlbehalten, neben July, die sich vor Aufregung im Kreis drehte.

»Hier!« Sie streckte den Arm durch die Fensterluke und winkte.

Endlich hatte er sie entdeckt. »Ich habe dich gesucht! Warum hast du dich nicht gemeldet? Und was machst du da drin?«

Tori musste wider Willen lachen. »Was glaubst du wohl, was ich hier mache? Freiwillig bin ich hier nicht. Und was heißt überhaupt: ›Du hast dich nicht gemeldet‹? Ich habe immer wieder versucht, dich zu erreichen, aber nachdem dich deine Frau aus dem Krankenhaus geholt hat, brauchtest du mich ja nicht mehr.«

Sie wollte locker klingen, aber wenn sie sich zuhörte, klang sie genauso, wie sie sich fühlte: gekränkt.

Jetzt lachte Jan. »Du meinst meine Tochter. Sie macht eine Lehre in Valence und hat sich sofort in den Bus gesetzt, als sie von meinem dramatischen Unfall erfuhr, der übrigens so dramatisch nicht war, wie du siehst. Ich habe es bei dir auch versucht, und als du nicht reagiert hast, dachte ich –« Er stockte. »Ich dachte, dass du womöglich etwas bereust«, fuhr er leise fort.

Tori fehlten mit einem Mal die Worte. Seine Tochter. Meine Güte. Wie kindisch sie sich angestellt hatte.

»Ich suche dich seit gestern. Ich stand vor deinem Haus, war in der Bibliothek, habe überall nach dir gefragt. Erst heute habe ich daran gedacht, nach Fayet zu fahren. Als ich bei Eva ankam, war July gerade eingetroffen, sie hat mich zu dir geführt.«

»Sie ist mein Rettungshund. Aber kannst du jetzt bitte ums Haus gehen und schauen, ob die Haustür offen ist, damit ich endlich hier rauskomme?«

Kaum war Jan aus ihrem Gesichtsfeld verschwunden, begann July aufgeregt zu bellen. Tori versuchte, ihren Kopf durch das Fenster zu stecken, fühlte, wie sich winzige Splitter in ihre Haut pressten, die sie übersehen haben musste, und dachte daran, dass July sich ohne Rücksicht darauf hindurchgezwängt hatte. Sie sah nichts und niemanden. Doch sie hörte jemanden rufen, nein: brüllen.

Hörte Jan antworten, hörte einen Schmerzensschrei, dann Geräusche, die zu einer Prügelei passten, aber nicht zu einer Rettungsaktion. War Jan Opfer eines Angriffs? Dann wäre sie verloren.

»Was ist los? Wer ist da? Hilfe!« Sie schrie aus Leibeskräften, aus Angst, aus Wut, verwirrt und verzweifelt. Schließlich stieg sie vom Stuhl und kauerte sich auf den Boden. Sie war auf alles gefasst.

»Ich hab gedacht, er hätte dich eingesperrt! Ich hätte ihn am liebsten erschlagen!« Nico, rot im Gesicht vor Erregung.

»Es war kurz davor.« Jan hielt sich die Hand vor den Mund.

Tori hätte fast gelacht. Soll man als Frau stolz darauf sein, wenn sich die Kerle um einen prügeln? Sie blickte von einem zum anderen, July im Arm, die sich nur langsam davon erholte, dass zwei ihrer Freunde aufeinander losgegangen waren. »Du hast dich nicht entscheiden können, welchem der beiden du als erstes Manieren beibringen solltest, stimmt's?« flüsterte sie dem Hund ins Ohr.

Nico, Jan und sie saßen im Schatten vor dem Haus. Es war dumm und absurd zugleich: Die beiden hatten sich geprügelt, statt etwas zu tun. Die Haustür war offen gewesen, man hatte nur hineingehen und den Riegel zu ihrem Verlies zurückschieben müssen. Männer waren eben so weitblickend, dass sie das Naheliegende gern übersahen. Sie atmete tief ein und wieder aus. Es war ein heißer Tag, aber er fühlte sich hell und frisch und balsamisch an. Alles war besser, als eingesperrt zu sein.

Nico hatte sich noch immer nicht beruhigt. Jetzt war sie der Gegenstand seines Zorns. »Ich habe gedacht, du wärst tot, verdammt noch eins! Kannst du dir vorstellen, wie das ist, wenn du das Auto deiner besten Freundin siehst, das halb von der Brücke über der Beaume hängt? Wenn du die Gaffer hörst: ›Der Wagen ist ungebremst auf die Brücke gerast und dann muss er das Steuer verrissen haben‹? Wenn die Sanitäter eine frisch aus dem Blechhaufen herausgeschnittene Leiche in den Krankenwagen schieben? Ich wusste doch, dass du eine brauchbare Autofahrerin bist. Also dachte ich, wir hätten den anonymen Brief nicht ernst genug genommen. Den Schuss. Ich dachte, sie hätten dich erwischt, wer immer sie sind.«

»Ein Unfall? Mit meinem Auto?«

Mit dem Auto, mit dem Louise davongefahren war. Sie spürte einen Kloß im Hals. Deshalb also war niemand gekommen, um sie aus ihrem Gefängnis zu befreien. Louise hatte ihr Versprechen nicht gebrochen, sie hatte es nicht halten können. Und jetzt verstand sie auch, warum Nico so erregt war.

»Nico. Meine Güte. Das tut mir so leid«, flüsterte sie.

»Es tut dir leid, dass du nicht tot bist?« Er zog die Augenbrauen hoch.

Sie musste lachen.

»Im Ernst: Ich kam gerade von Serge, und was der mir erzählt hat, war schlimm genug. Ich war so was von geladen. Ich hätte am liebsten um mich geschlagen.«

»Wieso hätte?«, murmelte Jan. Seine Lippe war aufgeplatzt. Ob Louise einen Verbandskasten mit Pflaster besaß? Später, dachte Tori. Ihr wurde schlecht bei der Vorstellung, wieder in dieses Haus gehen zu müssen. Erste Hilfe musste warten.

»Ich weiß wirklich nicht, wieso ich neuerdings der Beichtvater für unseren guten Commandant de Police bin.

Er tauchte jedenfalls bei mir auf und brauchte ein Bier. Er war völlig fertig, weil sich Martin Magot erhängt hat. Mit dem Gürtel seines Bademantels. An der Badezimmertür. Im Krankenhaus! Die haben sich stundenlang nicht um ihn gekümmert.«

»Der arme Kerl«, sagte Tori leise. Sie sah Jan an, dass er etwas sagen wollte – er wusste ja nicht, was seit dem Schuss auf ihn passiert war –, aber Nico ließ sich nicht unterbrechen.

»Davor muss der Alte wieder halbwegs klar im Kopf gewesen sein, er hat Serge die ganze vermaledeite Geschichte erzählt.«

Jan war im Haus verschwunden und kam jetzt mit zwei Flaschen Wasser und Gläsern zurück. Tori brauchte kein Glas, sie ekelte sich vor Geschirr, das aus Louises Haus stammte, und setzte die Flasche an.

»Am Abend des Brandes glaubte Martin die Kinder im Bett und hat sich mit einer Flasche Roten vor die Glotze gesetzt. *Fort Boyard*, er war ein Fan.«

Tori hatte einmal eine Folge der Serie gesehen, die nach einer Festung an der Atlantikküste benannt war. Es ging dabei um allerhand Geschicklichkeitswettbewerbe, zwei Teams traten gegeneinander an, sie hatte das nicht sehr spannend gefunden. Jedenfalls nicht für Erwachsene.

»Gegen 23 Uhr beschließt er, ins Bett zu gehen. Als er die Haustür zusperren will, fällt ihm auf, dass der Schlüssel zur Ferienhütte nicht am Schlüsselbrett hängt. Da Leon ihm ordentlich Angst eingejagt hat – die Hütte müsse immer verschlossen sein, sonst würde die Versicherung im Fall des Falles nicht zahlen –, fährt er in Panik mit dem Auto hoch auf den Hang. Der Schlüssel steckt in der Tür, er glaubt, er selbst sei der alte Trottel gewesen, der ihn steckengelassen hat, er dreht zweimal um, zieht den Schlüssel ab und fährt wieder hinunter. Auf die Idee, dass die Kinder dort übernachten, kommt er nicht.«

Sie schwiegen, alle drei. Was soll man auch sagen, dachte Tori, legte den Kopf in den Nacken und blickte in den weiten Himmel. In der Regenrinne saß ein Rotschwänzchen und zirpte und knatschte. Über allem wie eine Klangwolke das einschläfernde Sägen der Zikaden. Das Paradies. Es hatte Risse bekommen. Nein. Es war eingestürzt.

»Er hat das alles nur für seinen Enkel getan. Und dann so eine Katastrophe.« Nico fuhr sich mit dem Zeigefinger über die Narbe an seiner Wange. »Ich kann euch gar nicht sagen, wie fertig mich das macht. Zwei tote Kinder und ein verzweifelter alter Mann, der nur noch sterben will. Das ganze beschissene Leben mit seinen sogenannten verhängnisvollen Zufällen und tragischen Verstrickungen. Und dann sehe ich dein Auto und den schwarzen Leichensack auf der Bahre und die Gaffer lassen mich nicht durch und die Bullen auch nicht und dann … und dann …«

Tori legte ihm die Hand auf die Schulter. Nahm ihn in den Arm und wiegte ihn. Blickte hinüber zu Jan. »Jan, es führt zu weit, wenn ich dir jetzt die ganze Geschichte erzähle«, murmelte sie.

»Das hat Zeit. Ich wüsste nur gern, wer dich hier eingesperrt hat.«

»Louise. Das war Louise.« Nico richtete sich auf und wischte sich mit den Handballen über die Augen. »Ich habe nie verstanden, was Tori an ihr so gefiel.«

»Ich hatte Mitleid mit ihr. Aber das ist vorbei. Sie hat July etwas zugesteckt, was sie außer Gefecht gesetzt hat, ich hatte furchtbare Angst, dass sie mir stirbt. Und dann hat Louise uns mit vorgehaltenem Gewehr in die Abstellkammer gesperrt und ist mit meinem Auto weggefahren.«

»Das heißt?«

»Das heißt, dass wir wissen, wer die Tote ist.« Louise musste in heller Panik davongerast sein, verfolgt von ihren eigenen Dämonen. Es schnürte Tori die Kehle zu, trotz alledem. Ja, trotz allem.

Sie stand auf. »Ich muss aufs Klo.« Sie hatte heute früh die leeren Hundefutterdosen benutzt, nicht ganz zielsicher, das war ihr noch immer peinlich. Und jetzt musste sie wieder das verfluchte Haus betreten. Schon deshalb wollte sie nach Hause. Unter die Dusche. Etwas essen. Etwas trinken. Und wenigstens für ein paar Stunden alles vergessen, die tragischen Verstrickungen und verhängnisvollen Zufälle und all den ganzen trostlosen elenden Scheiß.

Als sie wieder aus dem Haus kam, hörte sie, wie Nico unüberhörbar unwillig Jan um Entschuldigung bat. Jans Antwort sorgte dafür, dass sie stehenblieb.

»Ich versteh schon. Du liebst sie eben auch«, sagte er.

Sie quetschten sich in Nicos Laster, Tori in angenehm enger Tuchfühlung mit Jan, und fuhren hinunter nach Fayet. Das Dorf lag im Sonnenschein, niemand war zu sehen. Jans Fahrrad stand am Zaun vor Evas Haus. Sobald er es gepackt hatte, um es auf die Ladefläche des Autos zu legen, erschien Eva am Fenster. Tori drückte sich noch tiefer in das abgewetzte Polster des Beifahrersitzes, sie wollte nicht Gegenstand einer hochnotpeinlichen Befragung werden, es reichte, wenn Jan es war, der Eva Rede und Antwort stehen musste.

»Was ist los, Jan? Was war mit dem Hund? Wieso kam July ganz allein angelaufen? Wo ist Tori?«

»Mach dir keine Sorgen, es ist alles in Ordnung«, rief Jan ihr zu.

Eva wundert sich sicher, dass man mich immer aus irgendeinem Schlamassel holen muss, dachte Tori. Es war ja weiß der Himmel nicht das erste Mal.

Jan hatte das Fahrrad verstaut und festgebunden und kletterte wieder ins Auto. Sie fühlte sich zwischen den beiden Männern geborgen wie ein Kind, obwohl sie deren unterschwellige Rivalität spürte. Immer, wenn Nico bremste, nahm Jan sie betont fest in den Arm, was Nico veranlasste, besonders sportlich in die nächste Kurve zu gehen. »Damit ihr euren Spaß habt«, brummte er.

»Ich habe Hunger«, sagte sie nach der Kreuzung, an der es rechts ab nach Belleville ging.

Die beiden Männer knurrten zustimmend.

»Es ist Donnerstag, Pizzatag!« Der Pizzawagen stand auf dem Marktplatz von Belleville, davor eine lange Schlange. »Jan bestellt und Nico holt sie nachher ab, okay? Ich möchte eine Pizza Merguez.«

»Sehr wohl, Madame.« Jan verbeugte sich und stieg aus.

»Wir fahren schon mal vor, verlauf dich nicht«, rief Nico durchs geöffnete Fenster. Jan grinste und winkte.

Im Maison Sarrasine setzten sie sich an den Verandatisch und warteten auf Jan. Nico holte sein Handy aus der Hosentasche. »Ich rufe Serge an. Wir müssen wissen, ob sie wirklich tot ist.« Doch Serge Masson ging nicht an sein Telefon.

Jan ließ auf sich warten. Tori öffnete eine Flasche Riesling, ein Geschenk von Carls früherer Kanzlei aus Anlass seines Todestages. Wann gab es schon einen besseren Grund, ihn zu trinken, als diesen? Sie hatte überlebt.

Nico lehnte sich zurück und schloss die Augen. Nach einer Weile öffnete er sie wieder. »Was wir wissen: Louise hat die Kinder nicht eingeschlossen, das war zu seinem Unglück der alte Magot. Ob sie den Brand oben auf dem Hang gelegt hat, wissen wir nicht und wir werden es auch nicht erfahren. Sie ist tot. Damit hat sich der Fall erledigt.«

Wirklich? Irgendetwas irritierte sie. Irgendetwas stimmt nicht, dachte Tori. Nennen wir es Instinkt.

»Es ist vorbei.« Er hob sein Glas. »Prost.«

»Es geht jetzt los, würde ich sagen.« Jan stand in der Tür, in den Händen drei Pizzakartons, die er verteilte. Tori riss die Pappe auf und aß das erste Stück aus der Hand. Sie stürzte sich mit einem Heißhunger darauf, den sie bei Pizza noch nie verspürt hatte. Aber noch nie hatte eine Pizza so gut geschmeckt.

»Ist es wirklich vorbei? Ich weiß nicht«, sagte Tori, nachdem sie gegessen hatten und bei der zweiten Flasche Wein angelangt waren. »Wir wissen noch immer nicht, wer auf mich geschossen und Jan getroffen hat.«

»Du sagtest doch, Louise habe ein Gewehr gehabt?«

»Ja. Es sah aus wie der Wehrmachtskarabiner, mit dem auf Jan geschossen wurde. Ein Mauser K 98. Ich habe mir die Knarre im Internet angeschaut. So etwas erkenne sogar ich wieder.«

»Hm. Ich denke, ob sie es war, werden wir erst erfahren, wenn Serge endlich von sich hören lässt.«

Tori zögerte, noch immer unschlüssig. »Ich habe mit Simone gesprochen. Sie hat mir erzählt, der Schuss könne aus dem Gewehr eines alten Freundes von ihr abgefeuert worden sein. Seine Urenkel könnten damit gespielt und sich nichts dabei gedacht haben, dass man mit dem Ding nicht nur schießen, sondern auch treffen kann. Mehr wollte sie nicht sagen.«

»Wie gehabt«, knurrte Nico. »Sie hält eisern zusammen, unsere kleine Dorfgemeinschaft.«

»Das habe ich auch so empfunden. Irgendwie nehme ich das der alten Dame übel.« Und deshalb muss ich endlich mit ihr reden, dachte Tori.

Die beiden Männer sprachen bald über wichtigere Dinge, während sie die nächste Flasche köpften, über bedeutende Staatsmänner und Fußballgötter. Beides interessierte Tori nicht, es machte sie nur noch müder. Irgendwann stand sie auf und ging ins Bett.

3

Tori erwachte vom Siebenuhrläuten, begleitet vom misstönenden Gesang der Hunde des Dorfes. July heulte glücklicherweise schon lange nicht mehr mit. Sie tastete neben sich. Sie lag nicht allein im Bett. July musste sich irgendwann nachts zu ihr ins Bett geschlichen haben und schielte jetzt mit einem unfassbar komischen Ausdruck schlechten Gewissens nach ihrem Menschen, der ihr diesen Verstoß gegen die Regeln ja womöglich verübeln könnte. Tori streichelte sie. »Du wirst das nicht zur Gewohnheit machen, Kleine. Aber heute ist alles erlaubt.«

Wie lange die beiden Kerle wohl noch zusammengesessen hatten? Und was erzählten sich Männer so, wenn Politik und Fußball abgehakt waren, Männer, die sich Stunden zuvor noch wegen einer Frau geprügelt hatten? Und wer hatte überhaupt hinter ihnen abgeschlossen, als sie endlich fertig waren mit dem Fraternisieren und nach Hause gegangen waren?

Sie erhob sich mit noch immer schmerzendem Rücken, stellte sich unter die Dusche, bis sie wach genug war, holte eine frische Jeans und ein frisches Hemd aus dem Schrank, zog sich an und ging nach unten, July vorneweg.

Die Tür zur Veranda stand offen. Sie hatten alle Spuren des nächtlichen Gelages beseitigt, die Männer, das war anständig. Tori blickte nach unten, zum Hoftor. Das Tor war verriegelt, von innen. Interessant.

Sie lief durch die Küche zur großen Terrasse. Dort lag Nico auf der Liege, er hatte sich mit der viel zu kurzen Hundedecke von July zugedeckt. Sie ging durchs Kaminzimmer zurück ins Haus. Und da lag Jan, auf dem Sofa, unter einem Badetuch.

Leise ging sie wieder hinüber in die Küche und stellte die Kaffeemaschine an. Man musste die Chance auf ein paar ruhige Minuten nutzen. Doch noch bevor die Maschine warmgelaufen war, läutete es unten am Tor. Sie lief hinter July hinunter und schob den Riegel zurück. Serge Masson stand vor ihr, das Gesicht grau und müde.

»Madame«, sagte er und reichte ihr die Hand. »Ich bin froh, Sie gesund und wohlbehalten anzutreffen. Darf ich hereinkommen?«

Sie nickte, sprachlos. Der Commandant de Police sah alt aus. Abgekämpft und mürbe geworden. Was Wunder: Zwei erstickte und verbrannte Kinder, ein erhängter Großvater und eine bei einem Verkehrsunfall getötete Frau waren mehr Dramen, als für ein normales Polizistenleben in der Provinz normal war. Erst recht, wenn man die drei Toten vom vergangenen Frühjahr dazuzählte.

»Ich weiß nicht, ob Sie Ihr Auto bereits vermisst haben«, sagte Masson, als er sich an den Verandatisch gesetzt hatte.

»Nein. Ja.« Sie stockte. Er wusste ja nichts von ihrem ereignisreichen Besuch bei Louise.

»Rechtlich gesehen ist es natürlich nicht Ihr Auto. Es ist noch immer auf Leon Rémy zugelassen.«

War das ein Vorwurf? Sie konnte nichts dafür: Leon hatte ihr keine Wagenpapiere überlassen und ohne die konnte sie die Kiste nicht ummelden.

»Ich hatte noch keinen Kaffee. Wollen Sie auch einen?« Masson nickte. Tori ging in die Küche. Sollte sie die anderen wecken? Nein. Nico würde nur wieder Streit suchen. Sie stellte die Becher aufs Tablett, Milch und Zucker dazu und ging wieder auf die Veranda.

»Wegen Leon und weil unsere Männer von der Gendarmerie nicht immer gleich mitkriegen, wann eine Fahndung abgeblasen ist« – Masson verzog das Gesicht – »wurde der Kreisel vor Rosières abgesperrt, als Rémys Wagen gesichtet wurde. Doch das hat den Fahrer des Ford Ranger nicht im Geringsten irritiert – oder die Kameraden waren nicht schnell genug, das ist noch nicht raus. Jedenfalls ist das Auto mit hoher Geschwindigkeit weitergerast, durch Rosières hindurch. Sie wissen ja, wie eng es dort ist.«

Seine Hand zitterte, als er nach der Zuckerdose griff, er schien vergessen zu haben, dass er bereits einen Löffel Zucker in seinen Kaffee getan hatte.

»Der Wagen rammte zwei Autos. Eine ältere Dame erlitt einen Beinbruch, als sie in letzter Sekunde vom Zebrastreifen zurück auf den Bürgersteig sprang. Mittlerweile waren zwei Polizeiwagen hinter dem Fluchtauto her. Als der Ford Ranger auf der Brücke über die Beaume anlangte, kam er von der Straße ab und prallte gegen das Brückengeländer. Eine der Stangen bohrte sich ins Wageninnere. Die Feuerwehr musste den Fahrer aus dem Auto herausschneiden.«

»Nico war an der Unfallstelle und hat davon berichtet.«

Masson sah auf. »Nico. Ja. Er hat wohl versucht, mich zu erreichen, aber ich war beschäftigt, wie man sich denken kann.«

»Du hättest mir die schlimmsten Stunden meines Lebens ersparen können, du herzloser Schuft«, sagte eine Stimme von der Tür her. Nico.

Tori las in Massons Blick, dass er naheliegende Schlüsse zog, das war zwar falsch, aber man konnte es ihm nicht verdenken.

»Sie sind nicht allein, Madame«, sagte er leise. »Das ist gut.«

Tori hörte die Kaffeemaschine in der Küche husten und spucken. Dann tauchte Jan hinter Nico auf, einen Becher Kaffee in der Hand. Er grüßte verschlafen in die Runde. Masson grüßte zurück, er lächelte und tat so, als ob ihn das Auftreten eines weiteren Mannes überhaupt nicht wunderte.

Nico blieb mit geballten Fäusten in der Tür stehen. »Ich war vor der Brücke. Ich habe das Auto gesehen, von dem ich annahm, dass Tori es fuhr. Ich habe gesehen, wie die Sanitäter jemanden auf der Bahre abtransportierten. Zugedeckt bis über den Scheitel. Und was, denkst du, habe ich wohl gedacht? Na?«

Masson blickte ihn sekundenlang verständnislos an. Als er begriff, stützte er den Kopf in die Hände und stöhnte auf.

»Ich sehe schon: du verstehst. Ich dachte natürlich, es hätte Tori erwischt, die war nämlich nicht aufzutreiben. Und als ich dann sah –« Er brach ab.

»Verzeih, mon ami.« Masson blickte auf. »Das konnte ich nicht wissen.«

»Konntest du nicht. Schlimm genug.«

»Warum ist sie gegen das Brückengeländer gefahren?«, fragte Tori.

»Warum wohl? Sie hat sich verfolgt gefühlt. Offenbar zu Recht«, meinte Nico und setzte sich endlich.

Louise musste beim Anblick der Polizeisperre gedacht haben, dass man Tori gefunden hatte und ihr deshalb auf der Spur war. Das leuchtete ein. Doch Masson schüttelte den Kopf. »Klar, sie sind verfolgt worden. Aber der Wagen ist nicht ins Schleudern geraten, wie man annehmen könnte, sondern regelrecht ausgebrochen, als ob er mit Absicht ins Geländer gelenkt worden wäre, das ist auffällig.«

»Ein Selbstmordkommando«, konstatierte Nico.

»War sie sofort tot?«, fragte Tori nach einer Weile mit belegter Stimme. Sie hatte gewiss keinen Grund mehr, Louise zu schützen. Aber sie hätte ihr nie den Tod gewünscht.

»Nein. Sie hat Prellungen erlitten und steht unter Schock. Sie liegt im Krankenhaus.«

Jan kam aus der Küche zurück und stellte eine Kanne Kaffee auf den Tisch. »Das waren die letzten Kaffeebohnen, Tori. Hast du noch irgendwo Nachschub?«

Sie antwortete nicht. Sie starrte Masson sprachlos an. »Also ist sie gar nicht tot?«

»Ich verstehe nicht.« Masson starrte ebenso irritiert zurück. »Reden wir über dieselbe Angelegenheit?«

»Ich rede über Louise Robinson. Die ist vorgestern mit meinem Auto weggefahren, nachdem sie mich in ihrem Haus eingesperrt hat«, sagte Tori endlich.

»Ach. So ist das. Das erklärt natürlich einiges.« Masson zögerte. »Louise Robinson liegt im Krankenhaus und darf dank ärztlicher Fürsorge nicht vernommen werden.«

Tori stand auf, erleichtert und irritiert zugleich. Was immer Nico gesehen haben mochte: Louise lebte. Sie legte Jan die Hand auf die Schulter. »Ich habe noch eine Packung Kaffee im Wandschrank, die hol ich dir schnell«, sagte sie.

»Also ist gar keiner umgekommen? Ich und all die anderen Gaffer haben Gespenster gesehen?«, hörte sie Nico sagen, während sie den Kaffee aus dem Schrank holte und in die Küche brachte.

»Das habe ich nicht gesagt. Der Mann, der am Steuer saß, ist tot.«

Für einen Moment schwiegen alle. Tori, zurück auf der Veranda, fasste sich als Erste. »Louise war also nicht allein?«

»Nein.«

»Bevor du es weiter spannend machst: Ich ahne etwas«, knurrte Nico.

»Franco Jeger«, sagte Tori.

»Ja.«

4

Sie saßen in Nicos Auto, auf dem Weg nach Saint-Mélany.

»Es wurde kein Gewehr bei Louise gefunden, hat Serge gesagt.« Tori hatte ihn heute früh danach gefragt, beim Abschied am Hoftor.

»Bist du sicher, dass sie eines gehabt hat?«, fragte Nico.

»Na hör mal. July war betäubt, nicht ich. Louise hat mich mit vorgehaltener Waffe in diese verdammte Abstellkammer gescheucht. Und wie gesagt: Das Teil sah so aus wie der Karabiner, mit dem auf Jan geschossen wurde.«

»Du bist dir immer noch sicher?«

»Ich denke schon. Vielleicht war es ja Louise, die auf Jan geschossen hat?«

»Oder ihr reizender Freund, der gute Franco. Ich fürchte, das wird uns nur Louise selbst sagen können.«

Tori klammerte sich an den Haltegriff, während Nico die kurvenreiche Strecke unter souveräner Vernachlässigung der Möglichkeit von Gegenverkehr im Schleudergang meisterte. »Ich frage mich, was die beiden verband.« Sie zuckte zurück, als der Zweig eines Buschs am Straßenrand durch ihr Fenster fetzte.

»›Die Liebe ist ein seltsames Spiel‹«, sang Nico.

»Muss wohl so sein.« Sie kurbelte das Fenster hoch. »Ich wüsste dennoch gern, womit er sie in der Hand hatte. Ich glaube, sie hat sich vor ihm gefürchtet.«

In Saint-Mélany empfing sie Glockengeläut. Auf der Terrasse vor dem »Bon Port« saß eine Gruppe von Radfahrern in beeindruckend farbiger Funktionskleidung, am Geländer lehnten ebenso beeindruckend teure Räder. Yette kam mit einem vollen Tablett aus der Tür und nickte ihnen zu, heute ohne ihr breites Lächeln.

»Die Trauergemeinde sitzt wohl wieder drinnen«, murmelte Nico und ging voraus.

Bert und Andrew saßen allein am Stammtisch, beide starrten in ihr Bier. Nico und Tori setzten sich zu ihnen.

»Ihr habt es schon gehört? Franco ist tot.«

Sie nickten.

»Er muss mit Karacho in das Brückengeländer gefahren sein. Eines der Rohre ist durch die Windschutzscheibe gedrungen und hat ihn regelrecht durchbohrt. Er war wohl schon tot, als die Feuerwehr kam, um ihn rauszuschneiden. Louise hat verdammt Glück gehabt. Sie liegt mit Prellungen und einer Gehirnerschütterung im Krankenhaus.«

Bert räusperte sich. »Ich habe heute früh dort angerufen. Man darf sie noch nicht besuchen.«

»Ich vermute, dass sie Franco in den ganzen letzten Wochen bei sich versteckt hat. Warum auch immer.«

»Liebe«, sagte Bert und nahm einen Schluck aus seinem Bierglas.

»Ist ein seltsames Spiel, ich weiß«, spottete Tori.

Andrew blickte auf seine Hände. »Und was passiert jetzt mit Franco? Gibt es eine Beerdigung? Sollten wir so etwas wie eine Trauerfeier veranstalten?«

Nico zuckte mit den Schultern. »Ich denke, sie schicken die Überreste nach Hause zu seinen Eltern.«

»Das hätte er sich aber verbeten. Er hasste sie.«

Sie schwiegen. Yette stellte einen Teller mit Erdnüssen und eine Karaffe Weißwein mit vier Gläsern auf den Tisch. »Mir tut er leid«, sagte sie.

»Mir auch. Jetzt werden sie alle über ihn herfallen. Endlich gibt es ein schwarzes Schaf, dem sie die Schuld geben können. Das man opfern kann. Er ist ja tot. Kann sich nicht mehr wehren.« Bert schob sich das verschwitzte Haar aus der Stirn. »Ihr werdet schon sehen: Er hat nicht nur sämtliche Brände der vergangenen Jahre gelegt, sondern auch Hühner gestohlen und Autos geknackt. So regelt man das hier.«

»Das hätte ihm vielleicht sogar gefallen«, murmelte Andrew. »Opfer sein. Sich opfern. Nur das ist etwas wert, wofür man die eigene Haut riskiert, war seine Rede. Dabei hat er nie auch nur den kleinen Finger riskiert.«

»Du denkst an seine verrückte Theorie über die Dolmen?«

»Was für eine Theorie?« Tori kam bei ihren Wanderungen von Chapias nach Labeaume oft an Dolmen vorbei; die Gegend war bekannt für die gewaltigen Megalithanlagen, entstanden 5000 oder 4000 Jahre vor unserer Zeitrechnung. Mit vielleicht 800 Dolmen rangierte die Ardèche gleich hinter der Bretagne. Die steinernen Riesen bestanden meist aus drei Tragsteinen, auf denen eine oder zwei riesige Steinplatten lagen, jede einzelne tonnenschwer. »Sie gelten als Grabstätten.«

»Aber sie sehen doch irgendwie aus wie riesige Tische, oder?«

»Stimmt.«

»Deshalb hat Franco sie für Altäre gehalten. Altäre der Druiden. Opfertische. Blutopfer für die Götter. Alles musste bei ihm mit Blut besiegelt sein.« Bert schüttelte sich.

»Nur nicht mit dem eigenen.« Andrew lachte mit herabgezogenen Mundwinkeln.

Tori erinnerte sich an Simones Geschichte vom geopferten Fingernagel. Mit Blut wird etwas besiegelt. Ein Vertrag. Ein Schwur. Eine Verbindung.

Eine Liebe.

»Das hört sich an wie Halluzinationen im Haschischrausch«, grummelte Nico.

»Na ja, er war ziemlich esoterisch angehaucht. Versessen auf Vergangenes. Die Magie der Landschaft. Das Echo der Geschichte. Das hat ihn fasziniert: die Kelten, die Druiden, das alte Gallien.« Bert klang, als ob er dafür Verständnis hätte.

»Immer, wenn er einen zu viel getrunken hatte, redete er vom Schlussmachen. Dann wollte er einen klaren Strich ziehen. Reinen Tisch machen. Ballast abwerfen. Sich von allem trennen, was einen hält und festhält und zurückhält.« Andrew seufzte. »Vielleicht meinte er damit sich selbst?«

Ein Selbstmordkommando? Vielleicht. Tori fragte sich die ganze Zeit schon, warum Louise glaubte, sie einsperren zu müssen. Nur, um an ihr Auto zu kommen? Oder weil sie Franco nicht sehen sollte? So viel Heimlichtuerei – und dann war plötzlich die Polizei hinter ihnen her. Verfolgung mit Martinshorn und Blaulicht. Hatte Franco in lauter Panik das Lenkrad verrissen? Oder wollte er Schluss machen, endgültig?

»Was meint ihr? Hat Franco nun Hühner geklaut oder wenigstens die beiden Brände gelegt?«, fragte Nico.

»Keine Ahnung. Aber den Leuten hier käme es gelegen, wenn ein Ausländer schuld wäre und sie selbst sich nichts vorzuwerfen hätten.«

Yette setzte sich zu ihnen. »Was redet ihr da nur. Ich finde das alles ganz grauenhaft.«

Ich auch, dachte Tori.

Sie blieben zum Essen. Es gab, was es oft gab hier im »Bon Port«: Kaninchenragout. Butterweiches Fleisch in einem dicken Sud aus Tomaten, Zwiebeln und Kartoffeln. Dennoch kauten alle besonders vorsichtig, Yette hatte einen guten Draht zum örtlichen Jäger, und der schoss mit Schrot, was Folgen haben konnte, wenn die Köchin nicht aufgepasst hatte. Egal: das warme Essen tat gut, es beruhigte die Nerven.

Die Stimmung blieb gedrückt, weshalb sie sich bald nach dem Essen verabschiedeten. Nico wollte noch bei

Marie-Theres vorbeischauen, was Tori von Herzen begrüßte. Sie war für jede Ablenkung dankbar.

5

Bei Marie-Theres gab es Streit. Sie hörten die erregten Stimmen schon draußen vor der Tür. Nico und Tori blieben im Türrahmen stehen. Der Mittelpunkt der Aufregung schien Leon Rémy zu sein. Er war wieder da, hatte sich die langen blonden Haare abgeschnitten und sah beinahe seriös aus.

»Er scheint noch nicht mitbekommen zu haben, dass Serge nach ihm sucht«, murmelte Nico.

»Das hier dürfte schlimmer sein als ein Polizeiverhör«, meinte Tori.

Die Körpersprache der Männer, die Leon umringten, war deutlich. Jérôme stand mit hocherhobenen Fäusten vor ihm wie ein Boxer, knallrot im Gesicht. »Das ist deine Schuld. Du hast ihn in den Ruin getrieben. Du musstest doch wissen, dass er so viel Geld nicht hatte!«

»Martin hat gespart, hat er gesagt. Er wollte es so. Ich musste ihm nichts aufschwatzen. Ich habe das nicht nötig.«

»Du hättest es ihm ausreden müssen!«

»Bin ich Martin Magots Kindermädchen?« Leon versuchte es mit Spott, was ihm nicht gut bekam.

Jérôme tat einen weiteren Schritt auf ihn zu, es gab höchstens noch zwei Nasenlängen Abstand. »Du Lump. Du verdammter, elender Betrüger.«

Leon hob beide Hände und wollte zurücktreten. Aber da stand bereits Karim, die Hände schwarz vom Autoschrauben, die Haare wirr, mit vorgeschobener Brust, wie ein Panzer.

»Jetzt hört doch mal zu. Hört doch einfach mal zu.« Leon änderte seinen Ton.

Zu spät. Er konnte sich gegen die erregte Meute nicht durchsetzen. Selbst der Bäcker war heute rot im Gesicht und Hugo, Toris Nachbar, eigentlich ein Mensch mit Manieren, schimpfte wie ein Straßenjunge.

»Nun lasst ihn doch mal ausreden!« Marie-Theres setzte sich endlich durch, kraft ihrer natürlichen Autorität als Herrscherin über Raum und Alkohol.

Leon wartete einen Moment, bis der Lärmpegel sank. »Also. Monsieur van Damme möchte in unserer Gegend investieren. Arbeitsplätze schaffen.«

Hohnlachen von Karim.

»Arbeit. Das magische Wort«, flüsterte Nico. »Aber wie viele Menschen braucht es wohl, um einen Ferienpark zu bewirtschaften? Verwalter, Pförtner, Putzfrau. Und einen, der das Geld zählt.«

»Lach du nur, Karim. Es geht um ein Projekt, mit dem man nichts falsch machen kann, nachhaltig und zukunftsorientiert. Ein Projekt, das ein Segen für unsere Gegend wäre.«

Hohngelächter von allen anderen. »Erzähl mir nichts vom Pferd! Wir brauchen nicht noch einen Campingplatz und noch ein Geisterdorf, in dem nur im Sommer jemand wohnt. Und erst recht keinen ›Ferienpark‹!«

»Das sagst du, Jérôme! Aber manch einer sieht das ganz und gar anders! Martin war der Überzeugung, dass dieses Feriendorf eine gute Sache für uns wäre. Und mit Aussicht auf Gewinnbeteiligung hat er einen Prototyp dieser sehr hochwertigen Holzhäuser gekauft.«

»Was? Sag das noch mal!«

»Er hat dieses Drecksding gekauft?«

»Ruhe!«, donnerte Marie-Theres dazwischen.

Leon nahm einen neuen Anlauf. »Ja, er hat es gekauft. Mit der Aussicht auf zukünftigen Gewinn. Er wollte – seinem Enkel etwas hinterlassen.«

»Einen Sarg hat er ihm hinterlassen!« Jérôme.

»Seine Tochter Adrienne hat erzählt, dass Martins ganze Ersparnisse dafür draufgegangen sind.« Eine weibliche Stimme, Tori wusste für einen Moment nicht, zu wem sie gehörte.

Leon hob die Hände. »Aber das wusste ich doch nicht! Das hat er mir nicht gesagt! Ich habe ihm die Abschlussprämie für die Versicherung und die beiden ersten Raten gestundet, aus lauter Freundschaft, ich wusste doch nicht, dass er sich mit dem Kauf übernommen hat! Das Geld wäre ja wieder reingekommen, wenn nicht –«

»Wenn nicht?« Wieder baute sich Jérôme drohend vor ihm auf. »Kommst du uns jetzt wieder mit einer deiner Ausflüchte?«

»Wenn nicht der Egoismus einiger weniger gesiegt hätte.« Leon blieb standhaft, trotz lauter Protestrufe.

»Ich fange an, ihn zu bewundern«, murmelte Tori. »Bin gespannt, wie lange er noch durchhält.«

»Ja, der Egoismus einiger weniger, die sich gegen das Projekt zusammengetan haben, weil sie ihre eigenen Interessen gefährdet sehen. Ihr wisst, wen ich meine. Fremde, die ein halbes Dorf in Ferienhäuser verwandelt haben und nun keine Konkurrenz wünschen. Eine Konkurrenz, wohlgemerkt, von der wir alle etwas hätten.«

»Er lenkt das Feuer auf andere. Ein kluger Schachzug.« Nico lachte in sich hinein.

»Auf Eva. Das finde ich nicht fair«, murmelte Tori.

»Du bist wohl nicht ganz richtig! Das ist eine Sauerei, jetzt gegen Menschen zu hetzen, die schon ewig hier wohnen!« Der Bäcker. Anständig von ihm. »Dein Belgier ist erst recht nicht von hier!«

»Den haben wir hier noch nie gesehen! Der Herr Spekulant operiert aus sicherem Abstand!«, rief Jérôme.

Leon bemühte sich um Haltung. »Monsieur van Damme will das Projekt nicht weiterverfolgen, solange nicht die Zustimmung der Anwohner gewährleistet ist.«

Lautes Gelächter. »Er kann sich die Zustimmung doch kaufen, davon haben wirklich alle etwas!« Gesteigerter Frohsinn.

»Das ist überhaupt nicht lustig!« Wieder die Frauenstimme. »Martin wollte für seinen Enkel sorgen. Und nun –«

»Ruhig Blut, das letzte Wort ist ja noch nicht gesprochen.« Leon versuchte zu besänftigen.

»Hier ist das letzte Wort jedenfalls gesprochen. Scher dich zum Teufel, du Lump!«, brüllte Karim.

»Wer hierbleiben darf, bestimme noch immer ich!« Marie-Theres übertönte ihn, die mächtigen Arme in die Hüften gestemmt. Doch Leon war bereits auf dem Weg nach draußen. Mit gesenktem Kopf drängte er sich zwischen Tori und Nico hinaus.

Die beiden bahnten sich ihren Weg zur Theke durch die noch immer wild diskutierende Menge. »Jetzt seid doch mal ehrlich, Freunde«, rief Nico in den Raum, mit der ganzen Autorität der ehemaligen Ordnungskraft. »War Martin nicht vielleicht ein wenig blauäugig? Wer lässt sich denn auf eine derart windige Sache ein, wenn er noch bei Verstand ist?«

Wütender Protest von allen. Jérôme schob sich vor. »Ach? Ist er vielleicht selbst daran schuld, dass Leon ihm einen Bären aufgebunden hat?«

»›Investoren‹. Dass ich nicht lache! Sie kommen hier her und versprechen uns das Blaue vom Himmel und den Himmel auf Erden. Sie lügen und betrügen. Sie wollen uns kaufen«, sprang Hugo ihm bei.

»Jaja. Man folge der Spur des Geldes«, flüsterte Nico und wartete ein paar Minuten, bis sich das aufgeregte Gemurmel ein wenig gelegt hatte. Laut sagte er: »Und was ist nun mit der teuren Versicherung? Die Raten sind bezahlt, von wem auch immer. Bekommt jetzt wenigstens Martins Tochter das Geld?«

Ganz kurz war es still. Dann redeten wieder alle auf einmal.

»Bei Brandstiftung zahlt die Versicherung nicht«, murmelte Tori.

»Ich weiß. Aber war Martin ein Brandstifter?«

»Du fragst Sachen.« Sie boxte ihn in die Seite. »Unvorstellbar.«

6

Die Luft schmeckte weich und frisch, die Sonne war noch jung und gütig. July lief in alter Form vorneweg, am Toufache entlang und dann hinter den Schrebergärten den schmalen Pfad hinauf. Tori und Jan folgten. Sie hielten Abstand voneinander, innerlich und äußerlich. Er reiste morgen ab. Das tat weh, nicht sehr, mehr wie ein Ziehen in der Magengrube, sagte sich Tori. Dennoch.

»Ich weiß nicht, wann die Arbeiten in der Kirche hier

in Belleville weitergehen, aber jetzt hat Spanien Vorrang. Obwohl ich dich ungern alleinlasse, nach allem, was passiert ist.«

»Mach dir mal keine Sorgen. Ich bin unverwüstlich.«

»Und du hast Nico.«

»Nico ist ein Freund, Jan. Mehr nicht.«

»Aber vor allem nicht weniger.«

Sie schwiegen.

»Vielleicht ist es besser so, dass du eine Weile weit weg bist.« Tori versuchte es mit Leichtigkeit.

»Du meinst: ›Es tut mir leid. Ich mag dich sehr. Aber ich bin noch nicht so weit‹?« Er blickte sie an wie jemand, der in eine Zitrone beißen muss.

Sie lachte. »Das sagen sie alle, stimmt's?«

»Ja. Nein.« Er blieb stehen und nahm sie sanft in die Arme. »Ich weiß, dass du noch immer trauerst. Ich spüre das. Sonst wäre ich gefühllos. Und das bin ich nicht.«

Die Felsen waren noch feucht vom letzten Regen, ihr Pelz aus Moos duftete. Ein paar Schritte weiter oben tropfte Quellwasser in ein vor vielen Jahren angelegtes Bassin, sicher einst eine Maultiertränke.

Ich weiß nicht, ob ich noch trauere, dachte Tori. Ich liebe Carl, und daran wird sich nichts ändern. Doch das ist etwas anderes.

Sie küsste Jan auf die Wange und löste sich dann von ihm. »Bis du wieder vorbeikommst, habe ich jedenfalls herausgefunden, wer auf dich geschossen hat.«

»Du meinst: auf uns.«

»Simone vermutet, dass irgendwelche Kinder mit dem Gewehr eines ihrer alten Freunde gespielt und aus Versehen einen Schuss ausgelöst haben. Ich weiß nicht. Ich habe Louise mit einer Waffe gesehen, die genauso aussah.

Ich weiß, es ist hier einiges an deutschem Wehrmachtsplunder unterwegs, aber das sieht mir nach ein wenig mehr als bloßem Zufall aus.«

»Du meinst, Louise hat auf dich geschossen?«

»Vielleicht. Ja. Ich weiß, dass ihr meine Neugier und mein Interesse an ihr auf den Wecker gingen. Aber sie muss sich davon auch bedroht gefühlt haben.«

»Bloß warum?«

»Sicher nicht nur, weil sie Franco versteckt hat. Da ist etwas anderes im Spiel, was ich noch nicht verstehe.«

Nach dem steilen Anstieg über den schmalen Pfad zwischen Mauern und Felsbrocken und nackten Baumwurzeln war Tori außer Atem. Sie blieben stehen und warteten auf July, die im Unterholz neben dem Weg einem spannenden Duft folgte.

Jan legte ihr den Arm um die Schultern, ganz leicht. Tori spürte, wie ihr die Berührung in den Magen fuhr. Es war ein Gefühl wie früher, wie beim allerersten Liebeskummer: ein Schmerz, der Verlust mit Sehnsucht paarte, eine erregende Mischung aus Bitterkeit und Süße, ein Gefühl, das »so war es immer und so wird es immer bleiben« sagte. Sie machte sich frei.

»Ich gehe jetzt in die Bibliothek und rede mit Simone. Und morgen Abend gebe ich ein Abschiedsessen für dich, ich lade ein paar Leute und deinen neuen Freund Nico ein, bevor ich mich tränenden Auges von dir verabschiede.«

Er küsste sie sanft auf die Wange.

7

Tori saß seit einer Stunde an ihrem Arbeitsplatz in der Bibliothek und versuchte, sich auf ihr Buch zu konzentrieren. Monique arbeitete am Computer, am Lesetisch hockte Louis mit zufriedenem Gesicht über der Zeitung. Es war ruhig und friedlich, bis sich die Tür öffnete und Simone eintrat, hinter ihr Pierre mit Mystère, auf den July mit einer Begeisterung zulief, die Tori ein wenig beunruhigte. Normalerweise war sie viel zurückhaltender.

»Ich muss mit jemandem reden, ich weiß nicht weiter.« Pierre klang bedrückt. »Sag mir, Simone: Warum und wozu studiert man Philosophie?« Die beiden setzten sich neben Louis.

»Wer das nicht weiß, sollte es lassen.« Simones dunkle Stimme, spöttisch und liebevoll zugleich.

»Simone, bitte!« Pierre tat verzweifelt.

»Sag du es mir.«

»Ich weiß nur, was mich seit jeher beschäftigt hat. Was kann ich wissen? Was unterscheidet den Menschen vom Tier? Ist da ein Gott? Bin ich frei in meinen Willensentscheidungen?«

»Alles lohnende Fragen, Pierre.«

»Aber brauche ich dafür ein Studium? Wir lesen die Texte der Philosophen. Wir diskutieren sie, obwohl die meisten nicht verstehen, was sie lesen. Wir wissen, dass wir nichts wissen.«

»Na bitte. Wer das weiß, hat Demut gelernt. ›Wir wissen, dass wir nichts wissen‹ heißt: Es gibt etwas, das größer ist als wir.«

Tori lugte hinüber. Pierre hatte seinen Kopf in den Händen vergraben.

»Gibt es etwas, das dir an deinem Studium besonders gut gefällt?«, fragte Simone nach einer Weile behutsam.

Pierre lachte leise. »Mathilde. Das schönste Mädchen im ganzen Fachbereich, lang, schlank, elegant, wohnt in einem hellen Apartment im Antigone, dem modernsten Viertel von Montpellier. Keine Ahnung, warum sie ausgerechnet mit mir ausgeht. Warum sie Philosophie studiert. Sie könnte längst einen reichen Mann gefunden haben, der ihren Eltern gefällt. Eine piekfeine Familie, die Eltern haben eine Villa nahe Agde, ich habe sie dort mal besucht. Nie wieder, sag ich dir, Simone, nie wieder. Ihre Mutter hat mir unablässig auf die Finger gestarrt. Als ob ich das Besteck klauen wollte.«

»Und du meinst, du bist nicht die gute Partie, die sie sich für ihre Tochter wünschen?«

»Na hör mal! Macht ein Studium der Philosophie reich und erfolgreich? Wenn man Glück hat, bekommt man eine Stelle als Lehrer und wird magenkrank beim Versuch, gelangweilten Kindern die Wunder großer Gedanken nahezubringen, Kids, die viel lieber auf ihren Handys herumdaddeln.«

»Verstehe. Das Studium ist dein Problem, nicht die Philosophie.«

Pierre seufzte. »Ich habe meinen Eltern beim Streiten zugehört. Es ging um unser Land. Mutter will verkaufen, es ist ja ihres, sie hat es von ihrem Vater geerbt. Paulette vom Campingplatz hätte gern mehr Platz, das Geschäft mit dem Tourismus läuft gut. Vater will natürlich nicht verkaufen, das war schon immer so. Er hängt an jedem Stück Land. ›Du verschleuderst unsere Heimat‹, wirft er ihr vor. ›Du vernichtest unsere Existenzbasis.‹«

Langsam hatte Tori das Gefühl, in einen Zangengriff zu geraten: hier ein belgischer Investor, der einen Ferienpark ins Naturschutzgebiet setzen möchte, dort eine Campingplatzbetreiberin, immerhin Französin, die landwirtschaftlich genutztes Land umwidmen wollte. So bald würde aus dem wilden Vivarais kein Disneyland werden, das nicht, aber des einen Segen war des anderen Verderben.

»Ich kenne deine Mutter. Sie hatte immer schon das letzte Wort. Dein Vater hat es nicht leicht mit ihr.«

»Ach, sie auch nicht mit ihm. Ohne Mutter hätte ich nicht studieren dürfen, der Alte war strikt dagegen.«

»Na also.«

»Genau. Das ist die Crux. Mutter ist für den Verkauf. Immerhin will sie nicht alles verkaufen, Paulette interessiert sich nur für die Flurstücke unterhalb von Chapias. Sie will da einen Streichelzoo für Kinder einrichten, Esel und Schafe und Ziegen. Das Übliche. Mit weniger Land müssten wir allerdings die Herde reduzieren. Dabei gibt es für Raïole-Schafe Subventionen von der EU, es existieren davon nur noch gerade mal 2000 in ganz Frankreich. Das ist kulturelles Erbe.«

Simone gab einen zustimmenden Laut von sich, aber Tori wusste, dass sie sich für das Thema nicht wirklich erwärmte. Vaterland und kulturelles Erbe gehörten nicht zu ihren Herzensangelegenheiten.

»Vater meinte, sie wolle ihn zu einem Rentner mit ein bisschen Beschäftigung als Hobbyschäfer machen.«

»Das mag schon sein. Aber wo ist jetzt die Crux?«

»Die Crux?« Pierre stand auf, stützte die Hände auf die

Tischplatte und schüttelte die dunklen Locken. »Mutter will meinetwegen verkaufen. Falls ich nach dem Studium keinen vernünftigen Job finde.«

Tori verstand sein Dilemma. Das Studium war für die Chalards sicher schon teuer genug, was aber, wenn der angehende Philosoph weder als Nachfolger seines Vaters infrage kam noch genug Geld für die eigene Existenz verdiente?

»Ich habe in den letzten Wochen gemerkt, dass ich an dem Leben hier hänge. Die antiken Philosophen hätten das verstanden: Was ist ein freier Geist, der seinen Anker verloren hat? Ein taumelnder Ballon, ein vom Wind aufgewirbeltes Stück Papier, ein im Sturm orientierungslos herumirrender Vogel. Ein Nichts.« Er setzte sich wieder.

Simone räusperte sich. Nein, komm jetzt bitte nicht mit deinem wunderbaren Pragmatismus, flehte Tori. Dem Jungen tut das Herz weh.

»Anders gesagt«, fuhr Pierre fort, »ich weiß nicht, ob es richtig ist, dass man gutes Land hergibt für ein paar Monate völlig unproduktiver Nutzung. Ein Land, das nicht mehr bewirtschaftet wird, ist totes Land. Wenn es einmal vorbei ist mit dem Tourismus, wird es uns schlimm ergehen: keiner weidet mehr seine Tiere, keiner baut mehr Getreide und Wein an, keiner bestellt mehr seinen Garten. Hat mein Vater gesagt. Und weißt du, was Mutter darauf geantwortet hat?«

»Natürlich nicht, Dummkopf«, sagte Simone liebevoll.

»›Ach Charles, du Romantiker!‹« Pierre imitierte eine Frauenstimme. »›Die Leute kaufen ihr Gemüse doch heute schon lieber im Supermarkt.‹«

Simone lachte aus voller Kehle.

»Du lachst. Ich auch. Aber mal im Ernst: Mein Vater

mag ja ein Romantiker sein, aber in einem hat er recht. Man soll niemals alle Eier in einen einzigen Korb legen, hat schon meine Großmutter gesagt. Man muss seine Risiken verteilen.«

Tori stand auf. Es hatte keinen Sinn, sie konnte sich nicht konzentrieren, am besten setzte sie sich zu den beiden. »Darf ich?«

Pierre blickte auf. »Waren wir zu laut?«

»Nein, zu interessant! Du beschreibst ein Dilemma, das uns alle beschäftigt.«

Simone nickte. »Mit dem zweiten goldenen Baum nach dem Seidenboom, mit dem Tourismus, kann es uns natürlich ebenso gehen wie mit den Seidenraupen. Als es damit vorbei war, gab es für die Menschen nichts mehr zu essen. Sie hatten alles auf eine Karte gesetzt.«

»Eben. Und deshalb –« Pierre stockte. »Ich meine: Mathilde würde sich wahrscheinlich selbst vor einem flauschigen Lämmchen ekeln, statt es zu streicheln, und vor einer gehörnten Ziege hätte sie wahrscheinlich Angst. Die kann ich vergessen. Die meisten anderen Frauen wahrscheinlich auch. Die langweilen sich lieber im Büro, statt sich in der Landwirtschaft die lackierten Fingerchen schmutzig zu machen.«

»Aber du willst dir die Finger schmutzig machen? Pierre! Meinst du das ernst?«

»Will ich mein Erbe antreten? Ja.«

»Um Himmels willen! Mach dich nicht unglücklich!« Monique war aufgesprungen. »Du bist so ein kluger Kopf. So feinsinnig. Das passt nicht zu einem Bauern.«

»Wer dumm ist, liebe Monique, hat heute auch in der Landwirtschaft keine Chance mehr«, sagte Simone mit leichtem Tadel.

»Mag ja sein«, Monique verzog das Gesicht, »aber ich halte das für Talentverschwendung. Egal. Ich mach jetzt Mittagspause. Bis ich zurück bin, habt ihr Pierre seine Flausen hoffentlich ausgeredet.«

Pierre warf ihr eine Kusshand zu und sah ihr hinterher. »Meine Mutter sieht das wie Monique. Als ich ihr gesagt habe, dass ich das Studium schmeiße –«

»Also ist das bereits beschlossene Sache?«

Er nickte. »Es war nicht sehr angenehm. Mutter hat die Welt nicht mehr verstanden. Nach allem, was sie für mich getan hat. Auf meinen Vater eingeredet, wochenlang. Mich immer verteidigt, wenn er das Studium brotlose Kunst genannt hat. Sie hat geheult. Ich hab geheult.«

Pierre sah aus, als ob er gleich wieder in Tränen ausbrechen würde. »Ich hatte ein furchtbar schlechtes Gewissen«, sagte er leise. »Aber dann habe ich gestern mit meinem Vater geredet. Ich glaube, wir haben das erste Mal seit Menschengedenken mehr als ein paar Sätze miteinander gewechselt.« Er lächelte wieder. »Mutter lag mit Migräne im Bett, klar, daran war ich schuld. Jedenfalls hockte der Alte allein mit mir am Küchentisch und tat plötzlich so, als ob er gute Manieren hätte. Sogar den Salzstreuer hat er mir gereicht! Mir blieb die Spucke weg. Seit Jahren hält es ihn nur so lange wie eben nötig am Tisch, er schlingt das Essen herunter, grunzt ein paar Worte, steht auf und geht. Und plötzlich redet er mit mir. Nicht nur das: Er versucht doch tatsächlich, mich zu überreden, meiner Mutter wegen weiterzustudieren.«

»Ich finde, dein Vater verdient Respekt«, sagte Simone resolut.

»Er scheint deine Mutter zu lieben«, meinte Tori.

Pierre seufzte. »Ganz ehrlich: Ich habe ihn noch nie so

erlebt. Aber als ich ihm erzählt habe, was ich mir so ausdenke, war er – ich weiß nicht. Gerührt? Er hatte so einen verdächtigen Schimmer in den Augen.«

Simone nahm ihren Füller und klopfte damit auf den Tisch. »Also hast du dich entschieden? Dann brauchst du meinen Rat nicht mehr.«

»Ja. Nein. Ich weiß nicht.« Pierre wirkte plötzlich wieder unsicher.

»Wie sieht dein Plan aus?«, fragte Tori leise.

Er schaute sie dankbar an. »Ich habe das mal durchgerechnet, so weit es ging. Wir bekommen EU-Gelder für die Schafe. Wir sollten zusätzlich über Ziegen nachdenken – wisst ihr, wie viele Rove es noch gibt? Das sind die schönsten Ziegen überhaupt, mit hohen eingedrehten Hörnern, es gibt sie in allen Farben. Sie sind durch die Phönizier zu uns gekommen. Als eines ihrer Schiffe nahe der Mittelmeerküste sank, sollen die Ziegen, die es an Bord hatte, ans Ufer geschwommen sein.«

»Legende«, brummte Simone.

Ach, Simone. Hat keinen Sinn für Romantik, muss immer alles auf den Boden der Tatsachen bringen, dachte Tori, statt sich von Pierres Begeisterung anstecken zu lassen.

»Roveziegen sind bestens angepasst an die Garrigue, sie haben ein enormes Orientierungsvermögen, könnten glatt Leittiere für unsere dusseligen Schafe sein. Viel Milch geben sie zwar nicht, aber ich kenne eine Käserei, die uns auch kleine Mengen liebend gern abnehmen würde. Und das Beste: auch Rove sind förderungswürdig. Mit diesen Ziegen könnten wir die Schafherde vergrößern, sie sind zum Hüten und Treiben ebenso geeignet wie unsere Hunde. Und dann sollten wir Paulette ein Angebot machen.«

»Ach. Also willst du ihr doch euer Land verkaufen?«

»Nein. Ganz im Gegenteil. Wir brauchen eher mehr Land. Zuerst wird Paulette natürlich enttäuscht sein, wenn sie von uns nichts bekommt. Wir machen ihr dafür ein anderes Angebot: Den Streichelzoo für die Kinder gibt es bei uns. Schafe, Ziegen, Esel, alles, was sich Kinderhände gefallen lässt. Der Alte hat sich natürlich gesträubt, das sei Tierquälerei. Dabei weiß er, wie verschmust unsere Böcke sind. Und dann kam er mit Mutter, die würde gar nicht begeistert sein von lautem Kindergeschrei. Das konnte ich leicht entkräften: Wir nehmen die Weide, die am weitesten vom Hof entfernt ist. Die liegt auch am nächsten zu Paulettes Campingplatz. Es ist ein Wunder, dass mein Vater mir bis dahin überhaupt zugehört hat.«

Tori zwinkerte ihm zu. »Wozu so ein Philosophiestudium doch gut sein kann.«

»Du hältst das hoffentlich nicht für Spinnerei?« Schon war Pierres Selbstbewusstsein wieder auf Tiefstand.

»Ganz und gar nicht!«

»Warum muss es entweder das eine oder das andere sein?«, brummte Simone. »Warum sollen nicht alle vom Tourismus profitieren? Was man nicht bekämpfen kann, sollte man sich zunutze machen.«

Pierre lächelte dankbar. »Wir müssen natürlich auch den Erwachsenen etwas anbieten. Vielleicht einen Hofladen? Etwas zu essen und zu trinken? Das ergibt zusätzliche Einkünfte und macht Paulettes Campingplatz noch attraktiver: Camping mit Anschluss an einen Bauernhof. Was denkt ihr?«

»Was denkt dein Vater?«

Pierre atmete tief ein. »Irgendwann hat er zwei Gläser und die Rotweinflasche geholt. Ich mag morgens eigentlich nichts trinken, aber dazu konnte ich ja wohl kaum Nein sagen. Also haben wir auf die Zukunft angestoßen.«

Die wird nicht einfach werden, dachte Tori. Ein Mann wie Charles Chalard änderte seinen Charakter nicht mehr, und schon gar nicht so plötzlich.

»Ich habe ihm natürlich nicht alles erzählt. Ich denke außerdem an ein Kulturprogramm, mit Musik und Lesungen auf der Ferme Chalard.«

»Du hast recht, Kleiner. Wir müssen den Tiger reiten, statt vor ihm davonzulaufen.« Simone lächelte Pierre mit mütterlichem Wohlwollen an. Tori ahnte, was sie dachte: Wenn das nur gut geht. Auf jeden Fall sollte man den Tiger vorher satteln.

Sie stand auf, sagte: »Ich wünsch dir von Herzen Glück, Pierre«, rief nach July und verließ die Bibliothek.

8

»Wo ist Jan, dein treuer Schatten? Wollte er nicht mitkommen?«

Nico hielt ihr die Beifahrertür seines Autos auf. Tori ließ zuerst July hineinspringen, stellte ihre Einkaufskörbe hinter den Sitz, setzte sich, schnallte sich an und wartete, bis er den Motor angelassen hatte.

»Jan packt. Er fährt morgen zurück nach Spanien. Ich gebe heute Abend ein Abschiedsessen, kommst du auch?«

»Klar. Er wird wohl kaum auf mich verzichten wollen, seit wir uns auch körperlich nahegekommen sind.«

»Ach, darum ging es bei eurer Prügelei?«

Nico grinste, legte krachend den Gang ein und fuhr

aus Belleville hinaus. Auf der Straße Richtung Alés gab er Gas. Dass er sie während der Fahrt immer wieder von der Seite ansah, machte sie entsetzlich nervös, es wäre ihr lieber, er achtete auf die Straße.

»Und? Wann kommt dein Jan wieder zurück?«

»Das weiß er noch nicht und er ist nicht mein Jan.«

»Schade. Er scheint ein netter Kerl zu sein.«

»Du hast versucht, ihm die Nase zu richten.«

»Du verstehst das nicht. Das war ein Männergespräch.«

Nico fuhr so schneidig in den Kreisel Richtung Les Vans, dass es Tori an die Beifahrertür presste.

»Und das war nur, weil – du weißt schon.«

Ich weiß, dachte Tori. Weil du mich liebst. Ich dich auch, alter Kumpel. Aber nicht so, wie man sich das gemeinhin vorstellt. Nach Carl kommt nichts mehr. Auch nicht Jan.

»Männer. Kommt ihr eigentlich nie auf die Idee, dass ihr euch auch irren könnt?«

»Natürlich nicht. Wir irren nie. Und wenn wir irren, dann irren wir im großen Stil.«

Und wenn es das Leben kostet, dachte Tori.

Als sie in Les Vans einfuhren, hupte er schlendernde Touristen von der Straße und drängte eine alte Frau mit Hackenporsche vom Zebrastreifen. Immerhin waren sie früh genug da, sodass man nahe am Markt noch einen Parkplatz fand.

Tori war viel zu lange nicht mehr hier gewesen, sie hatte keine Zeit gehabt für so unschuldige Vergnügen wie einen Gang über den Markt. Eine Wolke von Gerüchen und Geräuschen umspielte sie, ihre Augen badeten in den Farben von Obst und Gemüse, der bunten Töpferschüsseln in der Auslage eines Geschäfts und der Hippiegewänder auf den Ständern davor. Das alles und der Mann mit dem Akkordeon, der immer die gleichen französischen Volkslieder schmetterte, machten die schmalen Wege noch schmaler, vor allem aber die Masse an Menschen, die sich vor, hinter und neben ihr durch die Gasse drängten. Die wiederum schleppten einen Dunst hinter sich her, der ihr beinahe den Atem nahm: Schweiß und Parfüm, der Geruch nach ungewaschener Kleidung, kaltem Zigarettenrauch, Fusel und Knoblauch.

Als sie aus der engen Gasse heraus waren und auf dem Marktplatz neben dem Springbrunnen standen, atmete sie freier. Hier dominierte der Duft nach Lavendel, Käse, Seife und Wurst. Selbst July schien überwältigt von den Attacken auf ihre Sinne, sie hockte sich auf die Stufen zum Brunnen und schaute den Kindern zu, die sich mit Wasser bespritzten.

Nico kannte Toris empfindliche Nase und wartete, während sie durchatmete. Am Wagen der Domaine de Chazalis standen schon die Ersten, die sich unter dem Vorwand, den Wein zu probieren, die Gläser vollgießen ließen. Davor ein alter Herr mit Baskenmütze, der die eher schmale Ausbeute seines Gartens auf ein paar Brettern über zwei Böcken arrangiert hatte. Der Mann war zum Vergnügen hier, nicht um Geld zu verdienen, und auch seine Kunden schienen eher an Tratsch und Klatsch als am Kauf von müdem Gemüse interessiert zu sein. Im Café, dem Brunnen gegenüber, war bereits jetzt kein Platz mehr frei, wer nichts zu erledigen hatte oder mit seinen Einkäufen fertig war, saß in der Sonne und schaute zu, wie sich andere im Wege standen.

Über die Menschengerüche legte sich jetzt der Duft überreifer Pfirsiche und Nektarinen, verbunden mit einem Hauch von Meer, der vom Fischstand herüberwehte. Tori atmete wieder freier.

Sie ging voraus, Nico, mit dem größeren der beiden Körbe, hinterher, eine geschlechtsspezifische Arbeitsteilung, wie sie sich gehörte beim Einkaufen, nicht nur in Südfrankreich. Sie steuerte den Fischstand an. Neben durchscheinenden Garnelen und bleichen Kalmaren lagen weiße Jakobsmuscheln.

»Als Vorspeise Noix de Saint Jacques? Was meinst du?«

»Was immer du sagst. Aber nur, wenn es danach noch was Ordentliches zu essen gibt, du hast nämlich schon wieder abgenommen.«

Sie boxte ihn sanft in die Seite, aber er hatte recht. Die Hose saß gefährlich locker. Die letzten Tage waren entschieden zu aufregend gewesen, seit der Pizza vorgestern hatte sie nur Brot, Käse und ein paar Tomaten zu sich genommen.

Tori bestellte und zahlte und reichte Nico das Päckchen mit den Jakobsmuscheln. July hob witternd die Nase und wandte sich dann wohlerzogen anderen Geruchsquellen zu. Am Wagen mit den Kaninchen, Enten und Hühnern erstand Tori ein Perlhuhn und bei der Frau mit dem besten Gartengemüse des ganzen Marktes Tomaten, Paprika und Auberginen.

»Käse?«, fragte Nico.

Sie waren bei einem Käsestand angelangt, wo es unzählig viele Käsesorten gab, von hartem, gut gealtertem Comté bis zu frischem Picodon. Sie wählte eine Pavé d'Affinois, einen Bleu du Vercors und Ziegenfrischkäse für den Nachtisch.

»Und jetzt?« fragte Nico.

»Was fragst du noch?«

Sie gingen hoch zur Place Léopold Ollier, normalerweise Parkplatz, an Markttagen Ort für alle, die etwas anderes verkauften als Lebensmittel: Pflanzen, Messer, bedruckte T-Shirts, Seifen, Tücher, Gürtel und eine überwältigende Anzahl von Kleidung aller Art. Dem Platz gegenüber lag das Dardaillon, eine sehr französische Kneipe mit einer Terrasse, von der aus man den besten Blick auf Stadt und Markt hatte.

Nicht immer bekam man einen Tisch ganz vorne, Toris bevorzugter Sitzplatz. Die Kneipe war beliebt, nicht nur bei den Touristen, auch die Alt- und Junghippies trafen sich hier, mitsamt ihren Hunden, denen sich July mit angemessener Zurückhaltung näherte.

»Schau mal, wer da sitzt«, murmelte Tori und deutete auf einen Tisch hinten in der Ecke, im Schatten. »Es sieht ganz so aus, als ob er uns zwei Plätze freigehalten hätte.«

Serge Masson blickte auf, sah sie und winkte.

»Ah, du hast auf uns gewartet.« Nico verstaute den Einkaufskorb unter dem Tisch und ließ sich mit einem erleichterten Seufzer in einen Stuhl fallen.

»Stets zu Diensten«, antwortet Masson mit schiefem Grinsen.

Tori sah mit Erstaunen, dass July sich mit einem der Hunde anzufreunden schien, sie stand entspannt neben einer ansehnlichen Mischung bester Rassen, ließ sich beschnuppern und wirkte dabei fast wie ein flirtendes Mädchen. Der Schreck fuhr Tori in die Glieder: Was, wenn July läufig wurde? Was tat man in einem solchen Fall?

»Kommst du?«

Sie riss sich von dem Anblick los und setzte sich ebenfalls.

»Gibt's was Neues, Serge?«, fragte Nico.

»Um genau zu sein: Nein.« Der Commandant de Police sah noch immer ein wenig mitgenommen aus, aber nicht mehr ganz so elend wie kurz nach dem Unfall.

»Das könnte man auch für eine gute Nachricht halten.«

»Einerseits ja, andererseits nein. Eure Freundin Louise redet nicht mit mir.«

»Vielleicht hat sie dir ja nichts mehr zu sagen, seit es aus und vorbei mit euch ist?«

»Sei nicht albern, mon ami.«

»Was genau ist ihr eigentlich vorzuwerfen?«, fragte Tori.

Masson wiegte den Kopf. »Sie war in einen Unfall mit Todesfolge verwickelt. Da wüsste man schon gern Genaueres über den Unfallhergang.«

Die Bedienung brachte ihm einen Pastis, Tori und Nico bestellten das Gleiche und sahen zu, wie er sich mit seinen langen Fingern eine Zigarette drehte. »Ihr erlaubt?« Er rauchte in tiefen hastigen Zügen. »Sie konnten doch gut mit Louise, Madame, oder?«, fragte er endlich.

Nico breitete die Hände aus. »Sie hat einen Narren an der bezopften Australierin gefressen. Ich habe das nie verstanden.«

»Du bist nicht gefragt, Alter«, sagte Masson und blickte Tori an.

»Ich habe mich für sie interessiert, das stimmt. Sie wirkte auf mich ein wenig wie ein verletztes Tier, das alle beißt, auch diejenigen, die ihm helfen wollen. Und wenn ich mir vorstelle, dass sie ihren Schweizer Freund die ganze Zeit bei sich versteckt hat, dann wird mir manches klar.«

Franco Jeger und ein toter Hund. Nein, zwei tote Hunde.

»Wieso musste der Kerl sich überhaupt verstecken? Weil er die halbe Hochebene abgefackelt hat?«, fragte Nico.

»Gute Frage«, meinte Masson. Eine Antwort schien auch er nicht zu haben.

Tori dachte an die Abwehrverletzung an Louises Hand. Ein sauberer Schnitt, wie von einem Messer. Dachte an Chintz, an den Hund mit der durchgeschnittenen Kehle. »Franco könnte Louise unter Druck gesetzt haben. Vielleicht hat er sie bedroht.«

»Vielleicht war sie abhängig von ihm? Es gibt die seltsamsten Arten von Liebe.«

Masson räusperte sich. »Ist es denkbar, dass die beiden gemeinsam in den Tod gehen wollten? Wussten sie von den toten Kindern?«

Das könnte es sein. »Ich habe es Louise hinterhergerufen, nachdem sie mich eingesperrt hat.«

Nico hob die Hand und zählte ab. »Erstens: Franco hat seinen Campingwagen abgefackelt. Zweitens: Er hat die Colline angezündet. Als er – drittens – erfahren hat, dass zwei Kinder dabei umgekommen sind, hat er viertens –« Er fuhr sich mit der Handkante über die Kehle.

Er blickte Tori an. Tori sah hinaus auf den Marktplatz. Die Bedienung brachte ihren Pastis.

»Haben Ihre Leute eigentlich das Gewehr gefunden, mit dem sie mich in Schach gehalten hat, Serge?«, fragte Tori nach einer Weile.

»Weder im Auto noch im Haus. Sie müssen sich geirrt haben.«

Nein, dachte Tori. Ich habe mich nicht geirrt. »Ich werde Louise besuchen, sobald die Ärzte es erlauben«, sagte sie endlich.

»Danke.« Masson hob das Glas.

»Aber nicht als verlängerter Arm der Polizei. Ist das klar zwischen uns?«

Er lächelte und prostete ihr zu.

9

»Weiter nach rechts! Vorsicht! Die Tür!«

Tori hatte gelernt, dass es selten gut geht, wenn ein Mann »kein Problem!« sagt. Es war nicht ihre, sondern Nicos Idee gewesen, zur Feier des Abends den großen Tisch aus dem Esszimmer auf die Terrasse zu stellen. Als ob der Tisch auf der Veranda nicht genügt hätte. Aber Nico fand es plötzlich schöner, umgeben von den vielen Töpfen mit Oleander, Agapanthus, Lavendel und Lilien zu speisen. »Und Rosen in der zweiten Blüte!« Es war allerdings mitnichten »kein Problem«, den massiven Holztisch durch die Terrassentür zu bugsieren. Tori mochte gar nicht daran denken, dass man ihn ja auch irgendwann wieder reinschleppen musste, jedenfalls vor dem nächsten Regen.

Endlich stand er so, dass Nico zufrieden war. Auch July schien das neue Arrangement zu gefallen, sie sprang auf einen der Stühle, rollte sich zusammen und sah zu, wie Tori Teller und Besteck und Gläser hinausbrachte, Servietten und Kerzen, mit denen Nico die Tafel dekorierte.

In der Küche brummte die Eismaschine. Im Kühlschrank standen einige Flaschen Rosé von der Domaine de Chazalis und Chardonnay von der Coopérative in Lablachère. Der Käse lag unter einem Geschirrtuch auf dem Käsebrett, daneben Baguette, frisch vom Bäcker.

Im Sieb über dem Küchenbecken tropften Auberginen ab, in Stücke geschnitten und gesalzen. Paprika, Tomaten und Staudensellerie waren bereits geschält und zerkleinert, die Zwiebeln schmorten mit dem Knoblauch in der Pfanne. Tori gab das Gemüse dazu, mischte Tomatenmark und Kapern sowie eine Handvoll Sultaninen unter und rührte Rotweinessig und Zucker hinein. Eigentlich sollte eine Caponata schon am Vortag gekocht und kalt serviert werden, aber lauwarm schmeckte sie auch.

Auf dem Herd stand der Bräter mit dem Perlhuhn bereit. Sie hatte Rosmarinzweige unter die Haut gesteckt und das Tier in Speckstreifen gewickelt. Die Noix de Saint Jacques lagen in einer Marinade aus Schalotten, Knoblauch und Limettensaft. Der Salat war bereits gewaschen und trockengeschleudert.

»Wie wär's mit einem Aperitif?«

Nico stand in der Tür, zwei Gläser in der Hand, in denen zartblaue Lavendelblüten lagen. Er ließ Eiswürfel in die Gläser fallen, holte die Flasche Noilly Prat aus dem Kühlschrank, gab je zwei Fingerbreit in die Gläser und goss mit Weißwein auf. Sie setzten sich mit ihren Drinks auf die Terrasse, die bereits im Schatten lag, und ließen sich von July mit entspanntem Schwanzwedeln begrüßen.

»Die Ruhe vor dem Sturm«, murmelte Nico.

»So schlimm wird's schon nicht werden. Oder fürchtest du dich vor Simone?«

»Eher vor Eva.«

Wie es das Schicksal wollte, traf Eva als Erste ein und Nico war gezwungen, sie zu unterhalten, während Tori in die Küche gehen durfte.

Wenig später kam Pierre und brachte Mystère, Rosen

und Simone mit, die sich mit strahlendem Lächeln auf ihn stützte. Serge Masson streckte Tori einen kunstvollen Strauß aus straffem Agapanthus und elegant gebogenen Zweigen von Bougainvillea entgegen. Der Mann hat Geschmack, dachte sie, als sie den Strauß an Nico weiterreichte, der ihn in einer Vase auf den Tisch stellte. Es war ein schönes Bild, wie sie alle auf der Terrasse saßen, Wein tranken und aufeinander einredeten. Nur einer fehlte, was sicher niemandem auffiel außer ihr.

Ob er gekränkt war? Was, wenn er nicht käme?

Erleichtert war sie erst, als July an ihr vorbeilief, die Treppe hinunter zum Tor, das sich in just diesem Augenblick öffnete.

»Jan! Ich dachte schon, du kommst nicht mehr.«

Er nahm sie sanft in die Arme, küsste sie rechts und links auf die Wangen und drückte ihr etwas in die Hand. »Bitte erst später öffnen«, flüsterte er ihr ins Ohr.

Das Perlhuhn schmorte jetzt im Ofen, die Vorspeise war gegessen und Nico hob immer wieder das Glas und ließ auf glückliche Ereignisse und gute Freunde trinken: Auf Toris Errettung aus dem Kerker. Auf Jan und darauf, dass er bald wiederkommen möge. Auf Pierre und seine großen Pläne. Auf Simone, »unser Gedächtnis«. Auf Eva, mit der er sich bestens zu vertragen schien. Und auf Serge Masson.

»Ich weiß, dass du es verdammt schwer hattest in den letzten Wochen«, sagte Nico – zu Toris Erstaunen ganz ohne Spott und mit ungewohnter Wärme. »Ich wünsche dir und uns, dass so etwas nie wieder geschieht. Dass wir miteinander leben können ohne Misstrauen und Verdächtigungen. Dass Belleville bleibt, was sein Name verspricht.«

Masson war sichtlich gerührt. Was er antwortete, bekam sie nicht mit, weil sie wieder in die Küche musste.

Später, beim Käse, saß Simone neben Masson und Eva neben Jan. Pierre entwarf vor Nico mit großer Geste sein Projekt, der Junge war sich mittlerweile seiner Sache sicher, es war kein Zweifel mehr zu spüren. Die Hunde lagen einträchtig vor dem Topf mit dem Oleander und nagten an den dicken Rinderknochen, die der Metzger spendiert hatte. Die Flammen auf den Kerzen tanzten und spiegelten sich in den Gläsern, Wachs tropfte auf die Tischdecke, auf den Tellern lagen nur noch Käserinden und Brotreste. Pierre hatte in seiner Begeisterung ein Glas Rotwein über sich und den Tisch gekippt. Simone tat zwar so, als ob sie an ihrem Wein nur nippte, aber Nico hatte ihr den ganzen Abend über nachschenken müssen. Vielleicht täuschte der Kerzenschein, aber es sah ganz danach aus, als ob die alte Dame die Hand von Serge Masson tätschelte. Jan kam neben Eva nicht sehr oft zu Wort, aber wem gelang das schon?

So musste ein Abend in Südfrankreich sein: gute Freunde, gutes Essen, guter Wein. Das war nicht der richtige Zeitpunkt, um Simone nach dem Gewehr und dem Schuss auf Jan zu fragen.

Möglichst unauffällig begann Tori, die Teller vom Tisch zu räumen. Als sie mit einer Flasche Vieille Prune und Schnapsgläsern zurückkam, stand Pierre bei den Hunden.

»Ich glaube, July ist läufig«, sagte er. »Mystère kann die Nase nicht von ihr lassen.«

»Um Himmels willen. Er ist viel zu groß für sie.«

Pierre lachte. »Keine Sorge. Noch ist es nicht gefährlich. Sie dreht die Rute nicht zur Seite, du hast also noch ein wenig Zeit.«

»Zeit wofür?«

»Na ja. Um einen geeigneten Rüden zu finden, vielleicht?«

»Meinst du?« Tori stellte Flasche und Gläser auf den Tisch und horchte in sich hinein. Wollte sie, dass July Nachwuchs bekam? War das gut für den Hund? Und wo fände sie einen geeigneten Erzeuger?

»Bist du dir sicher?« Vielleicht irrte Pierre sich ja.

»Ist sie in der letzten Zeit besonders verschmust? Oder unruhig? Hat sie Ausfluss?«

»Ich habe ein paar winzige Blutflecken auf ihrer Decke gesehen, ich habe das nicht weiter ernst genommen.« Sie hatte an kleinere Verletzungen durch die Splitter im Fenster von Louises Haus gedacht.

»Achte mal drauf, Ausfluss ist ein ziemlich sicheres Zeichen.« Pierre bückte sich und strich July übers Fell. »Wäre doch schön, wenn sie Welpen hätte, oder?«

Vielleicht. Vielleicht auch nicht. Das kam alles viel zu plötzlich. »Und wo soll ich den passenden Rüden finden?«

»Ich wüsste einen.« Serge Masson stand neben ihnen. »Pierrot. Ein Pitbull, der einem jungen Kerl gehört hat, der glaubte, einen Kampfhund haben zu müssen. Als der Junge in den Knast musste, hat ein Kollege die arme Töle aufgenommen. Pierrot ist gutmütig und ansehnlich. Wenn Sie wollen, Madame, bringe ich Sie mit Herr und Hund zusammen.«

Tori schüttelte verwirrt den Kopf. Alle schienen zu glauben, für sie entscheiden zu dürfen.

»Pierrot ist ein schönes Exemplar, mit silbergrauem Fell und weißer Brust. Vor allem hat er einen guten Charakter.«

»Welpen? Von July? Setz mich bitte ganz oben auf die Liste der Interessenten«, rief Nico.

Tori wunderte sich über Nicos plötzliche Begeisterung, das kannte sie noch nicht von ihm. »Ich habe mich doch noch gar nicht entschieden! Und July hat vielleicht auch eine Meinung dazu!«

Simone lachte. »Keine Sorge, bei Tieren gibt es kein Zögern und Zaudern wie bei Menschen, kein ›soll ich oder soll ich nicht‹. Da entscheidet die Natur, was der Hund will.«

Wie um zu zeigen, dass sie zustimmte, legte sich July vor Mystère auf den Rücken und rollte lasziv hin und her.

»Ich glaube, du hast keine Wahl«, murmelte Jan an ihrem Ohr.

10

Die Natur entscheidet, in der Tat. Tori wurde nicht gefragt.

Serge Masson holte sie pünktlich um acht Uhr ab. Er kam mit einem alten aufpolierten R4, einem Auto, das in der Gegend um Belleville vor allem von alten Bauern gefahren wurde, und dessen Anblick Tori nostalgisch stimmte. Es war das Auto ihrer ersten Frankreichurlaube gewesen, vor viel zu langer Zeit, sie hatte es stets dem nostalgisch verklärten 2CV vorgezogen, denn im R4 konnte man übernachten, was in einer Ente nur unter Verrenkungen möglich war.

July sprang ohne zu zögern hinein, das Auto roch nach Schaf und verschlammten Gummistiefeln, was nicht nur dem Hund gefiel. Auch Tori behagte der Geruch, ein bodenständiger Duft nach Erde und nasser Wolle.

Masson nahm die Schnellstraße Richtung Aubenas und fuhr kurz davor ab zum Campingplatz La Chareyrasse. Sein Kollege wartete bereits am Gatter vor einem »Agility Parcours«; kein Spielplatz für Hunde, die Geräte und Hindernisse zeigten, dass hier richtig gearbeitet wurde. Neben ihm saß, buddhagleich, Pierrot: das Fell edles Grau, auf der Nase ein weißer Streifen. July lief schamlos auf ihn zu.

Massons Kollege hieß Ennis, dunkler, kleiner und muskulöser als Serge, man sah ihm an, dass er sich gern bei anstrengenden Aktivitäten im Freien aufhielt. Menschen waren ihm offenbar weniger wichtig als Tiere, er begrüßte Masson mit Handschlag und Tori mit einem freundlichen Nicken und beugte sich hinab zu July. Sie ließ es sich gefallen, abgetastet zu werden, legte sogar die Rute zur Seite, damit er sich auch die intimsten Körperteile ansehen konnte. Tori fiel auf, dass die Genitalien der Hündin geschwollen waren.

Pierrot war mittlerweile mehr als interessiert, er beschnupperte July von vorn bis hinten. Ennis richtete sich auf. »Gefällt er Ihnen, Madame?«

Tori wusste noch immer nicht, ob sie sich July als hingebungsvolle Hundemutter vorstellen wollte.

»Pierrot ist ein sehr begabter Fährtenleser, das passt zu Ihrem Tier. Serge hat mir erzählt, dass July Sie zweimal aufgespürt und aus einer Notlage gerettet hat. Ich staune immer wieder, was diese Viecher so fertigbringen.« Sein Lächeln war entwaffnend.

»Du weißt doch, dass sie bei Luc gelernt hat, oder?«, fragte Masson. »Als er noch Polizist war, hat er Spürhunde ausgebildet, und als er sich für die Krankenpflege entschied, hat er seine Tiere zu Therapeuten erzogen. Großartig.«

»Klar. Luc war der Beste. Sein Unfall – das war für uns alle ein Schock. Weiß man, wie es ihm geht?«

»Soweit ich weiß, braucht er den Rollstuhl nicht mehr. Ich könnte mir vorstellen, dass er auch an einem Welpen interessiert wäre.«

Wir hätten ihn längst besuchen sollen, July und ich, dachte Tori mit einem Anflug schlechten Gewissens.

»Jetzt schaut euch das mal an«, sagte Ennis plötzlich und lachte.

July hatte sich entschieden. Sie lief mit aufgestellten Ohren und wehender Rute auf den Platz, gefolgt von Pierrot, ließ sich von ihm umkreisen und beschnuppern, schmiss sich an ihn ran, biss ihn weg, lockte ihn, wies ihn ab. Sie spielte das Spiel.

»Ihre July ist bald so weit, aber auch Hunde brauchen Zeit«, sagte Ennis mit weicher Stimme.

»Vielleicht lassen wir die beiden für eine Weile allein«, murmelte Masson. »Es gäbe da noch etwas anderes, was man in der Zwischenzeit erledigen könnte.«

Tori sah ihn schräg von der Seite an. Sie wusste, was er meinte.

»Wenn die Ärzte nichts dagegen haben.«

»Nicht mehr.«

»Natürlich, Madame Robertson kann besucht werden. Es geht ihr soweit gut, Sie sollten sie allerdings nicht zu sehr beanspruchen.« Die Stationsärztin lächelte kühl. Ohne July war der Empfang im Krankenhaus bei Weitem nicht so herzlich wie sonst, aber vielleicht lag das auch an der

Anwesenheit eines Commandant de Police. Ärzte pflegten ihre Patienten vor der Neugier der Ermittlungsbehörden zu schützen.

Louise saß in ihrem Zimmer am Fenster und blickte hinaus auf den Parkplatz, was nicht sehr spannend sein konnte. Die dicke Manschette um ihren Hals hinderte sie daran, sich nach ihrem Besuch umzudrehen. »Ja, bitte?«, sagte sie mit müder Stimme.

Masson ging vor, bis er in ihrem Gesichtskreis war. »Wir würden gerne mit Ihnen reden, Madame Robinson. Über den Unfall, bei dem Franco Jeger gestorben ist. Mein Beileid, übrigens.«

»Hallo, Louise«, sagte Tori. »Ich hoffe, es geht dir besser.«

»Du auch hier? Womit habe ich das verdient?«, murmelte Louise und erhob sich. Sie trug keinen Zopf, hatte ihr Haar lediglich im Nacken zusammengefasst. Ihr Mund war schmal geworden, die Haut unter den Augen dunkel.

Masson deutete auf den Tisch mit den Besucherstühlen. »Dürfen wir uns setzen?«

Sie zuckte mit den Schultern. »Glauben Sie wirklich, es hilft, dass Sie Tori mitgebracht haben?«

Louise war feindselig, noch immer. Während Masson sich setzte, blieb Tori stehen.

»Sie haben nichts zu befürchten, Madame Robertson.« Masson versuchte es auf väterliche Art. »Ich möchte nur wissen, wie es zu dem Unfall kam. Alles andere spielt erst mal keine Rolle.«

»Und warum ist sie dann da?« Louise deutete mit dem Kopf auf Tori.

War da jetzt doch eine Spur schlechten Gewissens in ihrem Gesicht?

Masson ließ sich nicht beirren. »Was genau ist geschehen, als der Wagen auf der Brücke angelangt war?«

»Ich weiß es nicht. Es ging alles viel zu schnell.« Louise spielte mit einer Haarsträhne.

»Gut. Dann erzählen Sie doch bitte von Anfang an. Sie befanden sich also beide im Auto von Madame Godon, das sie bei Ihrem Haus geparkt hatte.«

Louise blickte zu Boden. »Der Schlüssel steckte.«

Ja, sicher. Und seine Besitzerin steckte im Abstellraum.

»Franco Jeger saß am Steuer, ist das richtig?«

»Das wissen Sie doch!«

»Er ist mit überhöhter Geschwindigkeit gefahren.«

»Das sagen Sie.«

Masson ließ sich keine Gemütsregung anmerken. Was für eine Geduld, dachte Tori. »Wieso ist der Wagen auf der Brücke von der Straße abgekommen?«

Louise hob ihre Hände und ließ sie wieder fallen.

»Das Auto wäre in den Fluss gestürzt, wenn es nicht im Geländer hängengeblieben wäre. War das vielleicht beabsichtigt?«

»Woher soll ich das wissen?«

»War Monsieur Jeger erregt? In Panik? Fuhr er deshalb zu schnell?«

»Vielleicht, weil Ihre Männer hinter ihm her waren?«

»Hatte er denn von unseren Männern etwas zu befürchten?« Massons Stimme war immer sanfter geworden.

Louise senkte den Kopf und schwieg. »Er war verrückt«, sagte sie nach einer Weile, kaum vernehmbar. »Er wollte uns umbringen.«

»Warum?«

»Warum! Warum! Warum hat er unsere Hunde getötet? Warum sind die Kinder verbrannt?«

Es stimmte also. Sie hatte sich von Franco bedroht gefühlt, und das offenbar zu Recht. Das erklärte »den sonderbaren Vorfall mit dem Hund«: Francos Hund Schümli und Louises Hund Chintz starben lautlos und ohne Gegenwehr, weil sie ihren Mörder kannten. Aber die Kinder? Woher hätte Franco wissen sollen, dass sie in der Hütte waren? Nicht er, der alte Magot hatte sie eingesperrt.

»Sie wollen damit sagen, dass Franco Jeger das Feuer auf der Colline gelegt hat?«

»Wer weiß? Franco hatte schon immer die absurdesten Ideen.«

»Wissen Sie denn, dass er das Feuer gelegt hat, oder vermuten Sie das nur? Haben Sie ihn dabei beobachtet?«

»Sie glauben mir nicht?« Louise stand auf. »Wollen Sie vielleicht mich beschuldigen?« Ihre Stimme war schrill geworden.

»Nein. Aber warum lügen Sie?«

Louises Gesicht war starr vor Anspannung, doch Tori konnte nicht darin lesen. Drückte es Zorn aus? Trotz? Hatte Massons Behauptung einen wunden Punkt getroffen? Fühlte sie sich ertappt?

Masson erhob sich, verbeugte sich in Richtung Louise und ging. Tori folgte ihm, was blieb ihr anderes übrig. Er war ja ihr Chauffeur.

Ennis stand noch immer am Gatter des Agility Parcours und rauchte. July und Pierrot lagen einträchtig nebeneinander, beide hatten sich offenbar müde gespielt.

»Was heute nicht war, könnte morgen passieren«, sagte Ennis breit lächelnd. »Ich habe zugesehen und die Zeit genutzt, um mit Luc zu telefonieren. Er braucht den Rollstuhl nicht mehr und wäre sehr an einem Welpen interessiert.«

»Das sind mal gute Nachrichten«, sagte Tori leise und beugte sich hinunter zu den beiden Tieren.

»Dann müssen wir also wiederkommen. Morgen früh um dieselbe Zeit?«, fragte Masson. Ennis nickte und lächelte und schwang sich auf sein Mountainbike. Pierrot folgte ihm. July blickte ihnen nach, sprang aber folgsam auf, als Tori sie rief.

Der Besuch bei Louise war deprimierend gewesen. »Ahnen Sie oder wissen Sie, dass sie lügt?«, fragte sie, als sie wieder in Massons R4 saßen und auf die Straße einbogen.

Er saß steif hinter dem Lenkrad und antwortete nicht.

11

Tori war müde. Nicht, weil es ihr an Schlaf mangelte. Jan war fort und das schmerzte mehr, als sie vermutet hätte. Vor allem aber machte die Ansammlung menschlicher Tragödien sie müde. Louises Freund Franco war tot, neben ihr auf entsetzliche Weise gestorben, aber sie wirkte nicht, als ob sie um ihn trauerte, im Gegenteil. Sie verhielt sich genauso wie all die anderen Menschen, denen die Wahrheit nicht wichtig war, solange sich mit dem Finger auf jemanden zeigen ließ, dem man alles Unheil der Welt auf den Rücken packen konnte, um ihn dann zum Dorf hinauszujagen. Doch nicht einmal das war nötig, wenn der Sündenbock bereits tot war.

Mit Franco hatte man den Täter. Alles war gut. Nico glaubte das ebenfalls. Nur Masson schien zu zweifeln. So wie ich, dachte Tori.

Sie ließ July schlafen, die sich gleich nach ihrer Ankunft auf ihren Platz auf der Veranda gelegt hatte, nahm den Einkaufskorb und machte sich auf den Weg zu Bäcker und Metzger. Estevenon saß wie immer in seiner Ecke auf dem Hocker und las, sprang aber sofort auf, als die Ladenglocke ertönte.

»Madame! Was kann ich für Sie tun?«

Tori kaufte ein großes Stück von der Morchelpastete und sechs extra feine Scheiben Schinken für sich und nahm die Tüte mit den Fleischresten für den Hund dankend entgegen.

»Es ist eine schreckliche Tragödie, oder?« Estevenon schien ihre Stimmung zu spüren. »So viel Unheil. Zu viel für unser Dorf. Für unsere Gegend. Es treibt uns auseinander.«

Aber nein, dachte Tori. Es sind doch nur die Zugereisten, die stören. Auf die Eingeborenen fällt kein Makel. Dafür ist gesorgt. Doch als sie sein trauriges Lächeln sah, schämte sie sich für diese Gedanken. Er litt genauso wie sie.

July war zu müde zum Fressen, Tori zu müde für menschliche Gesellschaft. Sie setzte sich mit Brot und Aufschnitt und einem Glas Wein auf die Veranda, schaute in den Himmel, wartete auf die Dämmerung und die Fledermäuse und sehnte sich nach dem abendlichen Frieden, der sich nicht einstellen wollte.

Louise stellte sich als das Opfer dar, Franco als den Täter. Was für ein frommer Selbstbetrug. Völlig unglaubhaft. Niemand hatte sie gezwungen, Tori mit einem Gewehr zu bedrohen und als mögliche Zeugin einzusperren. Und dann der Unfall. Hatte Louise ruhig danebengesessen, als Franco das Auto in den Fluss steuern wollte? Warum hatte sie nicht ins Lenkrad gegriffen?

Es gab zu viele Fragen, auf die sie keine Antwort wusste.

Sie beneidete Pierre. Sie würde gern wie er mit Schafen und Ziegen unter dem Sternenhimmel liegen und das Denken abstellen. Fühlen können, ohne denken zu müssen. Doch was, wenn die Gefühle so dunkel und so schillernd waren wie die Gedanken?

Sie ging früh ins Bett und wurde von der aufgehenden Sonne geweckt.

Es schellte, bevor sie den ersten Kaffee getrunken hatte. So früh? Das wagte keiner, selbst Nico nicht. Ihr Pulsschlag beschleunigte. Es musste etwas passiert sein. Jan. Nico. Eva. Simone. Sie verschüttete fast den Kaffee beim Aufstehen, lief barfuß die Treppe hinunter, schob den Riegel zurück und riss das Tor auf.

Der kleine Kerl mit dem Arm in der Schlinge sah sie mit schreckgeweiteten Augen an. Dunkle Augen, dunkle Haare, vielleicht zehn, elf Jahre alt.

»Es tut mir so leid. Ich wollte das nicht. Aber Madame Joannot –«

»Was ist los? Was ist passiert? Was ist mit Simone?«

Die Augen des Jungen wurden womöglich noch größer. Und schon kamen die Tränen.

Um Himmels willen, dachte Tori. Nicht auch noch Simone.

July war hinter ihr die Treppe hinuntergelaufen und schmiegte sich jetzt an den Jungen, was ihn nur noch lauter schluchzen ließ. Tori nahm ihn beim Arm und zog ihn hinein.

»Komm mit nach oben und dann erzählst du mir alles der Reihe nach, ja?«

Der Junge folgte mit gesenktem Kopf auf die Veranda. Sie ließ ihn auf der Bank Platz nehmen und setzte sich ihm gegenüber.

»Simone hat versprochen, dass Sie mir nicht böse sind!«, flüsterte er, kaum hörbar.

Tori atmete auf. Simone war nichts passiert. Es war ihre heftige Reaktion gewesen, die das Kind erschreckt hatte. »Warum soll ich dir denn böse sein? Und was ist mit deinem Arm passiert? Möchtest du einen Kakao?«

Der Kleine ließ die Antwort auf die ersten beiden Fragen offen und nickte nur. July blieb bei ihm, während Tori in die Küche ging, der Hund hatte erkannt, dass hier therapeutische Arbeit gefragt war. Kakaopulver war noch da, Milch nicht, aber Kaffeesahne. Sie schüttete sie in eine Kasserolle, erhitzte sie auf dem Herd und rührte das Pulver hinein. Als sie wieder auf die Veranda kam, saß July neben dem Jungen, der seinen gesunden Arm um sie gelegt hatte. Sie reichte ihm den Becher mit dem Kakao.

»Danke«, sagte er höflich.

»Wie heißt du überhaupt?«

»José.«

»Das ist kein französischer Name, oder?«

Der Kleine schüttelte den Kopf. »Portugiesisch.«

Portugiesisch. Das erinnerte sie an irgendetwas. Aber an was? »Und du wohnst hier in Belleville?« Sie hatte den Buben noch nie gesehen, aber das hieß nichts. Tagsüber waren die Kinder in der Schule.

José nickte.

»Und deine Eltern? Wissen die, dass du bei mir bist?«

Wieder schüttelte er den Kopf. »Mein Vater ist nicht da. Meine Mutter geht putzen.«

Das war es: Irgendjemand hatte etwas von einer portugiesischen Aushilfe erzählt, deren Junge etwas Dummes angestellt hatte. Sie sah ihm zu, wie er in den Becher pustete und einen Schluck von seinem Kakao nahm. »Warum meint Simone, dass ich dir nicht böse sein würde? Hätte ich denn Grund dazu?«

Der Kleine flüsterte irgend etwas.

»Das war zu leise, das habe ich nicht verstanden.«

Er sah noch immer nicht auf, aber er flüsterte etwas lauter. »Ich habe was ganz Schlimmes getan. Es hätte jemand dabei sterben können, hat Simone gesagt.«

July kuschelte sich noch enger an ihn und fuhr ihm mit der Zunge übers Kinn. Es dauerte, bis Tori dem Kleinen endlich die ganze Geschichte entlockt hatte. Seine Mutter hatte, wie viele alleinerziehende Mütter, nicht nur eine, sondern mehrere Arbeitsstellen. Oft gingen José und seine älteren Schwestern mit, um ihr beim Putzen zu helfen. So auch am frühen Abend vor gut einer Woche.

»Der Urgroßvater von Patrice und Michel hat ein Gewehr, das immer hinter der Garderobe steht, wo es niemand sieht, und ich dachte –« Er stockte. »Ich wusste nicht –«

Patrice und Michel. Die Urenkel des alten Olivier, von dem Simone erzählt hatte: Ein Freund aus lange vergangener Zeit, dessen Haus am Hang direkt gegenüber vom Maison Sarrasine stand. Ein alter Herr im Rollstuhl, der einen Wehrmachtskarabiner besaß. Und dieses Gewehr wurde offenbar an einer Stelle aufbewahrt, wo es jeder finden konnte, der wusste, wo man suchen muss. Oder der gründlich putzte.

Was für ein verdammter Leichtsinn. José hatte das Gewehr genommen, hatte sich nach draußen in den Garten geschlichen und Cowboy gespielt. Zu dumm, dass die Knarre geladen war. Der Rückstoß musste den Kleinen umgehauen haben. Daher die verletzte Schulter.

»Hast du das alles deiner Mutter gebeichtet?«

José nickte. »Sie hat furchtbar geschimpft. Wenn sie nun die Putzstelle verliert!«

»Verstehe.«

»Aber dann hat Simone gesagt, es ist jemand verletzt worden. Sie hat gesagt, ich muss zu Ihnen und Ihnen sagen, dass es mir leidtut. Auch wenn Mama das nicht wollte.«

Mama wollte nicht. Klar. In ihrer Lage machte man besser kein Aufhebens von so einem Streich, zumal niemand ums Leben gekommen war. Der Schock ging ja vorbei, oder? Und das bisschen Angst, das Tori um Jans Leben gehabt hatte – was zählte das schon angesichts der prekären Existenz einer Mutter von drei vaterlosen Kindern? Tori spürte, dass ihr Vorrat an Mitgefühl erschöpft war. Dabei wusste sie, wie ungerecht das war.

»Simone hat versprochen, dass Sie nicht böse sein würden.« Ein Augenaufschlag aus großen Rehaugen.

Tori seufzte. »Nein, ich bin dir nicht böse. Wenn du mir versprichst, dass du nie wieder mit so gefährlichen Dingen wie einem Gewehr spielst, José, hörst du?«

Der Kleine nickte und probierte ein Lächeln.

»Dann trink jetzt deinen Kakao. Und danach gehst du zu Simone und sagst ihr, dass ich morgen wieder zum Unterricht komme, ja?«

Die Erleichterung auf dem Gesicht des Kleinen entschädigte für manches. Und eine der vielen Fragen war jetzt geklärt: Louise hatte den Schuss nicht abgegeben, der Jan getroffen hatte.

July begleitete José zum Tor und kam hechelnd zurück. Sie war unruhig, legte sich hin, stand wieder auf, ließ sich wieder fallen und leckte sich zwischen den Beinen. Das waren, so viel hatte Tori gelernt, untrügliche Zeichen. Sie sah auf die Uhr. Masson musste bald da sein.

Im Schlafzimmer zog sie ein dünnes T-Shirt zur Jeans an, schlüpfte in die Sandalen, kämmte sich im Bad die Haare und lief wieder hinunter. July war läufig, Nico und Luc wollten Welpen, es gab kein Zurück mehr. Zeit für den nächsten Besuch bei Ennis und Pierrot.

12

Pierrot war mindestens so aufgeregt wie July. Die beiden zogen wie ein Blitz los, sobald July aus Massons Auto gesprungen war.

»Ich denke, jetzt nehmen die Dinge ihren Lauf«, sagte Ennis gemütlich. »In ein paar Stunden wissen wir mehr.«

»Solange kann ich nicht bleiben«, sagte Masson.

»Macht nichts, ich halte die Stellung.«

Masson blickte Tori an.

»Sie können mich am Krankenhaus absetzen«, sagte sie. »Ich rede noch einmal mit Louise. Nico kann mich später abholen.« Sie war ungern von anderen abhängig, schon deshalb brauchte sie dringend ein neues Auto. Schade um den Ranger, er war das passende Auto gewesen für das wilde Vivarais. Wieder ein Auto, das sie abschreiben konnte. Morgen würde sie sich um alles kümmern müssen.

»Heute kein Verhör?« Freundlich klang das nicht, aber Louise schien erleichtert zu sein, dass Masson nicht mitgekommen war.

»Natürlich nicht. Das ist nicht meine Aufgabe.«

»Dein Mitgefühl kannst du dir allerdings sparen.«

»Ehrlich gesagt: Es kommt mir mehr und mehr abhanden«, antwortete Tori. Diese Antwort hatte Louise wohl nicht erwartet, sie sah beinahe erschrocken aus. »Aber auch ich habe ein paar Fragen.«

Louise stand auf und blickte aus dem Fenster. »Frag nur. Es ist deine letzte Chance. Lange bleibe ich nicht mehr hier.«

»Das Gewehr, mit dem du mich so freundlich in deine Abstellkammer geleitet hast. Es ist das gleiche, mit dem auf Jan und mich geschossen wurde.«

Louise drehte sich um und funkelte sie an. »Was für ein Unsinn! Ich habe nicht auf dich geschossen!«

Tori setzte sich auf einen der Besucherstühle und musterte Louise. »Das habe ich auch nicht behauptet. Aber dein Gewehr war ebenfalls ein Karabiner aus deutschen Wehrmachtsbeständen.«

»Keine Ahnung, das war irgend so ein Museumsstück, das Franco mitgebracht hat.«

»Es befand sich weder im Unfallauto noch in deinem Haus, jedenfalls hat es die Polizei nicht gefunden.«

Louise hob die Hände. »Natürlich nicht. Wir haben es unterwegs entsorgt, du kannst es zwischen Versas und Vernon hinter irgendeinem Gebüsch finden.«

Tori ließ sich Zeit. Erst nach einer Weile sagte sie: »Was ich nicht verstehe: warum musstest du den Hund betäuben und mich einsperren? Wieso glaubtet ihr, abhauen zu müssen? Warum die Flucht vor der Polizei?«

Louise schien in der Zwischenzeit zum Schluss gekommen zu sein, dass es besser war, zu reden, als der anderen Seite falsche Schlüsse zu erlauben. Oder hoffte sie doch auf Toris Mitleid? Sie ließ sich auf den freien Stuhl fallen und legte beide Arme auf den Tisch.

»Es hätte nicht mehr lange gedauert, und irgendjemand wäre auf die Idee gekommen, in meiner Vergangenheit zu wühlen. Verstehst du? Ich habe meinen kleinen Bruder auf dem Gewissen. Ich habe nicht aufgepasst. Er ist verbrannt. Wie die beiden Kinder.«

Sie sah auf, mit Tränen in den Augen. »Meine Eltern sind nach Brisbane zur Landwirtschaftsmesse gefahren und in ihrer Abwesenheit sollte ich auf ihn aufpassen, auf den kleinen Liebling. Das Problem war nur: Ich war dreizehn und ich fand, dass kleine Brüder stören. Mit dreizehn hat man anderes vor, oder?«

Tori erinnerte sich nicht mehr so genau, was sie mit dreizehn vorgehabt hatte. Sie war viel zu dünn gewesen und wo anderen bereits Brüste wuchsen, war bei ihr rein gar nichts zu sehen. Sie hatte in ihrer Freizeit Basketball gespielt, das lag ja nahe, bei ihrer Größe. Aber sonst?

»Ich ging damals mit Tom, der arbeitete bei der Tankstelle und hatte ein eigenes Moped. Benny hat mich einmal erwischt, wie ich nachts aus dem Fenster gestiegen bin, um mich mit Tom zu treffen. Danach hat er mich erpresst. Erst waren es nur Kleinigkeiten, Schokolade, Kaugummi. Dann kam ein Fußball dazu, dann ein Spielzeugauto, was kleine Jungen eben so mögen. Bis ich es satt hatte.«

Louise stand auf und ging wieder hinüber zum Fenster. »Wenn er mich nicht genervt hätte, wäre das alles nicht passiert.«

Der kleine Junge war also selbst an seinem Schicksal schuld? Tori sagte nichts. Reden lassen, dachte sie. Gerne auch um Kopf und Kragen.

»Ich wollte mit Tom eine Motorradtour machen. Ich habe Benny in seinem Zimmer eingesperrt.«

Fäuste trommeln gegen die Tür. Das Kind schreit. Schreit und schreit, bis es heiser ist. Bis es Schluckauf bekommt. Keiner öffnet. Keiner erlöst es aus der Dunkelheit. Tori sog die Luft ein. Tief einatmen. Langsam ausatmen. Nicht daran denken.

»Ich war doch noch ein Kind. Ich konnte doch nicht damit rechnen. Mit dem Feuer. Weißt du, wie heiß es in Australien sein kann?«

Mir egal, dachte Tori und versuchte, ganz ruhig weiterzuatmen.

»Jedenfalls: Es gab eine Untersuchung. Aber sie haben nichts gefunden. Was denn auch? Ich habe schließlich nichts gemacht. Kennst du die Geschichte von den australischen Feuervögeln?«

Louise drehte sich um und setzte sich wieder an den Tisch. »Die Aborigines erzählen sich das schon seit ewigen Zeiten, aber erst jetzt haben Forscher nachgewiesen, dass es tatsächlich Falken und andere Greifvögel gibt, die bei einem Buschbrand schwelende Zweige aufpicken und damit an anderer Stelle Feuer legen, um auf die fliehenden Mäuse und Hamster Jagd zu machen. Genial, oder?«

Sie lenkt ab, dachte Tori. »Hätte dein Bruder nicht aus dem Fenster steigen können?«

Louise lachte. »Nein, das war vergittert. Es lag ja im Erdgeschoss.«

Tori erstarrte. Louise berichtete im Plauderton von einer Todesfalle.

»Verstehst du jetzt, warum der Verdacht auf mich fällt, wenn es um verbrannte Kinder geht?«

»Ja«, sagte Tori knapp.

Louise seufzte auf. »Das dachte ich mir.«

Sie schwiegen. Draußen vor der Tür klapperte Geschirr. Es war kurz nach 15 Uhr, gab es jetzt noch Essen? Oder schon wieder? Krankenhäuser hatten ihre eigenen Regeln, die meist eher dem Wohl der Angestellten als dem der Patienten galten.

»Hast du deshalb behauptet, Franco hätte den Brand auf der Colline gelegt?«

»Ich war es jedenfalls nicht.« Sie wusste also nicht, ob es Franco gewesen war. Sie hatte von sich ablenken wollen. Masson hatte recht: Sie log.

»Du hättest es aber gewesen sein können.«

»Nein. Ich war an dem Abend in Fayet, ich habe mit euch gefeiert, ich hatte keine Zeit dazu, wie du eigentlich wissen müsstest.«

Tori schüttelte den Kopf. »Zeitlich wäre das hingekommen. Es liegen schätzungsweise vier, höchstens fünf Stunden zwischen deinem Abschied vom Grillabend und dem Ausbruch des Feuers. Ich bin die Strecke abgegangen: hin und zurück dauert das etwa zwei Stunden. Zeit genug, oder?«

»Seit wann bist du hier der Hilfssheriff?« Louises Stimme wurde wieder schrill. »Was bildest du dir eigentlich ein?«

Tori seufzte. »Ich möchte wissen, was passiert ist. Die Wahrheit. Mehr nicht.«

Louise lachte auf, kurz und freudlos. »Franco war verrückt.« Sie schluckte und wandte das Gesicht ab.

Die Tür ging auf und ein gesetzter »Wie geht's uns denn

heute«-Mann im weißen Kittel kam herein. »Wie schön, dass Sie Besuch haben, Madame Robinson, aber ich muss noch einmal nach Ihnen schauen.«

Tori erhob sich und wollte sich verabschieden.

»Bleib«, sagte Louise leise. »Bitte.«

Der Arzt schien nichts dagegen zu haben. Er prüfte Louises Beweglichkeit, fragte, wo es noch wehtäte, und klopfte ihr schließlich väterlich auf die Schulter. »Ich glaube, wir können Sie unbesorgt entlassen, Madame Robinson.« Mit einem freundlichen Nicken in Toris Richtung verließ er das Krankenzimmer.

Louise saß auf dem Bett und knetete ihre Hände. »Ich fahre morgen fort. Ich kann mich hier nirgends mehr blicken lassen. Irgendwie bin ich froh, dass es zu Ende ist. Franco war Magie. Ein Zauberer. Irgendetwas strahlte er aus, etwas Übersinnliches. Ich habe ihm alles geglaubt, bis zum Schluss. Bis ich gemerkt habe, dass er verrückt war.«

»Du hast gesagt, er hätte die Hunde getötet? Warum? Wer tötet sein eigenes Tier?«

Stille. Und dann ein Aufschrei.

»Ich!« Louise ließ sich aufs Bett fallen und verbarg ihr Gesicht im Kissen. »Ich«, flüsterte sie.

13

»Du siehst beschissen aus.«

»Danke, sehr liebenswürdig. Aber es geht mir auch beschissen.«

Nico war schon zehn Minuten nach Toris Anruf beim Krankenhaus angekommen, er musste sämtliche Geschwindigkeitsbeschränkungen missachtet haben. Er sah sie von der Seite an. »Hattest du ein gutes Frauengespräch mit der Dame mit dem Zopf?«

»Sehr witzig. Wir müssen July abholen. Danach erzähle ich dir, was sie gesagt hat. Vielleicht.«

»Also nur, wenn ich ganz lieb bin. Verstehe«, murmelte er und gab Gas.

Ennis saß im Schatten unter einem Baum, rechts und links von ihm die Hunde.

»Post coitumomne animal triste est«, sagte er zur Begrüßung. Der alte Lateinerspruch klang mit französischem Akzent beinahe charmant.

»Nicht nur das Tier ist nach dem Koitus fix und alle«, murmelte Nico und gab dem Mann die Hand.

»Es ist passiert?« Tori hockte sich neben July und strich ihr nervös über das Fell. Wie würde es jetzt weitergehen? Hatten auch trächtige Hunde bestimmte Vorlieben, wie man es von schwangeren Frauen hörte? Würde July plötzlich Launen kriegen? Wie lange dauerte es, bis die Welpen da waren? Mit wie vielen kleinen wimmelnden Tieren war zu rechnen? Musste July die ganze Zeit bei ihrem Wurf bleiben, würde sie also künftig allein wandern gehen müssen?

»Es sah ganz danach aus.« Ennis streckte die Beine von sich. »July stand. Bis zum Schluss gelassen und ruhig. Es war gut, dass die beiden sich erst einmal kennenlernen konnten. Ihr wisst ja, dass die Sache insbesondere für den Rüden nicht ungefährlich ist.«

»Warum?« Nichts weiß ich, dachte Tori.

»Penis und Vagina verkeilen sich während des Deckakts. Beim Absteigen bleibt der Rüde oft regelrecht hängen, was bei ängstlichen Hündinnen Fluchtverhalten auslösen kann. Dabei kann der Knochen im Hundepenis brechen. Das bedeutet auch Verletzungsgefahr für die Hündin.« Ennis schüttelte sich. »Schreckliche Vorstellung, oder? Aber Pierrot hier ist gottlob noch nie etwas passiert.«

Nico kraulte Pierrots weiche Ohren. »Ich verlass mich drauf, dass du meiner Freundin July ganz besonders schöne Welpen gemacht hast«, murmelte er.

Sie ließen July auf dem Beifahrersitz in Nicos Laster schlafen. Er hatte darauf bestanden, dass sie in Aubenas ein Glas auf das Wohl von Pierrot und July tranken, »wenigstens bei Hunden scheint es auch mal etwas zu geben, das gut ausgeht, das muss man feiern«.

Jetzt saßen sie vor dem »Restaurant du Château« bei einer Flasche Chardonnay, um sie herum gutgelaunte Menschen, sogar ein paar Franzosen waren darunter.

»Andere Hundegeschichten sind in der Tat weit tragischer«, sagte Tori. »Ich weiß allerdings noch immer nicht, ob Louise mir die Wahrheit gesagt hat.«

»Bei manchen Menschen ist Wahrheit eine Angelegenheit der Perspektive, und das ist meistens die eigene.« Nico hob das Glas und grinste spöttisch.

»Vielleicht. Jedenfalls begann Francos Weg in den Wahn offenbar mit dem Tod seines Hundes. Schümli ist wahrscheinlich eines natürlichen Todes gestorben, aber Franco nahm das als Zeichen, dass es Zeit war, sich von allem irdischen Besitz zu trennen. Also legte er Feuer auf den *Gras* und lief zu Fuß zu Louise.«

»Sagt sie.«

»Sagte er, sagt sie. Er wollte mit ihr ein neues Leben anfangen, doch seine Idee davon traf nicht ganz das, was sie sich vorstellte. Sie wollte endlich keine Geldsorgen mehr haben und bekniete ihn, sein Erbe anzutreten. Aber er wollte nicht. Darüber haben sie sich offenbar Tag und Nacht gestritten. Er schwärmte vom einfachen Leben. Er hatte die fixe Idee, dass man der Natur zurückgeben müsse, was man von ihr geliehen habe.«

Neben ihnen saß eine junge Mutter, die ihrem trotzigen Kind klarzumachen versuchte, dass es sein Eis aufessen müsse. »Andere Kinder verhungern! Die wären glücklich, wenn sie ein Eis essen dürften.«

Nico kicherte. Er fand die Szene offenbar komisch.

»Beherrsch dich«, zischte Tori ihn an.

»›Wir haben die Erde von unseren Kindern nur geliehen‹, ist das nicht auch so ein Hippiespruch? Oder stammt diese unfassbare Weisheit von irgendwelchen Indianern?«

»Unterbrich mich nicht dauernd, sonst sage ich gar nichts mehr.«

Er seufzte theatralisch und drehte die Augen gen Himmel.

»Louise behauptet, dass Franco immer seltsamer wurde. Er versteckte sich bei ihr, weil er glaubte, er würde verfolgt. Und als Eva eines Tages oben vor dem Haus stand und Louise bat, ihr zu helfen, an dem Tag, an dem sie einen Grillabend für ihre Gäste plante, hat Franco einen Tobsuchtsanfall bekommen. Als sie vom Fest zurückkam, hat er sie mit dem Messer angegriffen.«

»Sagt sie.«

»Sagt sie. Aber sie hatte tatsächlich eine Messerwunde an der Hand, eine Abwehrverletzung, vermutlich.«

»Also hat er nicht sie umgebracht, sondern stattdessen ihren Hund geschlachtet?«

»Nein.«

»Nein?«

Das Kind am Nachbartisch schlug mit dem Löffel auf sein Eis ein, als ob es sagen wollte: »Mein Eis gehört mir und ich kann damit machen, was ich will, egal, ob andere Kinder verhungern.« Der Mutter war das sicher entsetzlich peinlich, aber Tori war ein ungezogenes Kind entschieden lieber als all die Moralapostel, die anderen ihre Glaubenssätze zur Not auch mit Gewalt aufzwingen wollten. So wie Franco.

»Es muss eine tränenreiche Versöhnung gegeben haben. Aber dann verlangte er von ihr ein Opfer. Zum Zeichen ihrer Verbundenheit. Ein Blutopfer. Er hat ihr immerhin noch erlaubt, den Hund zu betäuben – mit einer Schlaftablette in einem Stück Wurst, das hat sie dann später auch mit July gemacht. Als Chintz betäubt war, hat sie dem Tier das Messer durch die Kehle gezogen.«

Das verschlug Nico die Sprache. Eine Premiere, dachte Tori.

»Und? Hat Franco auch das Feuer auf der Colline gelegt?«, fragte er nach einer Weile.

»Ich weiß nicht. Louise weiß es auch nicht. Aber es hat sie beschäftigt, dass zwei Kinder bei dem Brand gestorben sind. Sie bekam Angst, dass man ihr das anlasten würde, angesichts ihrer Vergangenheit. Deshalb wollte sie, dass Franco anhält. Sie hat versucht, ihm ins Steuer zu greifen. Daraufhin hat er den Wagen Richtung Fluss gelenkt.«

14

Bei Marie-Theres brannte die Luft. Die üblichen Verdächtigen redeten erregt aufeinander ein.

»Was ist denn mit euch los? Gibt's was Neues?«

»Sie haben ihn geschasst! Achtkant hinausgeworfen haben sie ihn!« Jérômes Augen glitzerten vor Schadenfreude. »Leon hat fertig!«

»Soso«, murmelte Nico. »Gibt's dafür eine Begründung?«

»Na hör mal! Die müssen jetzt viel Geld rausrücken, das tun Versicherungen gar nicht gern!«

»Gut so«, sagte Tori. Geld entschädigte nicht für den Tod eines Kindes, natürlich nicht. Aber vielleicht erleichterte es das Leben der Angehörigen ein wenig.

»Ich fand ihn ja immer albern«, tönte Hugo. »Tagsüber im Anzug herumlaufen, abends einen auf Naturbursche machen. Dass ihm das nicht peinlich war!«

»Und dann der Heiligenschein, mit dem er hausieren ging! Das fanden ja alle so rührend, wie sich der Mann für seine arme alte kranke Mutter aufgeopfert hat! Sie muss ihm eine fette Summe hinterlassen haben, mit so viel Geld hängt man nicht mehr in der Dorfkneipe herum, da trinkt man was Besseres als den Rosé aus der großen Flasche von Marie-Theres!«

»Pass auf, was du sagst!« Marie-Theres drohte ihm mit eben dieser Flasche, einer mächtigen Waffe, wenn es darauf ankam.

»Jedenfalls hat er sich verpisst. Sein Haus steht zum

Verkauf. Wir werden den Kerl so bald nicht wiedersehen.«

Ein weiterer Sündenbock, den man verstoßen kann, damit das Gemeinwesen keinen Schaden nimmt, dachte Tori. Dann sah sie Serge Masson im Eingang stehen. Sie stieß Nico an. »Serge. Er will, dass wir rauskommen.«

Sie bahnten sich ihren Weg ins Freie. Masson stand am Rauchertisch, noch immer viel zu käsig im Gesicht.

»Ich habe mit Louise gesprochen«, sagte Tori. »Sie weiß nicht, ob Franco den Brand gelegt hat.«

Masson nahm einen tiefen Zug aus der Zigarette. »Ich habe ja gesagt: Sie lügt.«

»Aber es könnte doch immerhin sein –«

»Kann es nicht.«

»Warum nicht?«

»Weil ich weiß, wer den Brand verursacht hat.« Er nippte an seinem Glas.

»Aha. Wissen das die Angehörigen?«

»Nein.«

»Aber du kannst ihnen doch nicht verschweigen, wer sie ins Unglück gestürzt hat?«

»Kann ich doch.« Massons Augen lagen dunkel und tief in den Höhlen. So trotzig er auch klang: Er litt. Sie legte Nico die Hand auf den Arm, aber auch er hatte es gemerkt und bewies etwas bei ihm so Seltenes wie Feingefühl.

Das Stimmengewirr, das sie umgab, klang wie in Watte gepackt. Masson rauchte. Nico leerte sein Glas. Tori fragte sich, was noch schlimmer sein konnte als das, was sie bereits wussten.

Masson räusperte sich. »Martin Magot steht in der Nacht, in dem sein Enkel und dessen Freund sterben werden, auf seiner Wiese vor dem Holzhaus, dem Prototyp für das, was einmal auf einem großen Ferienpark stehen soll. Er hat die Hütte bereits verschlossen und den Schlüssel eingesteckt. Es geht ihm nicht gut. Er weiß, dass er einen Fehler begangen hat. Er hätte sich niemals darauf einlassen sollen, sein ganzes kleines Vermögen in dieses Projekt zu stecken. Er weiß, dass Leon ihm zu viel versprochen hat. Er ahnt, dass die Hütte zu hoch versichert ist. Er glaubt, Leon habe es auf die Abschlussprovision abgesehen. Er steckt sich eine Zigarette an.«

Tori spürte, wie ihr die Kehle eng wurde. Nicht das. Bloß das nicht.

»Er raucht. Er wirft die brennende Kippe ins trockene Gras. Er lässt das Schicksal entscheiden.«

Massons Finger zitterten, während er sich die nächste Zigarette drehte.

Tori hörte nur noch Rauschen um sich herum. Sah, wie durch einen Regenschleier, bunte Lichtpunkte, die sich über ihr drehten. Hatte einen Geruch in der Nase, nein, einen Gestank, widerwärtiger als alles, was sie kannte.

»Außer euch darf das niemand erfahren.«

Nein, natürlich nicht, es war zu furchtbar. Aber durfte man die Wahrheit verschweigen, wenn alle den Falschen verdächtigten? Oder – die Falsche? »Der Verdacht wird Louise immer anhängen, wenn Sie ihn nicht ausräumen, Serge.« Sie spürte Nicos Arm, der sich um sie legte. »Ich weiß, dass du Louise nicht magst, Nico.«

Er drückte sie an sich. »Darum geht es nicht«, sagte er leise.

»Klar, es ist für Magots Tochter schlimm, wenn sie erfährt, dass der eigene Vater in doppelter Hinsicht schuld am Tod ihres Sohnes ist.«

»Auch darum geht es nicht. Verstehst du?«

Sie schüttelte den Kopf.

Masson steckte sich seine Zigarette an. »Die Versicherung zahlt nicht bei Brandstiftung«, sagte er nach ein paar Zügen. »Aber ich will, dass sie zahlt. Und ihr wollt das auch.«

15
Wochen später

July war ziemlich mollig und ausgesprochen faul geworden. Tori vermisste ihre langen Spaziergänge. Doch der Tierarzt sprach von vier Welpen, July hatte also einiges zu schleppen, und sie fürchtete, dem Hund zu viel zuzumuten.

»Schwangerschaft ist keine Krankheit«, knurrte Nico, dem sie ihre Sorge gestanden hatte. Sicher hatte er recht, er verstand davon ja beinahe so viel wie sie – so gut wie gar nichts.

Während July auf der Terrasse unter dem Liguster lag und döste, machte Tori Hausputz. Sie zupfte Unkraut aus den Töpfen, knipste die verblühten Rosen ab, fegte den Pflanzenabfall zusammen und füllte ihn in einen faltbaren Müllsack. Sie säuberte den Gartengrill, eine ausgesprochen lästige Tätigkeit, zog die Bezüge von den Kissen der Terrassenstühle ab und steckte sie in die Waschmaschine.

Julys Hundedecke lag auf der Veranda, sie hatte lange nicht mehr darauf gelegen. Tori hob sie hoch, schüttelte sie aus und wollte sie zusammenfalten, als etwas aus der Decke herausfiel. Ein Päckchen, so klein wie eine Zigarettenschachtel.

Sie bekam weiche Knie und musste sich setzen. Wie konnte sie das nur vergessen haben! Das war das Geschenk, das Jan ihr vor dem gemeinsamen Abschiedsessen in die Hand gedrückt hatte. Noch nicht mal ein Dankeschön hatte er dafür bekommen.

Sie entfernte das Einwickelpapier. Eine Blechdose. Für Emser Pastillen. Sie öffnete die Dose. Darin lagen, auf Seidenpapier gebettet, zwei runde sandfarbene Steine, die wie plattgedrückte Schneckenhäuser aussahen, nur feiner. Fossilien. Versteinerte Ammoniten, hatte Tori gelernt, Kopffüßler, längst ausgestorben. Dabei ein Grußkärtchen. »Wir werden nicht versteinern. Jan.«

Nein, dachte sie. Das werden wir nicht, bestimmt nicht.

In diesem Moment kam laut bellend July angefegt, fast so agil wie eh und je. Tori stand auf. Unten war jemand, die Hoftür öffnete sich und ein dunkler Blitz schoss die Treppe hoch. July wurde ruhig, blieb stehen, bewegte nur die Rute, ganz langsam. Es war Pierrot, der, oben angelangt, abbremste und sich ihr dann seitlich näherte, um sie zu beschnüffeln.

»Jetzt werden erst mal in aller Ruhe die neuesten Informationen ausgetauscht«, sagte Ennis, der mit Masson in der Tür stand.

»Etwa auch, dass sie schwanger ist?«

»Gut möglich. Ich weiß allerdings nicht, ob Pierrot auch seine Vaterschaft riecht.«

Die Begrüßungszeremonie war beendet, July trabte erhobenen Hauptes durchs Haus auf die Sonnenterrasse, gefolgt von Pierrot.

Während Ennis bereits die Treppe hochgestiegen war, stand Serge Masson noch immer an der Tür, ein wenig verlegen. »Verzeihen Sie, dass ich nicht vorher angerufen habe, wir stören hoffentlich nicht!«

»Natürlich nicht, kommen Sie doch hoch, Serge!« Er sah besser aus, viel besser als noch vor wenigen Wochen, sonnengebräunt, in T-Shirt und Chinos.

»Wir hatten eine spontane Eingebung«, sagte Ennis. »Wir haben Luc besucht, Julys Ausbilder. Es geht ihm inzwischen viel besser. Und da dachten wir –«

»Wir dachten, es wäre vielleicht eine gute Idee –«

Tori lachte. Sie hatte schon verstanden.

Sie nahmen den Pick-up von Ennis. Pierrot und July rollten sich einträchtig im Kofferraum zusammen, Tori saß auf dem Beifahrersitz und hatte das Fenster heruntergelassen. Es lag bereits ein Hauch von Herbst in der weichen Luft, der Geruch von Fallobst, abgeernteten Feldern und Traubenmaische. Der Herbst war eine Zeit der Sehnsucht, er lockte und er drohte zugleich. Die Natur trumpfte auf mit einer unfassbaren Fülle von Obst und Gemüse in leuchtenden Farben, die lockende Aufforderung, Vorräte anzulegen für die kalten Tage. Manchmal spürte Tori den kindlichen Wunsch, das alles zu konservieren, wie zu Großmutters Zeiten: Obst einmachen, Kräuter trocknen, Pilze und Äpfel dörren. Das einfache Leben eben, das nie einfach gewesen war.

Als sie vor Joyeuse die Brücke über die Beaume querten, spürte sie hinter sich eine Bewegung. Masson. Er dachte wahrscheinlich genau wie sie an Franco und Louise, an dieses unglückliche Paar zwischen Wahn und Wirklichkeit. Francos Leichnam war in die Schweiz überführt worden, Louise war eines Tages nicht mehr da gewesen, sie hatte sich nicht verabschiedet. Sie würden wohl nie erfahren, was aus ihr geworden war.

Ennis fuhr hinunter an die Beaume, über die Place de la Grand Font Richtung Valgorge und bog nach zwei Kilometern links ab nach Ribes. Tori kannte den Ort, ein romantisches Hameau mit einer romanischen Kirche und einem Château. Die Straße führte an der Kirche vorbei und schraubte sich höher, immer höher, bis der Ort tief unter ihnen lag. Hinter einer Kurve bremste Ennis und parkte den Wagen vor einer Einfahrt. Lucs Grundstück lag hinter einer hohen Hecke aus Laurier tin, Lorbeerschneeball, der bereits wieder rosafarbene Knospen trieb.

Ennis öffnete das Tor zum Garten »Luc? Wir sind es!«

Pierrot lief voraus. July zögerte und hielt sich nah bei Tori.

Von der Gartenseite aus wirkte das Haus wie ein bescheidener einstöckiger Bungalow, aber das war eine Täuschung. Aus der Nähe sah man, dass es nur die oberste Etage eines dreistöckigen Hauses war, das sich in einen steilen Hang schmiegte.

»Ich bin hier!« Ein Mann kam ihnen entgegen, schmal, nicht mehr ganz jung, mit weißer Mähne. Er ging am Stock.

July blieb stocksteif stehen. Auch der Mann blieb stehen, wortlos, ohne eine Geste. Das brauchte es auch nicht. Der Hund raste los, japsend vor Freude.

Tori spürte, wie ihr die Kehle eng wurde. July blickte zu ihr zurück, dann wieder zu Luc, sie konnte sich kaum entscheiden zwischen beiden, sie schien beinahe ein schlechtes Gewissen zu haben, wenn sie sich einem Menschen widmete und währenddessen den anderen vernachlässigte.

»Komm, Tori, wir setzen uns auf die Bank und nehmen

den Hund zwischen uns. Er gehört zu dir, aber mich hat er nicht vergessen.« Tori schluckte. Sie würde ihm July überlassen, wenn er darum bitten würde, aber es würde ihr das Herz brechen.

»Wie viele Welpen wird sie haben? Was sagt der Arzt?«

»Vier.« Tori hätte vor Erleichterung beinahe laut gelacht. »Du hast die erste Wahl.«

Luc blickte ihr in die Augen. »Ein Hund von Pierrot und July? Das ist die Krönung.«

Lucs Frau Laura, die in einem wallenden farbigen Gewand und mit hochgestecktem dunklem Haar aussah wie die »Carmen« einer gelungenen Laieninszenierung, brachte Eiswasser und einen Aschenbecher für Serge. Tori erzählte Luc die Geschichte von Karim und dass er den Hund »Hitler« gerufen hatte.

»Karim ist ein Idiot. Ich hätte ihm Chérie nie überlassen dürfen. Gut, dass du dich um sie gekümmert hast. Sie ist es wert.« Der Mann hatte Tränen in den Augen.

»July hat mir das Leben gerettet.«

»Das sieht ihr ähnlich«, lachte Luc. Er wollte die Geschichte in allen Einzelheiten hören: wie Tori im vergangenen Frühjahr im Bois de Païolive in einen Schacht gestürzt war. Wie sie dort auf den verschwundenen Holländer getroffen und wie July nach Belleville gelaufen war und so lange gebellt hatte, bis jemand Nico verständigte. Als sie beim glücklichen Ende angelangt war, hatte auch Tori Tränen in den Augen.

July war erschöpft eingeschlafen und schnarchte vor sich hin. Pierrot lag zu Füßen von Ennis und kaute auf einem Knochen. Lucs Frau Laura hatte beschlossen, dass es Zeit für einen kühlen Wein war, und stellte dazu Oliven und

Brot auf den Tisch. Tori merkte, wie ihre Anspannung wich.

In die friedliche Stille platzte eine hässliche Stimme.

»Na, ihr Idioten?«

Dann ein Geräusch wie ein auf- und zuklappender Regenschirm. Pierrot bellte, scharf, erregt. Ein Schatten schwebte über den Tisch und mit einem hörbaren »Plopp« landete etwas auf einer Art Kleiderständer, der am Ende der Terrasse stand und der Tori schon vor einer Weile aufgefallen war.

»Salaud!«, rief Luc. »Wo hast du dich schon wieder herumgetrieben?«

July knurrte. Für einen Moment traute Tori ihren Augen nicht. Auf der Stange saß ein Papagei. Er nahm zwei bedächtige Schritte nach rechts und wieder zurück, legte den Kopf zur Seite und flötete: »Guten Morgen, meine Süße!«

»Weiß er, was der Vogel da erzählt?«, flüsterte Tori.

Masson zuckte mit den Schultern. »Ich glaube nicht, dass Luc Deutsch versteht«, flüsterte er zurück.

»Das Tier ist uns zugeflogen«, sagte Laura und strich sich eine dunkle Haarsträhne aus dem Gesicht. »Eines Morgens saß er auf dem Terrassentisch, hatte alles vollgekackt und wollte etwas zu essen. Keine Ahnung, wem er gehört. Er hat keinen Ring am Fuß. Wir dachten, er fliegt wieder fort, aber seit jenem Tag ist er uns treu.«

Luc warf mit einem Olivenkern nach dem Vogel. »Es ist nicht das Gleiche wie ein Hund, aber Salaud ist ein lebendiges Wesen und ziemlich unterhaltsam, auch wenn ich nicht verstehe, was er sagt.«

Pierrot hatte sich erhoben und war hinüber zur Vogelstange gelaufen, vor der er jetzt saß und das seltsame Tier beobachtete. »Idiot«, krächzte der Papagei und landete einen weißen Fleck auf Pierrots Kopf.

Seit der August vorüber war, bekam man auf der Terrasse von Marie-Theres wieder einen Platz, und Tori hatte darauf bestanden, draußen zu bleiben. Sie hatte den ganzen Nachmittag über den Rauch von Massons Selbstgedrehten einatmen müssen, wahrscheinlich roch alles an ihr nach Gitanes.

»Mir ist damals durchaus aufgefallen, dass die Tür zum Papageienkäfig offen stand, aber ich habe mir nichts dabei gedacht. Franco Jeger muss das Tier freigelassen haben, bevor er beschloss, sich von allem weltlichen Hab und Gut zu trennen«, sagte Tori. »Das wenigstens muss man ihm hoch anrechnen.«

»Bitte nicht zu hoch«, brummelte Nico. »Ihr habt Luc hoffentlich verschwiegen, dass das Vieh, das sie passenderweise Salaud getauft haben, ein dubioses Herrchen hatte, das ebenfalls ein Drecksack war.« Er hob das Glas. »Friede seiner Asche. Wie geht es July?«

Tori lachte in sich hinein. Nico führte sich auf wie ein Mann vor der Geburt des ersten Kindes. »Es geht ihr prächtig. Sie ist von Luc und Laura nach Strich und Faden verwöhnt worden. Jetzt liegt sie zu Hause auf dem Sofa und erholt sich.«

Nico schob das Kinn vor, als ob er über ein tiefreichendes philosophisches Problem referieren müsste. »Was meinst du? Soll ich einen Rüden oder eine Hündin nehmen?«

Tori unterdrückte ein Grinsen. »Ich glaube, du brauchst ein Tier mit viel Temperament. Nimm einen Rüden. Luc hat die erste Wahl. Wenn dann noch ein Welpe mit dem richtigen Geschlecht übrig ist, bist du dran.«

Nico blickte hoch zu den bunten Lichtern in den Platanen. »Was von Jan gehört?«, fragte er nach einer Weile.

»Er schickt mir hin und wieder einen Schnappschuss aus Spanien.«

»Hm. Und was macht Belleville? Alles friedlich?«

»Klar. Alles bestens. Franco ist tot, Louise ist fort, ebenso Leon, die Tochter von Magot hat eine ziemlich hohe Versicherungssumme kassiert, die ihre Trauer nicht lindern wird. Aber egal. Ja, es sind alle Probleme beseitigt.«

»Du klingst bitter.«

Tori seufzte. »Nein, bitter wäre zu viel gesagt. Aber ich kann mich nicht damit abfinden, dass man hierzulande nach dem eigenen Gesetzbuch lebt. Nicht zuletzt, weil wir einen Ordnungshüter haben, dem es nicht auf die Wahrheit ankommt, sondern auf Ruhe und Frieden.«

»Du tust Serge unrecht.«

»Meinst du? Er achtet pingelig darauf, das Rauchverbot einzuhalten, obwohl er nikotinsüchtig ist. Aber sobald er glaubt, der dörfliche Frieden sei in Gefahr, sind ihm Recht und Gesetz egal. Ganz zu schweigen von der Wahrheit.«

»Wahrheit ist ein großes Wort. Manchmal ist mir die Lüge lieber.«

»Und das sagst ausgerechnet du.«

Nico nickte, aber er blickte nicht auf. »Was wir hier haben, ist unendlich wertvoll, allen Veränderungen zum Trotz. Die alten dörflichen Strukturen bilden ein Gewebe, das so kostbar wie verletzlich ist. Und wie durch ein Wunder hält es, selbst wenn es mürbe geworden ist, trotz

Klatsch und Tratsch, uralten Familienfehden und neuen Feindschaften, trotz aller Katastrophen, der vergangenen und der gegenwärtigen.«

»Du predigst am Bett eines Moribunden.«

»Du irrst. Der Kranke steht immer wieder auf.«

»Der Apfel sieht vielleicht gesund und rotbackig aus, aber er ist wurmstichig.«

»Das meiste von ihm ist dennoch essbar.«

»Du bist ein Romantiker.«

Nico seufzte. »Ich bin ein Realist«, sagte er nach einer Weile.

»Ich auch. Und solange ich nicht weiß, wer mir den anonymen Brief geschickt hat, bleibe ich misstrauisch.«

Er blickte auf. »Du nimmst den Schrieb noch immer ernst?«

»Ja. Nein. Ich weiß es nicht«, flüsterte sie.

Zu Weihnachten zogen Julys Welpen aus. Luc entschied sich für eine Hündin mit gestromtem grauem Fell und einem weißen Strich auf der Nase. Er nannte sie Roxane. Nicos Rüde, ein quirliger Kerl mit einer weißen Blesse, wurde von ihm feierlich auf den Namen Hercule getauft. Pierres Hund Mystère adoptierte einen weiteren kleinen Rüden, den Pierre Rigolo nannte.

Den kleinsten der Hunde aber hatte sich José gewünscht, der Sohn der portugiesischen Putzfrau, der den Schuss auf Jan abgegeben hatte. Tori hatte ihn längst ins Herz geschlossen, dreimal die Woche half sie ihm in der Bibliothek bei den Hausaufgaben. Sie hielten eine kleine Zeremonie ab, als er seine Hündin abholte, und tauften sie bei Kerzenlicht auf den Namen Filine.

Den anonymen Brief, mit dem sich jemand so viel

Mühe gegeben hatte, hatte Tori eingerahmt und über den Kamin gehängt. Der Spiegel war längst wieder verglast, aber wenn sie ins Kaminfeuer starrte, sah sie noch immer Jans bleiches Gesicht vor sich.

Es gab viele dunkle Geheimnisse in Belleville und es war besser, wenn man gewappnet war.

Dank

Mein Bruder Holger Stephan und meine Freundin Susanne Schlüter haben die Gegend, in der dieses Buch spielt, in den sechziger Jahren des vergangenen Jahrhunderts für sich und für mich entdeckt: das magische Vivarais, die kühne Ardèche. Dieses Buch soll dorthin einladen: in seine Geschichte und seine Gegenwart.

Die Landschaft und die Elemente sind die Anker, alle anderen Charaktere in diesem Roman sind Produkte der Fantasie. Belleville ist ein Ort der Imagination.

Ohne Anregung und Kritik durch andere wäre das Romanschreiben ein verdammt einsames Geschäft. Dafür danke ich an erster Stelle Rudolf Westenberger und Daniella Baumeister, die nicht nur eine Fassung mit kritischem Blick gegengelesen haben. Jan Südmersen klärte mich über Waldbrände auf und über die Männer, die sie bekämpfen. Irena Harnisch verdanke ich Einblicke ins Hundeleben, insbesondere, was die Fortpflanzung betrifft. Dank geht auch an die Facebook-Freunde, an die, die mich von der Arbeit abhielten, und an jene, vor allem männlich, die sich mit Autos und Waffen auskennen – aber welcher Mann tut das nicht?

Wichtige Anregungen verdanke ich zwei Büchern, Philippe Pujol, *Die Erschaffung des Monsters: Elend und Macht in Marseille,* Berlin 2017, vor allem aber John Merriman, *The Stones of Balazuc: A French Village in Time*, New York 2002.

Stets unterstützend an meiner Seite mein Agent Michael Meller und seine wunderbaren Mitarbeiter sowie, stellvertretend für meinen Verlag, Gaby Callenberg und meine Lektoren Mona Leitner und Andreas Reimann. Was wäre ein Autor ohne sie.

Adressen

Bistrot de la Grand Font, Place de la Grand Font, 07260 Joyeuse

Bar Chez Louis, Grande Rue, 07110 Laurac-en-Vivarais

Le Dardaillon, Place Léopold Ollier, 07140 Les Vans

Café des Récollets, Place des Récollets, 07110 Largentière

Au Bon Port, Le Chambon, 07260 Saint-Mélany

La Boucharade, 07110 Sanilhac

Restaurant du Château, 5, Grande Rue, 07200 Aubenas

L'auberge Gonflée, 1 quartier la Pleine | Rd 104, 07110 Laurac-en-Vivarais

Cave de Lablachère, La Vignolle, 07230 Lablachère

Domaine de Chazalis, 07460 Beaulieu

Le Domaine du Fayet, Le Fayet, 07110 Sanilhac

Le Mas Bleu, Balbiac, 07260 Rosières

Märkte in Les Vans (samstags), Joyeuse (mittwochs) und Aubenas (samstags)

Château Montréal, Le Village, 07110 Montréal

Herrliche Hüte und die schönsten Tulpen und andere Blumen bekommt man jeden Samstag in Les Vans bei Andrew Wilkie

Geführte Wanderungen durch die Ardèche und Marseille veranstaltet Uli Frings:
http://www.ardechereisen.de/; sein Wanderführer: »Frankreichs wilder Süden, Reise- und Wanderführer rund um die Kalksteinschluchten von Ardèche, Beaume und Chassezac«, 3. Auflage 2016

Office de Tourisme Privas, 3, Place du Général de Gaulle, 07000 Privas

Verbringen Sie Ihre Ferien an der Ardeche
www.ardeche-guide.com
www.ardeche-tv.fr
ARDÈCHE
BE AMAZED
©ADT07